中公文庫

皇国の守護者 8

楽園の凶器

佐藤大輔

中央公論新社

IMPERIAL GUARDS Vol. 8

The Soldiers of Heaven

by

Daisuke SATO

2004, 2015

目次

※本図には〈皇国〉皇室地学院が皇紀五六八年時点で承認した情報以外は記載していない。また、かなりの部分を推定によっているため、今後地形等を含む記載情報の変更がありうる。
(皇室地学院承認五六七－甲二八〇)
東方蛮域
帝室直轄領
(東方辺境領)
帝都
海
荒北洋
皇海
〈皇国〉
レンストール
(帝国領)
東海洋
〈皇国〉人の知る主要都市
〈皇国〉人の知る大街道
存在の推定される大街道
〈皇国〉主要交易域

〈大協約〉世界:勢力図
(皇紀五六八年末)
北方蛮域
〈帝国〉西方
諸侯領
〈帝国〉
本土
ツァル
アスロー
諸王国
南冥民族国家群
南溟洋
造山帯(山脈)
大河
〈帝国〉領
〈帝国〉鎮定域
〈帝国〉軍の攻勢

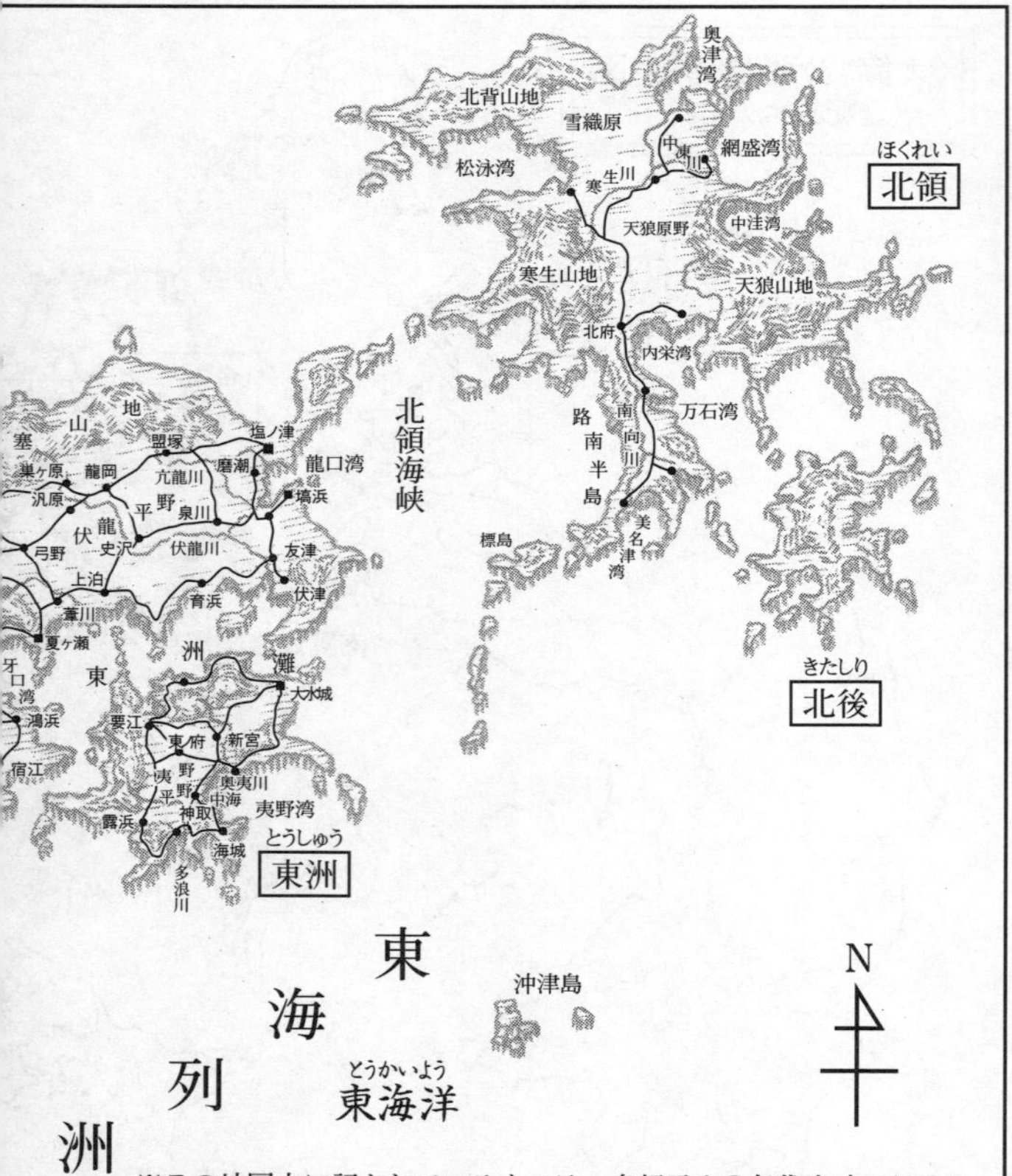

※この地図中に記されているものは、皇紀五六〇年代当時における〈皇国〉の地名、及び主な街道である。市邑については、主に〈大協約〉の保護下にあるものが記載されている。このため、市邑等については、人口の推移により、記載が変化する可能性がある。
（皇室地学院承認五六七一丙四四五八）

〈皇国〉主要街道図（皇紀五六〇年代）

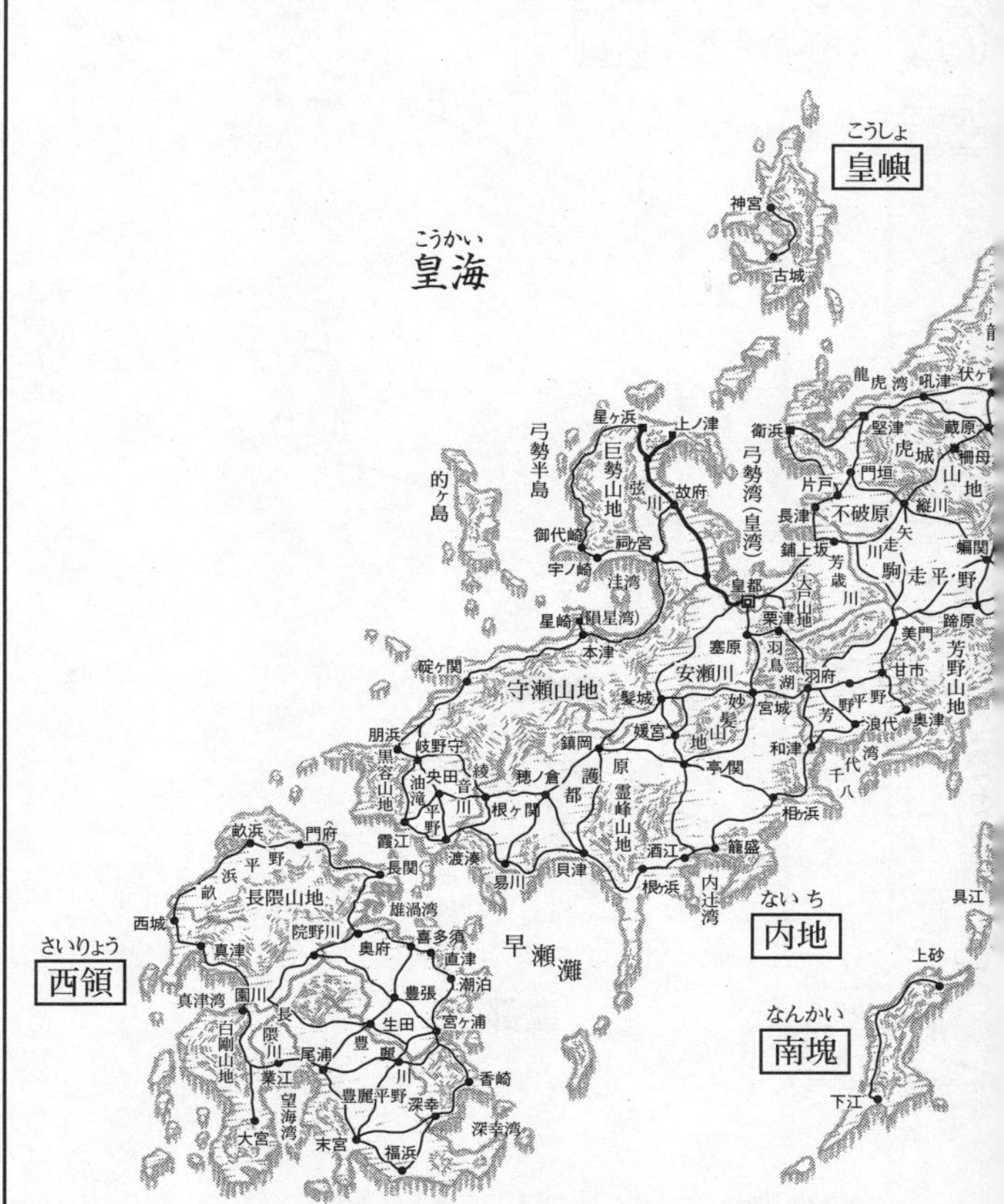

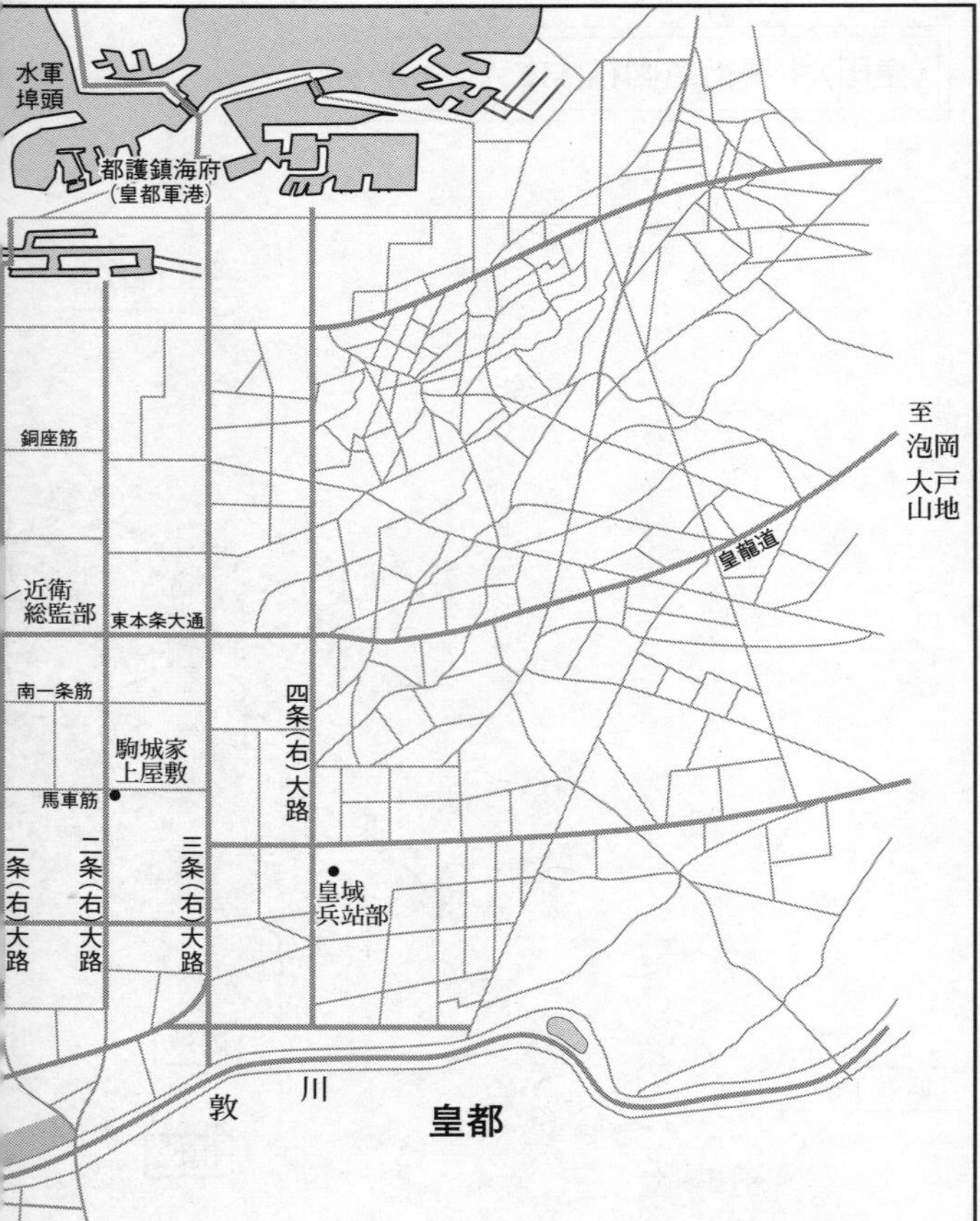

水軍埠頭
都護鎮海府
（皇都軍港）
銅座筋
近衛総監部
東本条大通
南一条筋
駒城家上屋敷
馬車筋
一条（右）大路
二条（右）大路
三条（右）大路
四条（右）大路
皇域兵站部
皇龍道
至 泡岡大戸山地
敦
川
皇都
至 駒城下屋敷
（本図は皇室史学寮地誌部提供の新史料に基づいている）

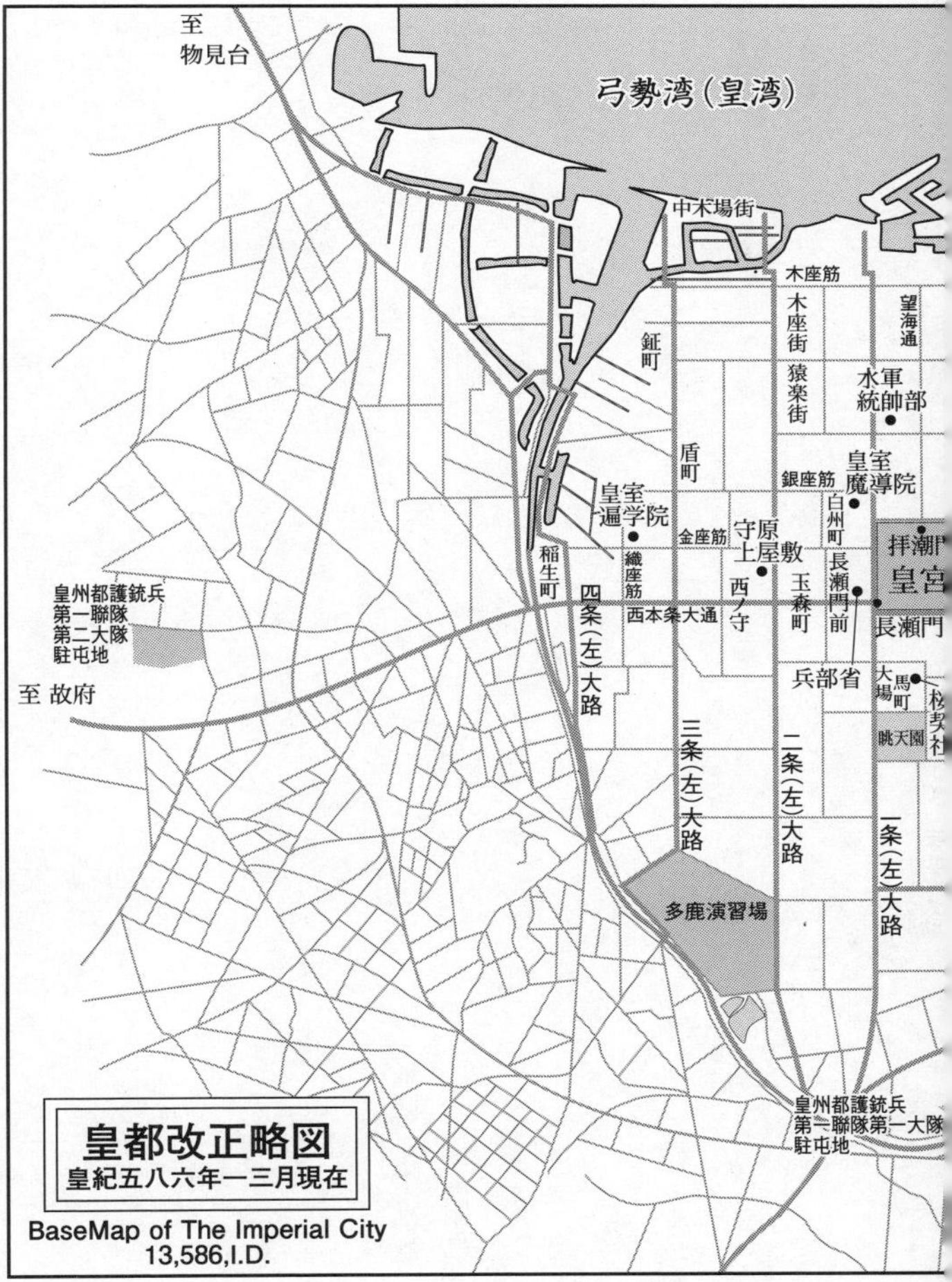
至
物見台
弓勢湾(皇湾)
中木場街
木座筋
木座街
猿楽街
望海通
水軍
統帥部
鉦町
盾町
銀座筋
皇室
魔導院
皇室
遍学院
白州町
金座筋
守原
上屋敷
拝瀬門
皇宮
稲生町
織座筋
長瀬門前
西ノ守
玉森町
西本条大通
長瀬門
皇州都護銃兵
第一聯隊
第二大隊
駐屯地
四条(左)大路
兵部省
大馬場町
至 故府
眺天園
三条(左)大路
二条(左)大路
一条(左)大路
多鹿演習場
皇州都護銃兵
第一聯隊第一大隊
駐屯地
皇都改正略図
皇紀五八六年一三月現在
BaseMap of The Imperial City
13,586,I.D.

地図　根木儀雄
平面惑星

皇国の守護者8

楽園の凶器

剣虎兵学校教官としての新城直衛

新城直衛《しんじょうなおえ》なる異物が既存の体制にどのような価値を認めていたのか、同じ時代を生きた者たちのあいだでもその印象は大いに異なった。かつての斎仲正ですら及ばぬほどの奸賊《かんぞく》であると断ずる者もあれば、あれはあれで皇室を尊んでいる、とそう気づいた自分の観察力を疑いたくてたまらなくなっている者たちもいた。

実際にどうであったか、その判断は難しい。新城直衛は皇室に毛ほどの価値を認めていないように振る舞ったこともあれば、史上名高い忠臣たちですら賞賛せざるをえないほどの行動をとったこともあった。

ただ、剣虎兵《けんこへい》学校附であった時期に示した態度からある程度の想像はできる。

当時の新城は遅い昇進をした中尉であった。

実のところ、たかだか中尉で学校附とされることはきわめて稀、あるいは異常な配置と断じてもさしつかえない。

軍の学校には素人を軍人に仕立て上げるもの、将兵に専門教育を施すもの、の二種類がある。

〈皇国〉陸軍の場合前者の最も知られたものは将校養成機関たる特志幼年学校になる（当時、兵の教育は各部隊に任されていた）。

後者は銃兵学校、龍火学校、剣虎兵学校等々の兵科教育機関が該当する（新城の時代、これらの学校には兵を各兵科下士官に養成する課程と、初級士官を各兵科将校に養成する課程の二つが併設されるようになっていた）。

前者の学生は〈皇国〉上流階級出身の少年たちであり、後者の学生は部隊に二年ほど配置され、軍隊の現実に接した中尉たち、そして将校とは別の課程で教育される選抜された兵たちであった。なお、〈皇国〉陸軍は将校教育機関の最高峰として一種の軍事総合教育を施す兵理帷幕院《アーミィ・カレッジ》を持っていたが、ここの学生たちは各学校を卒業し、部隊指揮の経験を積んだ――少なくとも中隊長職を経た大尉や少佐の中から選ばれたものたちだった。つまり専門職将校の養成機関としての軍学校における中尉の立場と言えば学生に他ならない。

しかし中尉でありながら新城は剣虎兵学校に学生として入校したわけではなかった。あくまでも学校附の将校として〝配属〟された。

なぜそのような形になったのか、真実を知るのは困難といっていい。かれが少尉時代に経験した匪賊《ひぞく》討伐戦であげた戦果、あるいは一部将校が企《たくら》んだ叛乱《はんらん》を告発したことが影響しているとおもわれるが、本人も周囲の者たちも、そのことについては詳しい記録を残していない（未遂に終わった叛乱そのものについては、一〇名ほどの有力将家出身若手将校が銃殺に処された記録がある）。

つまるところかれの学校附という扱いは、ほとぼりを冷まさせるという意味が多分にあったと想像するほかない。駒城《くしろ》家の後押しを受けていたとはいえ、すでに悪目立ちの過ぎるところが当時のかれにはあった。

とはいえ、剣虎兵学校での毎日は新城にとってけして不快なものではなかったようだ。学校附というだけで別に仕事もなく、とりたてて責任があるわけではない。毎日を戦史や雑学の研究（というより書物の乱読）や友人たちとのつきあいで潰し、暇を見つけては愛猫《あいびょう》千早《ちはや》と戯《たわむ》れていた。花街《かがい》にも通った。当時、将校たる者は結婚を前提としない一般女性との交際を軍規でもって禁止されていたから、別に不思議ではない（まぁ、新城の場合は性癖《せいへき》の問題もあったが）。あるいはかれにとって、生涯においてこれほど気楽な日々はなかったのかもしれない。

そうした日々が変化を見せたのは皇紀五六七年一〇月を過ぎたあたりであった。校長の命令により、補助教官職に任ぜられたのだった。

この任命について、彼の義兄格であった駒城保胤《やすたね》の意向が働いていたのは疑いがない。当時の校長、殿井昭定大佐は軍監本部《GSHQ》で保胤と机を隣り合わせたこともあったから、確実であろう。

新城が任されたのは主任教官が病いを得て休職した古戦史であった。軍人としての栄達を夢見るものが多い学生たちには人気があるとはとてもいえない教育分野だが、それは新城の責任ではない。

だいいち、人気がなくても学生が出席しないわけではなかった。軍学校における講義は世間の学校におけるそれとは異なる。あくまでも『軍務』の一環であり、軍制度上におけるその位置づけは泥まみれの野外教練、はたまた戦場で発せられる命令となんら違いがない。よって、気に入らないから出席しない、などという個人の判断が通じるようなものではない。

ともかく、新城は教官の末席に連なって中尉たちに古戦史を教えることになった。

当然、反発はあった。熟練した下士官が子供のような少尉に物を教えるのとは事情が違う。学生の中には新城よりも軍歴の長い者も大勢いた。

しかし、反発は一ヶ月ほどのうちに陽を浴びた氷のように溶けていった。少尉任官以後、匪賊討伐ばかりさせられていたが故に、この中尉教官が誰よりも小部隊戦闘をこなしていることが知られるようになったからである。軍隊という組織では階級よりも経験が重視される傾向にあるが、その中で最たるものが実戦経験なのだった。実際、この時期の〈大規模内戦と対外戦争の端境期《はざかいき》の〉〈皇国〉陸軍において、新城を上回るほど戦慣《いくさな》れした若手将校を探すのは難しかった。かれはまた討伐の過程で正規の将兵と独断で臨時徴募した後備兵を集成した大隊規模の部隊を運用し、戦果をあげた経験もあったから、本来ならば中尉風情が知るはずもない立場から戦いを眺めることもできた。経験だけからいえば教官は適任であった。

ただし、かれの講義を受けた者たちが学生として抱いた感想は二つにわかれた。

ひとつは、純粋に影響を受けた、というもの。

もうひとつは、あれはやりすぎだ、という反応。

両極端の反応がでた理由は新城自身の教授法（というほど本人は構えていなかっただろうが）にある。

新城は古戦史を既定の事実として伝えなかった。昨日起きたこと、あるいは現在進行形の出来事のように語った。その過程において生じたあらゆる出来事を学生たちに疑わせ、さらに良い解決法があったのではないかと考えさせた。歴史の一種である戦史としてではなく、軍事的な事例研究として扱った。当時の教授法としてはかなり異例といえる。

それだけでなく、教材として取り上げた史実にも問題があった。

たとえばある講義でかれの舌鋒《ぜっぽう》の矢面に立たされたのはだれあろう〈皇国〉の国祖帝、明英帝だった。

「明英大帝の軍が油洲《ゆしゅう》へ進軍した時、軍が飢渇《きかつ》に苛《さいな》まれたことがあった」

新城は学生たちに有名な史実を語った。〈皇国〉人ならばだれもが知っているといってよい話だった。

軍勢が油洲に入った時、すでに糧秣《りょうまつ》は尽きかけ、水すら不足していた。その時、兵の一人が自分たちと同様渇きに苦しんでいる明英帝に革袋から碗一杯の水を捧げた。

明英帝は受け取った碗をしばらく眺めた後、右の指先をわずかに浸し、両の目尻を湿らせると、残りの水を地に撒き、あと二〇浬進めば井戸があると全軍を励ました。

兵のために涙は流せても、喉《のど》を潤《うるお》すことはできない——明英帝の偉大さが語られる際に必ず用いられる『油洲の捧涙《ほうるい》』という神話じみた事績であった。

新城はその模様をまるでそこで見ていたかのように語った。かれは人前でそれらしく語ることを嫌う男だったが、準備を整えていたためか語り口には実感がこもり、学生たちにちょっとした感動を抱かせたほどだった。

新城は学生の反応を確かめたあとでぱたりと講義録を閉じた。なにごとかと注目した学生たちを無視するようにしばらく沈黙したあと、唐突に口を開き、

「これはまったく誤った行動だ」

と断定した。明英大帝の軍事指揮官としての才能、その限界を示していると告げたのだった。

「仮に諸君が戦地にあったとする。そこで長駆進軍を命じられたにもかかわらず、糧秣、

水の手当が為されなかった場合、どのような感想を抱くか——そのような命令を下した上官を評価できるのか」

新城は静まりかえった教場を見回しながらいった。

「少なくとも僕は評価できない。糧秣や水の調達は兵站《へいたん》、補給という以前の、軍首脳部がなすべき最低限の配慮だ。軍の行動、そのすべてが御国のためになされるべきものであることを考えあわせるならば、絶対的な義務とすら断定してよろしい。よって、その手当もつかぬまま軍を行動させるなど愚行以外の何物でもない。もし僕が戦地でそのような愚行を為す者を部下に持ったと仮定するならば——」

新城は背筋を伸ばした。

「上官として、かれを極刑でもって断罪せざるをえない。指揮官とは兵と共に涙を流す立場ではない。兵に安心して汗を流せるだけの水を与えてやる立場なのだ。明英大帝はそれを理解しておられなかった」

そして、出来の良い冗談を口にしているようにほがらかな態度で（なぜなら、表情は側溝の底を覗いたようであったから）いってのけた。

「よってまことに畏《おそ》れおおいことながら僕は確言するよりない。軍司令官としての明英大帝は疑う余地もなく無能であられた、と」

教場にいた学生全員が凍りついた。無理もない。万民補弼令《ばんみんほひつれい》発布以前であれば即刻不敬の咎《とが》をもって軍籍剝奪《はくだつ》、入牢を申しつけられかねない発言であった。実際、その当時ですらそう受け取り、かれへ嚙みついた者があった。

「尊崇《そんすう》と軍事的現実への評価は異なる」新城は批判に応じ、ごく簡単な思考実験をもちだした。

「どうしてもというならば試してみてもいい。お互い、一個大隊を率いて五〇浬を行軍したうえで演習をおこなうのだ。こちらは水をたっぷり持って。そちらは水無しで。有利なのはどちらだ」

批判者は黙り込んだ。

これが新城直衛だった。

かれはまず状況を見極め、役割を認識し、必要とされる行動を取る人物だった。必要と判断した場合、いかなる行動もためらわなかった。教官としてもそのようであったし、野戦軍指揮官としてはそれ以上ですらあった(六芒郭《ろくぼうかく》におけるユーリア・ロッシナ東方辺境領姫との戦闘では必ずしもそういい切れない部分はあるが)。おそらく、祖国や皇室に対する複雑な、鮮やかさをはねのけるような姿勢はそうしたすべてが影響を与え合ったあげくの現実的な帰結点だったのだろう。これを要約するのはひどく難しい。新城という屈折を通り越した漢《おとこ》の、余人にけして明かすことのない意志や気分が多量に含まれているからである。あるいはかれがこの講義の締めくくりに述べた言葉こそが、その説明に最もふさわしいかもしれない。

　自分の言葉がもたらしたざわめきが収まった後でかれはいった。

「むろん、学生諸君が明英帝を国祖ノ帝として崇《あが》めることに僕はなんの異義も唱えない。人にはなにか無条件で信じられるものが必要だ」

　講義録を抱えた新城はひどく気楽な口調で続けた。

「しかしながら、それは戦いに直面した軍人が、指揮官としての責を背負った段階で頼るべきものではない。理由もなく信じられるものとはすなわち宗教にすぎない。そして宗教とは現実問題に容喙《ようかい》させるべきものでは絶対にない」

　そして新城直衛は、かれの宗教観、いや人間観そのものを象徴するとおもわれる一言を告げ、講義を終えた。

「それができないのであれば軍人を辞めろ。坊主になれ。坊主になって葬式でもして儲けるか気も頭も弱い薄ら莫迦《ばか》どもを騙《だま》すかしていればいいのだ。本日の講義はこれで終わる。学生起立！」

　そういうことであった。まさにこの男の言葉というほかなかった。なお、新城直衛の教官としての配置はごく短期間、独立捜索剣虎兵第一一大隊への配属を命ぜられる以前に終わっている。その理由については史料が残っており、現在でも兵部公文書館で閲覧が可能である。

『学生教育効果ノ大ナルヲ認ムモ、指導方法ニ甚《はなは》ダシキ誤解ヲ招来セル要因ヲ含ム』

要するに、新城の毒気に当てられ、よからぬことを考えだす連中が軍に溢《あふ》れては困るから教官はくびにする、ということだった。あからさまにいえば、傍迷惑な奴だ、ということになるだろう。

あるいは、これこそが新城直衛なる男に対するもっとも正当な評価なのかもしれない。

第一章　蹶起

1

油を注された把手《とって》が無音のまま回り、音もなく扉が押し開けられた。

一瞬の間があり、男の頭がのぞいた。見知らぬ相手であった。暖房のない廊下にいたというのに、突っ張った顔に脂汗を滲《にじ》ませている。顔の両端についているのかとおもわれるほど離れた両目は緊張のあまり外へはみ出んばかりに剝《む》かれていた。男の目的を知るにはそれで充分であった。

理解と哀れみの混淆《こんこう》した微笑を浮かべた新城直衛は、この夜のあいだ片時たりとも手放すことのなかった鳥打銃の台尻を頭頂めがけ振りおろした。

頭は小気味よさを覚えるほどあっさりと砕け、頭蓋骨の破片や毛髪のついた頭皮や脳の一部が飛び散り、壁や扉に当たって粘った音を立てた。脳を失った侵入者はただばたりと床に倒れ、家令の瀬川が毎日磨《みが》き上げている床へ頭蓋の中身を盛大にまき散らした。

寝室から銃声が響いた。

聞き覚えのある音だった。寝室に備えてあるかれ自身の短銃のものに違いなかった。即座にそちらへ向かおうとしたが、すぐに男の悲痛な呻《うめ》きを聞き取る。ちらりと微笑《ほほえ》んだかれは安心して目前の作業へ没頭することにした。

鳥打銃を構え直す。半開きになったままの扉に向けためらいもなく引鉄を絞った。喇叭《らっぱ》のように拡がった銃口から轟音と共に噴煙のような勢いで銃煙が噴きだし、銃床を押し当てた肩へ蹴飛《けと》ばされたような衝撃がはしった。扉に無数の穴が生じ、木片が飛び散る。廊下から聞こえてきたのは紛れもない男の、いや、男たちの悲鳴であった。

鳥打銃を捨てた新城は右手に鋭剣、左手に短銃を構えるとさらに積極的な迎撃を開始した。

内開きの扉を軍靴《ぐんか》の爪先で開き、頭を砕いた男の死体を踏みつけつつ駒城下屋敷の廊下へと飛びだす。扉のすぐ向こうには二人の男が倒れていた。一人は散弾に額を砕かれ、もう一人は股間を押さえてのたうちまわっていた。磨き上げられた床には鮮やかな色合いの血が拡がっている。窓の向こうには心に深い傷を負った画家が描いた心象風景のようにうそ寒い冬の夜明けがあった。

飛びだしたかれの左右に立っていたのは三人の男たちだった。右に二人、左に一人。農夫風のこしらえだが表情と態度は訓練された男たちのそれだった。

左側の男へ短銃を向け、胸めがけて打ちこんだ。上衣の布が飛び散って穴が生じた。恐怖ではなく驚きをあらわにした男は表情を変えぬままなにかを断ち切られたように崩れ折れた。

短銃を投げ捨てる。男の身体を飛び越え、振り返ると鋭剣を構えた。

生き残った二人はどうすべきか迷っているようだった。

新城直衛を嘗《な》めてはいけない、その事については充分に説明を受けている。警戒もしていた。密かに新城を殺害するため、銃も持たなかったほどだった。むろん駒城下屋敷へ侵入するにあたっては屋敷の者を目覚めさせぬよう、これ以上はないほどに気配を消している。

しかし現実はこれだった。眠りこけている新城を抹殺するどころか、待ち伏せによってすでに四人を失っている。行動の自由を与えられていたならば、即座に逃げだしていただろう。

もちろんかれらに自由はなかった。ここで新城を殺せなければ二度と暗殺する機会はないとわかっていたからであった。そしてその事実は、かれらの個人生活に極めて好ましからざる影響をもたらすはずなのだった。

まだ機会はある、生き残った二人のうち、年嵩《としかさ》の男は腹の底を炙《あぶ》るような焦燥感とともに考えた。新城直衛について様々なことを教えられたが、その中に、かれが鋭剣の達人であるという情報だけはなかった。銃声に驚いた連中が駆けつけてくる前に、片づけられるかもしれない。

かれはただ一人無事な仲間に合図し、並んで剣を構えた。

新城直衛の示したものは苦笑であった。

「止したほうがいい」新城は告げた。「君たちは任務に失敗したのだ。大人しく降伏するか、血路を開くべきだとおもうな」

「笑止な」年嵩の男は呻いた。「貴様を片づけるだけでいいのだ」

「では、どうあっても諦《あきら》めないと」新城はうなずいた。「せめて、名前だけでも聞いておきたいが。遺族に悔状のひとつも送ってあげよう」

「やるぞっ」年嵩の男はわめき、一歩進み出た。

新城は溜息のように呟《つぶや》いた。

「千早、好きにしていいよ」

かれらは生涯の終わりに、ひっそりと背後に近づき、辛抱強く主人の命令を待っていた〈皇国〉陸軍主力戦闘獣の満足げな唸《うな》りを耳にした。牙が肉体を裂く感覚が脳へ届く前に絶命できたのは幸運というほかない。千早はこの主人にしてこの猫ありきと評すべきほどに残虐《ざんぎゃく》な殺人法に長《た》けていた。

寝室の窓につけられた露台の手摺《てすり》へ綱をかけて登ったのは六人だった。最初の一人が登り切ったところで窓が内側から割られ、ほっそりした指に握られた短銃が火を吐いた。喉首に奇怪な肉穴をつくられた男は奇妙な呼吸音を響かせながら倒れ伏した。

その時、二人目の男は勢いをつけて露台に足をついたところだった。彼が身を起こしかけたその時、磨き上げられた鋭剣が深々と腹を抉《えぐ》った。呆然と見上げたかれが目にしたものは近衛衆兵将校の制服——戎衣《じゅうい》に良く似た衣服を身につけた金髪碧眼《へきがん》の戦姫《せんき》だった。

「他人の寝所に忍び入ろうとした報いだ」さっと鋭剣を引き抜いたもと〈帝国〉東方辺境領姫——ユーリア・ド・ヴェルナ・ツァリツィナ・ロッシナは優雅に血を払いながらいった。

「さて、綱でも切ってやろうか」

「あえて登らせるべきでは、殿下」兵部省大尉相当官の軍装を身につけた新城の個人副官、天霧冴香《あまぎりさえか》は両性具有者特有の冷静さそのままに可憐な面立ちには似合わない言葉を口にした。

「痛めつけるだけでは足りません。殺すべきです。殲滅《せんめつ》するのです」

「引き込んで皆殺しか、主人に学んだな。良い心がけだ」ユーリアは唇の端をかすかにあげ、冴香と共に窓の内側へ下がり、残りの男たちが登り切るのを待った。先行した二人が声もあげずに倒されたことを知らない連中が次々に登ってくるはずだった。かれらは実際にそうした。同じ漢の情人である二人も、自分たちの望むままにふるまった。ユーリアは敵の心臓を衝くことを好み、冴香は喉首の切断を選んだ。むろんもたらした結果は同じだった。

かくして新城直衛中佐の命を狙った暗殺団は全滅した。皇紀五六八年一三月四日朝のことだった。

2

ことし四七歳になる邏卒長《サージャント》、拝堂世之介は周囲にあるなにもかもが幻だと信じ込んでいるような顔をしていた。恒陽がようやく青白く染めあげた皇都の冷気に包まれ、骨の芯まで凍えていた。なにより痛みを感じるほどに張った膀胱《ぼうこう》をなんとかしたかった。街中をかけずり回るべくしてかけずり回らねばならない仕事のため邏卒外套《らそつがいとう》の丈《たけ》は腰のあたりまでしかないのだった。おまけに、皇都はかれの故郷である真洲《しんしゅう》——真津《まなつ》とは違う。道端に側溝があっても気ままに尿《ゆばり》を垂れるわけにはいかない。それを禁ずる律がある。そして二刻交代の巡邏はまだ終わっていない。

そうした次第で皇紀五六八年一三月四日の朝まだき、一生の折り返し点をとうに過ぎた年の男にとってはひどく辛い時を拝堂は過ごしていたのだった。

いい加減、どんな事件が目の前で起きても見なかったことにしたい誘惑にかられている。といっても、それはかれが長瀬門前東番所で三日に一度の夜番について迎えた朝にはいつも感じる誘惑だった。以前はそんなことをおもうたびに軍へ残っているべきだったかと後悔したものだが、戦争がこんな具合に――内地《マザーランド》の半分が〈帝国〉軍に占領されてからはいやいや俺は間違っちゃいなかったと確信するようになっていた。いまごろ軍にいたならとうにどこかで御国の礎《いしずえ》になっていたところなのは間違いないからだった。であるから、都令院警保局がいっかな番所に据え付けられた熱炉の黒石代を増やそうとしないことも、小さな番所で夜を過ごし、二刻交代で担当地域を巡邏しなければならないことも恨むつもりはなかった。それに、もう数寸あるけば番所の便所にかけこめる。

だが、この朝ばかりはそうもいかなかった。

「拝堂さん、拝堂さん」

一緒に巡邏にでていた若い邏卒の檜川がいった。顎《あご》のしゃくれた顔に妙な色を浮かべていた。

「なんだ」応じた拝堂は無愛想なことこのうえなかった。なにしろ自制心の大半は下半身に集中していた。

「いや、あの」檜川は鼻白んだようだったが、すぐに拝堂が不機嫌な理由のあたりをつけた。

「自分がまわりをみてますから、そこの陰ですませちまったらどうです」

「いや、まあ、そうだな」

拝堂は手近な背の高い建物にかけよった。屋上にはすべての建物を越える高さに達する大きな木枠が建てられていた。型示逓信《テレグラフ》の中継所だった。日中しか利用できないため、まだひっそりしている。立ち小便にはぴったりだった。

拝堂は前留を外してちぢみあがったものをひきずりだした。耐えられなくなって足踏みをしていた。下腹を押さえながら強引に湯気をたちのぼらせるものを放った。

深い溜息とともに脇をみると、檜川はさらに妙な顔になっていた。

「どうしたんだ、なにか見つけたか」

「いえ、聞こえたような気がして」

「なにが」

「軍靴で駆けているような音が。一人二人じゃありません」

「軍靴だと。昨日のあれが耳についているんじゃないのか」まだまだ勢いよく放尿を続けながら拝堂は笑った。

「式典は大変な騒ぎだったからな。戦に勝ったのかと間違えるところだった」

むろん拝堂は昨日、皇都でおこなわれた凱旋式《がいせんしき》について嘲《あざけ》ったのだった。あれこれと理由はつけられていたが結局のところどういった意味があるのかよくわからない式典。皇都を威風堂々と行進する無数の将兵。石畳を踏みしめる軍靴。鳴り響く兵楽。子供のような昂《たか》ぶりに炙《あぶ》られて欣喜雀躍《きんきじゃくやく》する民草ども。つまりは将家による将家のための茶番だった。

むろん、後始末はすんでいない。垂れ幕をはじめとする飾りはいまもむなしく冬風に揺れている。なかには夜の間に紐《ひも》がちぎれて道に垂れたものもあり、眺めているだけで足元が不安になるほどのむなしさを醸《かも》しだしていた。あの式典の真実とはつまりそれだけなのかもしれなかった。拝堂はおもった。どれほど勇壮であっても、現実のなにかがかわるわけではない。そうなのだ。この国が強大な異国の――〈帝国〉の侵略軍に国土の東半を奪われ、皇都もまた安泰とはいえないという現実が消えてなくなりはしない。

拝堂はどうにか始末をつけたものを痙攣《けいれん》させるようにふると細袴《ズボン》の中におさめ、前留をなおした。急激に収縮したおかげで生じた膀胱の痛みも薄れ、なんとか普段の、そこそこには注意深い邏卒長としてのかれが生き返ってきた。

「で、どっちの方角だ」

「なにがです」

「聞こえた方角だよ」

「西ノ守です。護洲《もりはら》公の上屋敷――」

そこまで口にして檜川は天龍に睨まれた川狸《かわだぬき》のようになった。口を半開きにしたまま、固まった。

「おい、貴様」檜川の姿に若い頃目にした嫌なもの、冬の荒れ野で一夜放置された匪賊の死体をおもいだした拝堂は声を荒らげた。が、檜川に説明される必要はないとかれの脳が告げていた。鼓膜がひろいあげている。あの音、昨日の凱旋式典ばかりではなく、陸軍のとるにたらぬ上等兵であったころに聞き慣れた力の響きを。石畳を荒々しく踏む無数の軍靴、気ぜわしげに鳴り続ける装具の擦れる音。そして、戦いを控えた男たちがはき出す恐れと昂りのいりまじった浅く荒い吐息。皇都の中枢で、帝と御国を護るべき軍が理由もなく為すべきものではなかった。絶対に、なかった。すくなくとも拝堂の奥底へ本人すら気づかぬうちに根付いていた衆民としての、元兵士としての、現役の邏卒としての感覚はそう叫んだ。

「演習、ですかね」

惚《ほう》けたままの声で檜川がたずねた。

拝堂は即座にかれの手首をつかみ、建物の陰にひきずりこんだ。長靴が、黄色く穴のあいた雪を踏みつけた。

「おまえな、すぐに知らせてこい」拝堂はいった。

「え、あ、はい」

檜川は番所に向けて走りだそうとした。拝堂はあわてて再び手首をつかんだ。

「莫迦、番所に走ってどうする。本署だ。本署に走れ。いいか、西本条大通を大規模な陸軍部隊が皇宮方面に向かいつつあり。わかったか」

檜川の顔はまだ惚けていた。拝堂は頰を張った。小気味よいほどの音が響いた。唇の端から血をにじませた檜川が頭をふった。

拝堂はふたたびたずねた。

「わかったな」

「わ、わかりました」

「よし、いけ」

「拝堂さんは――」

「俺は警保局に駆けこむ。なに、普段なら下っ端がなにを持ちこもうが将家にいらぬ人情だが、今日は邏卒学校の同期が上番している。ねじこむさ。いけっ」

警杖《けいじょう》を天秤棒《てんびんぼう》のようにかついで駆けだした檜川の後ろ姿を見送った拝堂は大きく息を吐いた。かつて末端の兵として身をもって味わった軍というものをおもいだしていた。兵を動かした時にはすべてが終わっている、という軍隊の常道についてだった。

拝堂は大きく息を吸い込み、警杖を小脇に抱えた。警保局へ知らせることにどんな意味があるのかは、いや、たどりつけるのかすらわからない。それでもかれは駆けねばならなかった。拝堂世之介は皇都の安寧《あんねい》を保つべき邏卒の一人であった。

一三月五日午前《かみ》第九刻をもって発動すべしとされた実力行使をともなう守原《もりはら》家の政治的

行動がその直前といってもよい一三月三日から四日へ移り変わった刻限になって丸一日前倒しされたのは、現世権力としてはほとんど意味をもたない君主、皇主正仁《まさひと》のふとしたおもいつきの影響を受けている。三日に挙行された凱旋式に人として大きな感銘を受けたかれは皇主の義務であり権利でありながら長きにわたってとりおこなわれることのなかった宮内巡幸の準備をせよ、朕《ちん》は五日に宮内を巡る、と凱旋式直後に命じたのだった。

宮内巡幸とはすなわち皇主みずからによる殿上の総点検であり、宮城《きゅうじょう》——皇宮のありとあらゆる場所がかれの竜顔を仰ぐことになる。

むろん、皇宮警備にあたる近衛兵どもも例外ではない。いや、正仁はまさにその近衛こそをことに親しく謁《えつ》することを望んでいた。本来のかれは軍事に関わることなど怖気《おぞけ》をふるうほどに好まない温厚な人物だったが、この日ばかりは違った。昨日、眼前を行進した無数の将兵はかれの精神に大きな影響を与えていた。じつのところかれをしてもっとも刺激したのは新城直衛の率いる通称新城支隊の、行進としては無様な、しかし戦闘部隊の行動としては理にかなったふるまいだったのだが、むろん正仁はその事実を誰にも話していない。ただ、手間のかからない方法で——つまり国庫に影響を与えず、忙しいおもいをする者が少なく、それでいて世に知れ渡ればいくばくかの士気高揚も見込めるはずの（陛下御自ら宮城の兵を閲兵された、という形で広まる噂話《うわさばなし》にはそれほどの影響力がある）宮内巡幸をおこなうと告げた。いうなればかれはその生涯のなかでもっとも兵事に関わっていたこの時期においてすら見事なまでに中庸《ちゅうよう》の人であることを示したのだった。

むろん反対はなかった。宮内におさまることであれば国事というより帝家の私的な行事（この場合、一家の用心深い主《あるじ》が寝る前に戸締まりを確かめるようなもの）であるから誰にも反対のできるはずがない。それになにより、この時、皇主に近侍《きんじ》する者どもも主と同じ兵事への突発的熱情の虜《とりこ》になっていた。まったく意味のない催しであったと衆目の一致するところであった凱旋式典は、その意味において、守原英康《ひでやす》の企《くわだ》てに致命的なほどの影響を与えていた。皇主が近衛を閲兵するからには準備が整えられることになり、将兵の緊張も高まり、警備態勢も強化されるからだった。巡幸は五日の午後早い刻限に予定されていたから、すなわち皇宮に勤める者たちが顔をそろえる午前第八刻には普段よりもよほど多い、おそらく一〇〇〇名ほどの近衛兵どもが皇宮へ詰めていることになる。まずかった。他ならぬその五日に皇都を掌握しようとしていた守原英康にとってはきわめてまずかった。

守原英康が企み、草浪道鉦《くさなみみちかね》が描いた〝義挙〟の初動において重視されたのは、『玉《ぎょく》を掌中《しょうちゅう》におさめる』ことだった。玉とはいうまでもなく皇主そのひとを意味する。

とはいえ、英康には皇宮内部へ兵を入れることについてのためらいが生じていた。帝の許しなくして兵を――ことに多数の陸軍将兵を皇宮へ侵入させることはあきらかな叛逆にあたるからだった。それを無視して権力を奪取できるほど〈皇国〉はのどかな国ではなかった。既存の支配体制を殲滅することによって新たな支配を打ち立てることを許す時代はとうに過ぎ去っている。いかなる行動も、その目的を既存のなにかの——おそらくは良識と呼ばれるべきものの裏付けを必要とした。

この時期の〈皇国〉陸軍において一、二をあらそう謀才の持ち主であった草浪道鉦はむろんこの問題についても妥協点をみつけだしていた。

すなわち、兵さえ入れなければいいということだった。入り込むのが将校以上であれば制度上、見事な穴が存在した。将校には栄誉としての参内を直接、皇宮内にある皇宮内斎院へ申し出る権利が認められていたのだった。むろんこれはまったく形式的なものであって、実際の将校参内は兵部省の担当部署が『代行』する慣習になっている。そう。あくまでも慣習にすぎない。つまりはそれを無視してしまいさえすればよい。多数の将校が、自分に与えられた権利を行使するために皇宮を訪れたという形式を成立させてしまえばいい。

草浪はいった。

「予定通り近衛禁士《きんし》独立騎兵第一大隊並びに臨時編成の集成第一〇一砲兵中隊を皇宮周辺に展開させますが、御料内には立ち入らせません。第一大隊の将校、それに他から集めた御家への忠節篤《あつ》い将校たちで内部を制圧します。当直だけがいる時刻であれば近衛総監部もこれだけで抑えられるはずです。すべてがうまく運べば、血を流さずに済むでしょう。

あからさまな皇軍相撃だけは避けられます」

英康はかれのおもいつきに目を丸くし、やがて高らかに笑った。そして大いなる満足感とともに深くうなずき、告げた。

「すべて、任せる」

草浪自身がその言葉についてどう考えたかは別にして、いかなる良識にも背反しないかれの計画は守原家の計画、その政治的自由度をしっかりと確保した。律を破っているところはどこにもない。いやむしろ、律を完璧に守っている。たしかにおそるべき謀才であった。

が、皇主正仁の宮内巡幸というおもいつきがその完璧さを壊した。

巡幸についての知らせは三日遅く、皇宮にいる守原家にごく近い侍従によって伝えられ、当然のように英康以下を大いにあわてさせた。そして、検討を重ねているうちに日付が変わった。時間の余裕はほとんど残されておらず、焦燥《しょうそう》はいやがうえにも高まることとなった。

「駒洲《くしゅう》に気取られたのではないか」英康はいまや蹶起《けっき》の最前線司令部と化した感のある守原家上屋敷の自室で語気強くたずねた。

「陛下は兵事をけして好まれない。むろん、皇主の御役目としては喜んで勤められるが、御自ら望まれることはない」

その場に集められた者どもは沈黙したままだった。が、英康の判断が誤っていると断言できる者はだれひとりとしていなかった。皇主正仁が兵事を嫌う——とまではいかなくても決して得意とはしていない温厚な人柄の君主であることはこの国で広く知られていた。

「即座に動けばいい」守原家次期当主である定康《さだやす》が腫《は》れぼったい瞼《まぶた》を揉《も》みながらいった。

「皇宮の衛兵が増強されては玉をつかみそこねる。玉をつかめなければ新城が」

かれは唐突に言葉を断ち切り、細巻をくわえた。

「道鉦」英康は押しつけるようにいった。

「即座には動かせません」草浪は左手の爪をみつめていた。指を意味もなく踊らせたあと、かれはつけくわえた。

「現時点での駒洲派要人たちの居所が特定できません。せめて、五日と時刻だけでもあわせなければ。時刻をずらせると各部隊の行動について再検討をくわえる必要が生じます」

遁辞《いいのがれ》ではなかった。草浪は秀才型の人物にありがちな詳細を究める行動計画を立案し、実施部隊へ指示を徹底させていた。その種の計画が戦術的な自由度を奪うことはわかっていたが、そうせざるをえなかった。蹶起部隊の主力を成すのは龍洲《りゅうしゅう》で大損害を受け、また多数が虎城《こじょう》防衛に張り付けられている守原家子飼いの護洲《ごしゅう》軍ではなく、守原家と密盟を交わした宮野木《みやのぎ》家影響下の背洲《はいしゅう》軍——それも後備役部隊だった。練度も能力も限られているとあっては、自由度の高さはかえって仇《あだ》となりかねない。実際のところ草浪は丸一日前倒しすること自体にも大きな不安を覚えている。参加部隊はあくまでも五日の行動にあわせて準備と訓練をおこなってきたのであり、兵員の休養などもその日付にあわせて計画が組まれているはずだからだった。今夜など、部隊長によっては飲酒や外泊を認めているかもしれない。

「駒城とはすなわちあの老人と保胤、それに不埒《ふらち》なあの成り上がり者だけだ」定康が吐き捨てた。「三人の首さえ奪えばそれで済む」

「その三人が問題なのです、若殿」草浪は苦痛に耐える病人のような表情を浮かべていた。ある意味かれは危篤《きとく》といっていい状態にある守原家当主――守原長康《ながやす》の精神的な代理人でもあったから、ふさわしい態度かもしれなかった。

「駒洲公は用心深い人物ですし、新城少佐――ああ、本日付で昇進の辞令がでているはずなのでもう中佐です――については、いまさら触れるまでもないことです」

「不可能だというのか」

「駒洲公については明日の方が容易になります。廟議《びょうぎ》が予定されていますから。そこで執政府要人たちとともに身柄を抑えられます」

「新城は」そうたずねた定康からは軽々しさが失せていた。

「駒城下屋敷の可能性が高い、としか申し上げられません。下屋敷はむろん監視させてはいますが、あの男は一人で動き回ることを恐れないので、絶対ではありません」

定康の表情が暗くなったことに気づいた草浪は意識して話題を切り替えた。

「実は新城中佐よりも大きな問題があります。駒城中将です。五日に縦川《たてかわ》の背洲軍司令部で予定されている軍司令官会同の席上で他の司令官たちと同時に身柄を抑える予定でしたが、一日早めるとなるとなにか手を考えなければなりません」

「何人か司令部に送りこんであるのだろう」

「ありますが、その者たちに手を下させるわけにはまいりません。どれほど言葉を飾ったところで密殺と受け取られます。駒城中将ほどの位置にある人物の排除にそのような印象があっては、周囲に御家の大道についての疑念を抱かせることになりかねません」

草浪はそこまで口にして小さな咳を漏らし、控えめに付け加えた。

「直接的には皇都周辺に配備された部隊の動向にも影響します。過去の政治的動乱で多く見られたように、ある勢力が兵を動員した場合、大部分の部隊はまず中立状態を選択します。これはことに陸軍と近衛において将家の影響力が大きいからであります。指揮官、主要な配置にある将校たちが自分の属する将家の利害について判断をつけかね、一種の思考停止に陥《おちい》るのです。だからこそ御家はこの度の義挙において兵力のすべてを取り除くべき人に向けられます。駒城中将をあからさまな密殺で処断した場合、この効果は期待できなくなるでしょう」

「東洲《とうしゅう》乱の時もそうだった」英康がいった。ひどく不快そうな顔をしていた。「目加田家がどれほど皇都に働きかけているのかだれにも見当がつかなかったため、どこの部隊も動こうとしなかった。指揮官が命令をくだしても幕僚たちがあえて作業を遅らせた部隊もあった。兵どもも戦意に欠けていた」

「そればかりではありませんが」草浪はいった。取りなすような態度だったが、腹の中ではそりゃそうだろうさとおもっている。騒ぎから利益を得たがるのは将家のみの独占事業ではない。「皇軍相撃ともなれば、だれもが二の足を踏みます。ともかく、この利点を最大限に生かさねばなりません」

「ならば、どうすべきなのだ」英康が苛立《いらだ》たしげにたずねた。

草浪は人並みはずれて秀でている額を揉んだ。薄気味の悪い浮遊感と落下感を覚えていた。意識を光と闇が入れ代わり立ち代わりに支配し、鳩尾《みぞおち》の辺りで説明のつかないむかつきが生じた。

自分がけして目には見えない泥沼にそこまではまりこみ、溺《おぼ》れ死につつあることがかれにはわかった。が、危篤状態とはいえ長康がまだ生きているいま、かれは守原家への忠誠を捨てる気分にはなれなかった。それに、かれの頭脳はあくまでもその能力を維持し続け、目前の問題に対してたちどころに解答をもたらしていた。

「偽信をだします。即時性が重要なので、むろん導術で」草浪は説明した。導術で偽の通信を送ろうというのだった。

「内容は。軍司令官会同も一日早めさせるのか」英康がいった。

「それは無理です。閣下も御存知のとおり、司令官会同はいろいろと準備が必要なものです――駒城中将と親しい軍監本部戦務課長の窪岡少将名義で密信を届けさせます」

「はやくいえ、道鉦」瞼を揉みつづけていた定康がいった。

「背洲軍に叛乱の動きがあることにします」

英康たちはさっと表情を硬くした。草浪は即座に言葉を接《つ》いだ。

「とはいえ、皇軍相撃の危険はまずありません。〈帝国〉軍はすでにこちらからの申し出に基づいた運動を実施し、前線部隊を拘束しているはずです。また、駒城中将の性格からいっても即座に部隊へ行動を命じることはないでしょう。ともかく明日、かれが動ければよいのです」

「それでは駒城保胤の手に駒洲軍が握られたままになる」英康がさらに忌《い》ま忌《い》ましげにうめいた。他の者たちはただ表情を硬くした。〈皇国〉陸軍最強といってよい駒洲軍が駒城側の手に握られたままであれば、たとえば皇都での行動すべてが成功しても、最後にはどうなるのか。駒城保胤が皇都へ攻めのぼってくる可能性すらある。かれの人柄を好む者は軍にも多いから、他の司令官たちもどう転ぶかわからない。

しかし草浪はそうした不安を一蹴《いっしゅう》するようにいってのけた。

「――そのために皇宮を抑え、玉を握るのです。陛下の御側を固めてしまえば好きな内容の勅《みことのり》がだせます。ええ、駒城中将に対しても。そして駒城は勤皇の家です。偽勅《ぎちょく》だとわかっていても違勅には二の足を踏むでしょう。それが、駒城の弱みです」

「わかった。それでいい」英康は命じた。

「はっ、それでは」

退出する草浪の後姿を目で追った定康がいかにもいまおもいだしたといわんばかりの顔で告げた。

「ああ、そういえばわたしの独断で命令を出しておきました」

英康はいやな気分にさせる黒雲をみるような目つきを浮かべた。「なにがいいたいのだ」

「新城です。わたしが自分で手配した者たちに、奴を抹殺するよう命じました」

「な」英康はさすがに驚いていた。驚くことをはじめて覚えた男のような驚きかただった。

「もちろん道鉦には知らせておりません」定康はいった。

「道鉦になにかおもうところでもあるのか」

「頼りすぎていますよ、われわれは」

「当然だ。陪臣格《ばいしんかく》ではあの男が一番の利《き》け者だ」

定康はその点についてなにも口にしなかった。かれにしたところで草浪についてなにかを疑っているわけではない。ただ、あの秀才参謀が守原家そのものよりも守原長康――かれの父であるということになっている人物への個人的忠誠を重んじていることを忘れていないだけだった。

「まあいい」意外なほどあっさりと英康は許した。「おまえがそれほど新城のことが気になるのであれば、おもうようにしてみろ。ただし刻限にだけは気をつけろ。主力が動きだしてから——」

「ええ」甘い。これが親の情というものか、と定康はおもった。ふざけている。このような時にそれをはじめて——生まれてはじめて実感するなど。ふざけている。本当にふざけている。

こうして草浪の修正した計画に基づき、一三月四日早朝、守原英康の〝義挙〟なるものに参加した〝蹶起部隊〟は行動を開始した。この朝、拝堂邏卒長とその部下が目撃したものは、皇宮周辺および長瀬門前付近にひろがる官庁街の制圧に投じられた背洲後備銃兵第五八聯隊《れんたい》の尖兵《せんぺい》小隊の姿であった。

3

すでに除雪の済んでいる長瀬門前北端にある二棟三階建てのみすぼらしい木造庁舎、皇室魔導院の内部には夜通し暖房が焚《た》かれ、灯火が消えることのなかった部屋が幾つかあった。特務局内国第三部の部室もそのひとつで、中には数人の魔導官が詰めていた。勅任一等特務魔導官、羽鳥守人《はとりもりと》もそこにふくまれている。

羽鳥はいかにも疲れ切った様子だった。もともと立派な御面相でないところに、ここ一〇日ほどの激務が仕上げをおこなったため、どこからどう見ても諜報部員らしい様子はない。脂《やに》で汚れた眼鏡がさらに見苦しい印象を強めている。かれは、机へ突っ伏すようにして舟を漕《こ》いでいた。

扉につけられている鈴が熱炉のもたらす温かさを吹き払うように冷たく鳴った。

羽鳥は即座に顔をあげた。疲れ切っているものの、いままで眠りこけていたとはおもえないほど醒《さ》めた顔だった。やはり疲労によってぼんやりとしていた他の魔導官たちも緊張をみなぎらせていた。

顔を出したのは魔導院でもっとも機密度の高い部署、特殊導術局の次席当直魔導官、秀原嘉郎だった。

「一等魔導官、羽鳥一等魔導官殿、おられますか」

秀原は張りのある声でたずねた。額の銀盤はくすみかけていたが声には張りがあった。いや、それだけではない。かれは明らかに興奮していた。

「いるよ」

羽鳥は手をあげた。秀原は年齢を感じさせない足取りで歩み寄り、はっきりした声で告げた。

「局長からお知らせしろと命じられました」

「うん、それで」

「すでに尖兵が皇宮周辺へ達しつつあります」

「それだけか」

「局長からもうひとつ」秀原は声を落とした。「あとあとの厄介を考えると、やはりこれ以上の協力はできかねる、と」

羽鳥はうなずき、局長へよろしくと秀原にこたえた。

見事な銀髪の特殊導術局長をおもい浮かべたが、麗《うるわ》しき協力もここまでだと伝えられたことへの恨みは湧いてこなかった。今回の騒ぎはいうなれば守原と駒城の私戦であり、すべてに超然と君臨する皇主という具体的でありながら奇妙に実態のない存在が浮かび上がらせる〈皇国〉それ自体にとっての戦いではない。守原英康が権力を握った場合おそるべき結末がもたらされるだろうことが明らかでも、皇室魔導院の一部門が私戦を交える一方に総力をあげて肩入れはできない。表向きはそういうことだとわかっていた。

もちろん実態は異なっている。羽鳥は特殊導術局が中心となってある種の大量亡命計画がつくりあげられつつあることに気づいていた。なぜならば政治的な建前はともかく、守原の政権奪取が祖国の亡び、その始まりだという共通認識はだれもが抱いているからだった。

羽鳥は想像した。今頃は国中のあちこちで術力を持つ者たちへ連絡がまわされているだろう。術力のある者は年齢性別に関わりなく報せがあり次第どこそこへ集まれ、という指示が。そしてその先は――国中からかき集められた脚の早い船がかれらを海の向こうのどこかへと落ち延びさせる。新たな滅魔亡導の餌食《えじき》にされぬ土地へと。アスローンだろうか。そういえば両性具有者たちはどうなのだろう。拝石教の教義からいえばかれらの立場も術力を持った者たちとかわらない。もしかして、協力しているのだろうか。どうかな。むしろあの連中であれば〈皇国〉と共に亡ぶことを選びそうな気がする。そうであるからこそかれらはこの国で地歩を得たのだ。

秀原を帰した羽鳥は惚けたような貌《かお》を浮かべ、部屋の中央に据えられている熱炉を見つめた。

見つめたまま羽鳥はどこか現実感のない態度で告げた。

「木鞍、室津。始まった。今後はすでに与えた命令どおりに行動しろ。他の者も同じだ」

魔導官たちは口々に応じ、机の脇や部屋の隅に置いてあった荷物を掴んだ。

羽鳥は手に取った紙になにかを書き付けると、自分の荷物を手にした。荷袋も持ち主同様、さっぱりしているとはいえない見かけだった。

羽鳥は名前を呼んだ二人の魔導官に紙をわたした。導術で伝えてしまえば一瞬だが、相手は〈帝国〉ではなく守原だった。導術の傍受手段も妨害手段も持っている。人を走らせる他なかった。

「書いてある内容はどうでもいいようなものだが、ともかく、駒城下屋敷には必ずたどり着けよ。俺からの使いだと明らかにすること、むろん新城に直接伝えることも忘れるな。あいつはそれだけで察するはずだ」

羽鳥はそれだけ口にすると足早に戸口へ歩き、ほんの一瞬、躊躇《ちゅうちょ》したあと、魔導官たちに告げた。

「では諸君、幸運を祈る」

魔導官たちは冬の町に散った。羽鳥は魔導院を出ると、以前に打ちあわせておいた白州町の裏路地へだらだらと歩いた。そこには大周屋の屋号をつけた荷馬車が停まっていた。御者は羽鳥の姿を見てうなずき、荷台を示した。

雪の街をぽくぽくと進む荷馬車に揺られながら羽鳥は脱力感を覚えていた。

さて、自分にできるのはここまで。あとは、状況に対応して行動するほかない。そして状況とは他ならぬ新城直衛のこと。

頼むぜ、おい。こっちはもう有り金を残らず張ったんだ。貴様がなんとかしてくれなければ、残りの人生、えらく爽《さわ》やかなものになりかねない。どこかの河原で首をはねられるというような未来もそのひとつだ。

軒先からこぼれ落ちた雪が荷台にふりそそぎ、羽鳥はぶるぶると身体を震わせた。

これで、雪の冷たさに驚いて震えたことにできたな。羽鳥は嫌な笑いを浮かべつつ雪を払った。まぁいいさ。世の中、どんなことにでもなにかの理由はつけられる。たとえば――

たとえば、昨日までの逆賊が今日は英雄というように。

4

〈帝国〉宰相《さいしょう》ゴッサマー・グルヒハイム・ビア・デュブリック公爵《こうしゃく》は五二歳ともなれば抱いてしかるべき人の世のあれこれについての意見を豊富にとりそろえている。場合によってはそれを開陳することも厭《いと》わない。かれのことを好まない人々もその点だけは認めていた。もちろんなぜ認めていたかといえば、そうでもしなければかれを権力の座から追い落とせない自分たちの無力さが耐え難くおもわれるからであった。

デュブリックの傲岸不遜《ごうがんふそん》なふるまいはそれほどに人々を圧倒していた。多くの者たちから皇帝の首切り役人としておそれられている諜報総局長官アットラー・ラベンタインですら彼の前では遠慮がちになるほどに、だった。例外は〈帝国〉を統《す》べる権利を生まれながらに与えられた男、皇帝ゲオルギィ三世だけだが、それはあくまでもデュブリック本人が気を使っているつもりだ、というだけのことで、周囲の目からみるならばあれでよく不興を買わないものだと不思議になるほど傍若無人《ぼうじゃくぶじん》に見える。いまだデュブリックを宰相の座から追い落とそうとする者が絶えない理由はそこにあった。いかにも、あまりにも容易にかれを凋落《ちょうらく》させることができるようにおもえてしまう。

だが、現実にデュブリックは宰相の座に腰を据え続けている。自分を狙うすべての陰謀をはねのけ続けている。陰謀家たちのなかには帝室につらなる者がふくまれているにもかかわらず、ゲオルギィ三世の君側に足場を保ち続けている。

「案の定、面倒なことになった」

帝宮に与えられた執務室で届けられた報告書に目をとおしたデュブリックは椅子にぐったりともたれた。帝都でも有数の職人が精魂こめて拵《こしら》えた腕置きつきの椅子が悲鳴をあげる。

無理もなかった。デュブリックはまともに歩けるものかどうか疑わしいほどに丸みを帯びた体つきだった。手の甲にまで脂肪がついており、指の関節あたりがくぼんで見えるほどであった。これで若き日はすらりとした青年騎士かなにかだったとなればまだ恰好がつくのだが、物心ついていらい身体が軽かった記憶などないというのであるから救いがない。

実際かれは、その体型故に〈帝国〉要人たるの資格として必須ともいえる軍歴に見るべきものがなかった。若い頃、ほんの半年間だけ、地方の騎兵聯隊で予備将校として事務をこなしただけであった。おまけに、その大半の期間を寝て暮らしたというあきれ果てた軍人ぶりで、当時の聯隊長に、自分は任官以来このかたこれほど軍人に向いていない奴は見たことがないといわしめたほどのものだった。であるにもかかわらずかれが宰相の地位にまでのぼりつめられたのは――デュブリック家がカルパート僭帝《せんてい》乱でまあまあの功績をあげた家だから、というのが他ならぬデュブリック本人の主張であった。もちろんかれは常にそれをにやにやしながら口にする。

「それで、現地ではどう見ているのだ」太りすぎた人間に特有の妙にかすれた声でデュブリックはたずねた。相手は彼がもてあそんでいる報告書を届けた宰相主席秘書官のオルテ・バン・ルートマン。かれとは対照的な体型の中年男で、ほっそりした顔立ちに配された落ちくぼんだ双眸《そうぼう》には苦労人に特有の疲れた色がある。

「大いにやる気ですな。マランツォフ元帥《げんすい》も気落ちするどころかますます意気盛ん、といった案配で。敗北の責任を前線部隊の指揮官に押しつけたあとで増援の早期投入を求める要請を送りつけてきました」

「第1親衛軍はレヴィンスキィの指揮下に置かれてるじゃないか」デュブリックはぶざまな肉の塊にしか見えない鼻をかいた。

「もちろんその点についても文句をつけてはいます」ルートマンは肩をすくめた。「本領軍の新たな増援を要求したというのか、あんな辺境に」

「正規編成三個軍団。一個軍以上です。三〇万に達します」

「なにを考えているんだ、あの軍隊莫迦は」デュブリックは罵《ののし》った。

かれの罵倒には大いにうなずくべきところがあった。マランツォフの求めはなにより規模が大きすぎた。

〈帝国〉本領軍は最大動員をかけた段階でこそ三〇〇万の〈帝国〉全軍ともなれば五〇〇万以上の）兵力を擁《よう》することになるが、平時はせいぜい八〇万ほどでしかない。おまけに、そのうち二〇万ほどは常にアスローン諸王国方面に貼り付けられている。残りの六〇万にはなんとも退屈な、平時の軍組織の維持という仕事がある。たいした数といえばまさにそのとおり、これほどの頭数を抱えている軍隊は他にないが、〈帝国〉の広大さにくらべれば最低の所用数をどうにか満たしているにすぎない。

つまり平時体制である限り、兵力の余裕はほとんど皆無といってもよいのだった。だからこそかつてゲオルギィ三世は、増援を求めた当時の東方辺境領姫ユーリアに対して正規軍でなく親衛軍を貸し与える決定をくだした。もちろんそこには親衛軍を遊ばせておくとろくなことにならないという歴史的な経験の裏付けがあったが、本領軍に属していない親衛軍であれば、派兵しても国土防衛上の問題が最低限に抑えられる現実的な判断も存在した。指揮官たちは正規軍から派遣されているものの、〈帝国〉の制度上、親衛軍はあくまでも皇帝の私的な軍事組織であり、正規軍を軍政面で管轄《かんかつ》する軍事省、軍令面で管轄する〈帝国〉軍事総監部の指揮下にはなかった。それが許されるのは皇帝その人の許しが得られた時のみだった。

「いっそ第2親衛軍でも送り込んだ方がまだましだ」デュブリックはいい放った。

ルートマンは溜息をついた。宰相がただ怒りをまぎらわすためにその話題を持ち出したのだと知っているからだった。

皇帝親衛隊は二個軍を基幹としている。となれば、第1親衛軍が蛮族征伐に投入され東方辺境領へ集結しつつあるいま、第2親衛軍を帝都周辺から動かせるものではない。仮にヴィーランツァ地峡部に存在する帝都から親衛隊主力が姿を消すとするならばそれはただひとつの事態——皇帝親征が宣された時だけ。むろん滅多におこりうることではない。もっとも最近親衛隊全軍に出師《すいし》令が降《くだ》ったのは先帝パーヴェル三世が即位した数年後におこった政争、西方諸侯の持ち出した領地監督権改正要求問題がこじれたときであった。当時の宰相リウルス・スタイニッツが親衛軍による西方諸侯領の〝積極的な治安回復〟をちらつかせたのだった。もっとも、現実に発せられたのは『神々を動かせぬのであれば冥界《めいかい》を解き放てばよい』という言葉だけであったけれども。

ともかくも親衛軍の勇猛さとはかくのごとく〈帝国〉の人々に認識されていたのであり、それはまた〈帝国〉の圧力にさらされ、時に刃を交えねばならない周辺諸国においてもかわりはなかった。デュブリックにいわせるなら、第1親衛軍の蛮族征伐投入ですら過剰《オーヴァー》殺戮《キル》に他ならなかった。実際かれはゲオルギィ三世が親衛軍派遣を決定したさい、

「いっそそのまま東方辺境領を征伐されては如何《いかが》でありましょう」

と密かに上奏《じょうそう》している。海で隔てられた、妙に小器用な連中が住むひなびた島々を奪うより、そちらの方が〈帝国〉の安定に寄与するというわけだった。ちなみに宰相の放言を耳にしたゲオルギィ三世は楽しげに肩をふるわせ、

「ユーリアは良い娘だからな」

と、片づけている。そのあとで、

「おまえはしばらく遊んでいろ」

とも付け加えた。デュブリックを蛮族問題から切り離したのだった。事実、デュブリックが帝宮へ再び出仕するようになったのはこの一〇日ほどのことにすぎず、『遊んで』いたあいだにどうにも妙な具合になりつつある蛮族征伐問題について納得できないものを感じているのも当然だった。

「だいたい、いまだに抑えられないというのはどういうことだ。征伐をはじめて一年が過ぎているのだぞ。ただの蛮族、鎧袖一触《がいしゅういっしょく》ではなかったのか。すくなくともそう聞かされ

たぞ」デュブリックは壁に描かれた地図のなかの蛮地を眺めた。ツァルラントの中心、つまり帝都を中央において描かれた地図においてそこはあるかなきかの染みのようなものだった。

「軍の方は兵站がどうのと報告していますが」ルートマンは寝足りないような声で告げた。

「兵站か！　便利な言葉だ。それだけでなにもかも説明がついたような気にさせてしまう。そしてその実態を知る者は余りにもすくない！」デュブリックは肉でふくれた手で執務机を叩いた。端に置かれていた絶世の美女の――かれの細君、コースティリアの小さな肖像画が倒れた。そのとたん、この世のだれも彼もを嘲《あざわら》っているように見える〈帝国〉宰相は、あ、いかんと顔色を変えて肖像画を立てなおした。ちなみにそこへ描かれた細君の姿は三〇年ほど前のものだった。現在の彼女は夫と堂々対抗できるほどの体格を誇る陽気で寛大な女性で、いかに夫婦仲が円満といっても、なにもそこまでつきあわなくても良かろうにと同情の対象になっている。

「政治的目的の限定されている戦いです。蛮地を鎮定する、それだけの。いうなれば限定戦争だったはずなのです。少なくとも軍部はそう考えていたでしょう」ルートマンがいった。もちろんいざという時の言質《げんち》とならないよう、反語として肯定している。デュブリックが問題にしているのは軍事的目的が無限定である点についてだからだった。〈帝国〉の蛮族征伐戦は、東方辺境領姫ユーリアのあまりにも彼女らしい行動や先頃の限定攻勢の失敗によって、軍事的な部分が際限のない膨張をはじめていた。むろんこうした事態をまねいた種のすべてが昨日今日に播《ま》かれたわけではない。以前に、まったく別の理由から決定されていたものがいまになって事態を複雑化する独自の役割を果たしている場合もあった。いうなれば軍事侵攻という手段が政治的決定を曖昧《あいまい》にしつつあるのだった。歴史、いや、人々のおりなす日常のなかで飽きもせず繰り返されている目的と手段の逆転がおこっている。

「外務尚書の方はどういっておるんだ」デュブリックはたずねた。「なにか手があるだろう。蛮族の奴輩《やつばら》にいさぎよく両脚を開いてしまった酔狂なもと東方辺境領姫殿下について交渉するとか、領土の割譲《かつじょう》で手を打たせるとか」

「ユーリア殿下、ああ、もと殿下についてはどうにも。畏《おそ》れ多くも畏《かしこ》くも陛下御自ら『好きにさせよ』とのおおせでは。まあ、高等外務官のマルデン子爵が領土割譲案――これまで確保した領域を保持するという線で講和にもちこむべきだという案を熱心に説いていますが」

「マルデン子爵……ギュンター・メレンティンか。なんだ、弟でも助けようと考えてか」

「そのような意図はない、と繰り返し述べています。クラウス・メレンティンがユーリア様に従って敵へ降ったことはマルデン子爵家の律儀によるものなれど、なればこそいまや弟は亡きものと考えると」

「どうだかねぇ」デュブリックは机の右端を指で探った。以前そこに置かれていた細巻の保湿箱を探しているのだった。かれがコースティリアの容赦ない命令によって喫煙を禁じられてからもう一五年にもなる。以来職場での隠れ煙草を楽しむようになったが、それも三年前、〈帝国〉宰相を拝命して一年後に断念させられた。コースティリアの意を受けた補佐官たちの実力行使によってであった。脂肪のついた指で腹へ押し込むように抱え込んだ保湿箱を無理やり奪い取られたのだった。ルートマンを筆頭とする宰相補佐官たちはデュブリック本人に対しては反対もするし減らず口も叩く。が、コースティリアの命令には絶対に逆らわない。

「あの家は情に流されるのが売りだよ。まあ、友人にするには得難い資質だが。それに――兄弟そろって律儀者だ。まあ、律儀は称賛されつつ寒さに凍えるものというのが通り相場だが」

デュブリックはさらに椅子をきしませた。ルートマンは心配そうに椅子の背をのぞいた。

「他には」光帯で泳ぎ遊ぶ女神たちを描いた天井画を見つめたまま〈帝国〉宰相はたずねた。まとっている衣を脱がすにはどうしたらよいかと算段しているような顔つきだった。むろんかれはコースティリア以外の女性と深いつきあいになった経験などない。私人としては、一四歳の夏から彼女の尻に敷かれている。

ルートマンがいった。

「現地軍の上級将校から妙な密書が届いています」

「おまえ宛にか」

「もちろん、閣下宛に」

「莫迦な奴だ。諜報総局に目をつけてくれと頼んでいるようなものだぞ。ラベンタインという奴はあれはあれで嫌になるほど有能だというのに。あの陛下のもとで諜報総局長官の座を守りつづけているだけでも瞠目《どうもく》に値するのだ――それで、密書をよこしたのはだれだ」

「東方辺境鎮定軍参謀長ゲルト・クトゥア・ラスティニアン少将。軍歴は調べました。なんというか、努力家というか」

「要領の悪い奴か。で、立場は」

「いまのところはマランツォフの腰巾着、のはずです」

「ますます要領が悪そうだ」

「いざという時はあなたの腰巾着になりたいようですがね」

「見所のある奴だ」

ルートマンは溜息を漏らし、いった。「〈皇国〉――まあ、蛮族がそう自称している体制の内部で小さな嵐が吹くらしいと。で、蛮族の一部が交渉を持ちかけている、とも。マランツォフ元帥はそれを軍事的に利用するつもりはあっても政治的に利用するつもりはない、と」

「とっとと戦を終わらせるためであればなにをしてもいい」デュブリックは独り言のようにつぶやいた。「蛮族の一番腐った連中に〈帝国〉の爵位をくれてやってもいい。わけのわからん辺境に大軍を投入し、国費を石神の小便のように濫費《らんぴ》されるよりはよほどましだ。もともと経済が問題ではじまった戦なんだ。教訓を与えたという意味であればじゅうぶんに結果はでている。適当な通商条約が結べるのであれば占領地すべてを返してもいいぐらいだ」

「いっそ、陛下に進言されますか」

「なんだ、俺が莫迦だとでもいいたいのか。いわないよ。なにも。ユーリア様がなんだ、その、御好きなようになされた時点で蛮族征伐はただの問題ではなくなってしまった。帝家の問題になった。簡単に口出しはできん。それに」

デュブリックは大いに努力を傾けて上体を起こした。

「まあ、マランツォフ、レヴィンスキィ、オステルマイヤー、ユーリネンの四人が帝都から追っ払われたのはいい機会だ。その間に俺もまあ、好きなようにさせてもらう。しかし――連中、わかっているのかな。どんな莫迦でも戦争を始めることはできるが、やめるには相手がうちひしがれる以上に勝つ必要があるということを。正味の話、手抜きをするのであればいまが絶好の機会なのだ」

つまりはそれが〈帝国〉宰相として彼が〈皇国〉との戦いに下した判断だった。魔神の鍋にも似た勢いで大軍を呼び寄せ、結果として〈帝国〉の財政に問題を生じさせているとはいえ、〈皇国〉に〈帝国〉へ攻めこむだけの力があるわけではない。であるならば帝都での権力地図の変化に対応し、ひいては〈帝国〉の全体的利益の増大に寄与すべきだと考えている。放言癖があるとはいえ、かれはゲオルギィ三世の忠良なる臣下だった。

「いいんじゃないですか」ルートマンはこたえた。〈帝国〉が得る利益の最大化に尽力し続ける限り、かれはこの醜《みにく》く膨れた男と袂《たもと》を分かつつもりはない。これでいて、デュブリックは身内に厚く報いる男だった。

「で、ラスティニアンはどうします」

「東方辺境鎮定軍にはろくでもない高級将校が多いな、メレンティンはともかく」デュブリックは吐き捨てるようにいった。「たしか、亡くなられた帝弟殿下に尻をさしだしていた奴もいたろう」

「カミンスキィ。ユーリア様の愛人でもありました。いまは師団を率いています。たまたま兵馬を扱う才があったようですが」

「尻で買った地位か。御大層なことだ――いや、偉大なる〈帝国〉では珍しくもない話か」デュブリックはそこまでいって唐突に問いかけた。

「ずいぶんカミンスキィの肩を持つな。なんだ、帝弟殿下と知らぬ間に兄弟にでもなっていたか」

「残念ながらそのような栄には浴してはおりません」ルートマンは宰相の異様に鋭い観察眼に溜息をつきたいおもいだった。と同時に、こうだからこそ宰相が勤まっているのだと確信した。「何年も前の話、わたしが紅顔の美少年だったころ――」

「美少年だと。なにか俺に恨みでもあるのか。産婆が取り上げた俺の顔をまじまじとみて母は石神の仕打ちを呪《のろ》ったのだぞ」

「奥方がいらっしゃるじゃありませんか」

「うるさい、早くいえよ」

「カミンスキィ家といえば有名だったのです。あれこれ楽しめる場所として。アンドレイ・カミンスキィに会ったことはありませんが、かれの母親や姉にはいろいろと教わることがありました。いまにしておもえば、なかなか良い教師でした。おかげで随分と借金をこしらえることになりましたが」

「噂は耳にしたことがある。さすがに母親は現役を退いたようだが、娘たちはいまも盛大にやっておるようだ」

ルートマンは宰相の声に含まれていたかすかな冷たさを聞き逃さなかった。

「風紀の引き締めでも考えておられるので」

「莫迦な。悪徳は美徳の母だ」デュブリックは嗤《わら》った。同時にかれはおもっていた。まあ、たまには掃除をしても悪くはない。貴族でありながら娼婦《しょうふ》まがいの手管《てくだ》で日を過ごしている連中に軽く焼鏝《やきごて》をあててやるのも良いだろう。男娼そのもののごとく過ごしている連中も例外にはしない。明日は我が身かと恐れさせることで、ユーリア様の元愛人で金ばかりかかる戦争の前線にいる将軍の首根っこを抑えられるという効果がある。カミンスキィ家の女どもについて調べを進めていけば、他にもおもいも寄らぬ連中についてわかることがあるかもしれない。それとも、すでにラベンタインが手を付けているだろうか。そうであっても不思議はない。人は卑《いや》しくあろうとおもえば際限もなく卑しく振る舞える。

「どうでもいいですがね、わたしは。奥方様に紹介された女を妻にした身となれば、もはや夜遊びもできませんし」ルートマンは応じた。デュブリックがなにかたくらみはじめた時には態度をあいまいにしておくのが一番だと知っていた。そうでもしなければ、いざという時になにを押しつけられるか知れたものではなかった。

デュブリックはしばらくなんとも言えない表情を浮かべたあとで唐突に訊《たず》ねた。

「ところでラスティニアン君とやらから寄せられた好意的な報せはどうやって届いたのだ。型示逓信《けいじていしん》か」

「いえ、公用急使に金を摑ませて翼龍で、というところです」

狼煙《のろし》や太鼓といったものではじまった遠達逓信技術（通信手段）の歴史はむろん長距離に対する即時伝達を目指した発展の道を歩んでいる。

〈皇国〉の導術を除けば、現在、各国で最速の通信手段として利用されているのは型示式逓信器だった。見晴らしのよい場所に建てた柱の先端近くに横木を渡し、その横木の先へさらに腕木を取り付け、腕木と横木へ滑車などを介した綱を結ぶ。その綱を曳《ひ》いて左右の腕木、あるいは横木の角度を変え、情報を遠方へ伝えるというものだった。文字は横木や左右の腕木の角度ごとに定められていた。この逓信器と望遠鏡を備えたいくつもの逓信所をお互い目視できる距離に設けて連鎖させておけば、導術を用いずとも遠達・即時性の高い情報のやりとりが可能になる。

　デュブリックは溜息を吐いた。

「せめて東方辺境領には本格的な逓信線を構築すべきだと何度も献策したんだがな。理想的な条件が整えば一〇〇〇リーグ間に設けた一〇〇の逓信所による連鎖によって小半刻ちょい増しで短文を送り届けられるはずだろう」

「ラスティニアンにはあまり関係がありませんよ」

「奴のことではない、俺だ俺。俺の人生を楽しいものとすることに大いに関わりがある。あとはまあ、もちろん〈帝国〉についてもだ」デュブリックは唸った。「あの蛮地や東方辺境領に帝都の喧嘩が飛び火するとなれば情報を素早く掴む必要がある」

「おっしゃるとおりですが、型示逓信にはいろいろと」ルートマンは肩をすくめた。

かれの匂わせたとおりだった。型示逓信の実際は必ずしもはかばかしくない。

制約が、大きかった。夜間の使用は不可能だったし、天象が悪化した場合は隣の逓信所が見えなくなることもしばしばだった。また、多数の伝文を扱えば操作員がたちどころに疲労してしまい、操作の速度が低下したり操作を誤ったりしてしまう可能性が高まる。毎日定時にだけ伝文をやりとりしている内はいいが、一日中可能な限り、となると隣の逓信所を常に見張っていなければならず、観測員の疲労も増して誤読の可能性も高くなる。横木や腕木を動かさなければならないことから、どのような内容を送信しているのか明らかになりやすいことも機密信の多い公用通信方法としては問題だった。

もちろんこうした問題はすべて解決可能であった。夜間は翼龍伝令を飛ばせばいいし、発信側から受信側が目視できない場合はやはり伝令を出すか、あるいは中間に予備の逓信所を設けておけばいい。要員の疲労についてはそれを二組揃えてしまえば伝文が意味をなさないほどに崩れることだけは避けられる。最初から暗符（暗号文）を送信してしまえば即座にその内容を解読される危険も避けられる。どれも難しくはない。

が、そうした解決法には致命的な問題点があった。すべてが維持・運用に必要な経費をとてつもなく増大させてしまうのだった。その性格、また〈帝国〉の体制からいって公用文以外の伝文取扱量は極端に少なくならざるをえず、型示逓信で収益をあげるのは不可能に近い。

実際、すべての国で型示逓信を限界に突き当たらせているのはこの極端なまでの費用対効果の悪さだった。この方式が開発されてからすでに二〇年近くが過ぎていたが、〈大協約〉世界の超大国といってよい〈帝国〉や南冥《なんめい》の凱《がい》帝国では主要都市間の常設通信線すら整備できていない。領土が広大すぎ、維持に必要な経費が莫大なものとなりすぎる。

　このため〈帝国〉では本領の南と東側、つまりアスローン国境側と東方辺境領側にそれぞれ一本の通信線を設けただけだった。しぶとい抗戦を続けるアスローン、なにかと帝都との関係が緊張しがちな東方辺境領という二つの対象でもなければ必要とされる経費を正当化できなかった。それも、逓信所が設けられたのはアスローン、東方辺境領ともに〈帝国〉本領との境界までだった。後は翼龍伝令で繋ぐことになっている。むしろ型示逓信は〈帝国〉と戦い続けており、なおかつ国土の形からして南北の通信線一本を維持できれば充分なアスローンの方が発達していた。今回の戦争でその不気味なまでの優位性が明らかになりつつある背天ノ技――導術を用いる皇国でも、補助的手段としていささかつくりの異なるものが運用されている。

「宰相府用の新しい暗符盤は必要な場所に届いているのか」デュブリックは一種の暗号表について訊ねた。〈帝国〉内政の複雑さを象徴するように、デュブリックは蛮地に独自の連絡員を置いている。かれだけではない。拝石教を統べる総石院の異端審問部もかれらだけの通信手段を整えていた。〈大協約〉世界の他の地域では皆殺しにされた術者を多用するのみならず、〈大協約〉に参加している天龍とも日常的に直接の交渉を持っている蛮族の扱いは信仰を揺るがしかねないものとなりうる、そう受け取られているからだった。

「アスローンの方は大丈夫ですが、蛮地は」ルートマンはためらいがちに告げた。「あなたも謹慎中でしたし信用できる翼龍伝令も見つからなかったので、護送船団に託して送ったんですが」

「もったいぶるな」

「……蛮地に着いた晩に敵艦隊の夜襲を受けて艦と密使ごと沈んだようです。奴らの水軍は昼も夜も関係なく攻撃してきます」

「またもや背天ノ技にしてやられた、ということか」デュブリックは鼻をうごめかせた。

「まあいい、魔王に魂までは売れない。だいたいどこに魔王がいるのか知らないしな」

「ラスティニアンはどうします」

「俺は皇帝陛下の忠臣だよ、正味の話」デュブリックはいい儲け口を紹介するような態度だった。

「適当な翼龍伝令に託してだな、御手紙どうもありがとう、これから仲よくしてね、とでも伝えておけ。愛を知らぬまま安らかに生きるより知って悩み苦しむほうが幸福だというではないか。あとはまあ」

「好きにさせますか」ルートマンは遊び慣れた女が田舎からでてきたばかりの騎士をみるような表情だった。

デュブリックは妄想のなかでついに天女の一人をつかまえることに成功したような顔を浮かべた。

「ああ、好きにさせてやろう。カミンスキィもだ。いずれ、事情が変わるまで」

「どんな事情です」

デュブリックは素っ気なくいった。

「だれかがどじを踏むのを待つのだ、もちろん」

5

草浪道鉦の手配よろしくというべきか、動きだした蹶起軍の行動は迅速で、容赦がなかった。ある者が後にこの時の行動を「北領《ほくれい》で守原がここまで鮮やかに軍を運動させていたら、〈帝国〉との戦いは天狼《てんろう》で終わっていただろう」と評したほどだった。後代の論評にありがちな過大評価のきらいはあるものの、的外れともいいきれない。少なくとも天狼会戦を引き分けにできる程度のものがあることは確かだった。参加兵力の主力が練度において正規兵部隊に劣る後備役部隊であることを考えるなら、確かに草浪の秀才参謀としての面目躍如《やくじょ》とおもわせるところがあった。

皇宮はもっともはやい段階で蹶起軍の手に落ちた。第七刻の時点で参内の〝請願〟に訪れた蹶起軍将校たちに周囲を抑えられていた。宮内にはむろん衛兵たちがいたが、数で数倍する将校たちが相手とあっては手出しができない。かれらは皇主の住まう奥宮殿へと撤退し、そこに陣を敷いた。むろん蹶起軍将校たちは攻撃をかけなかった。草浪の計画によれば皇主から行動の自由を奪ってしまえばそれでよいのであり、あとは時間と状況が解決することになっていた。ともかく、皇宮を無血制圧してしまうことこそがいまは重要だった。

周辺の抑えにも手抜かりはない。

様々な要素を勘案した末、最終的に草浪は次のように部隊へ命令を割り振った。かつて守原英康に同心する者たちを前に説明した案とはかなり変化した兵力の展開と目的は次の通りだった。

背洲後備銃兵第六一聯隊は皇宮東方市街と東本条大通方面へ展開、主に近衛衆兵鉄虎第五〇一大隊の逆襲に備えた。

皇宮西方市街――というより西ノ守の守原家上屋敷防備には背洲後備銃兵第三九聯隊。

皇宮北側、銅座筋から猿楽街周辺は背洲後備銃兵第七二聯隊が展開。

皇宮南、長瀬門付近の官庁街は背洲後備銃兵第五八聯隊が展開。近衛嚮導《きょうどう》聯隊の逆襲に備え、これには独立砲兵大隊がつけられている。

　背洲後備銃兵第九六聯隊と一個砲兵大隊は第七二聯隊のさらに北西側へ展開し、辻々を封鎖。水軍統帥《とうすい》部と都護鎮海府の動きに備える。ただし、状況を必要以上に複雑化させないため、こちらからの攻撃はおこなわない。

　皇宮直衛は近衛禁士騎兵第一大隊と二個砲兵大隊から兵力装備を抜いて臨時編制した集成砲兵中隊。なお、近衛禁士騎兵のうち若干を割《さ》いて駒城下屋敷襲撃の一助とする。

駒城上下屋敷襲撃の主力は独立捜索剣虎兵（背洲虎兵）第三大隊。ただしこの行動にも適宜他部隊から割いた兵力に協力させる。

　一日の前倒しにもかかわらず各隊は迅速に行動した。ことに主要官庁、皇宮付近の重要人物邸宅については一刻もかからないうちにそのすべてを占拠した。

　むろん白州町の皇室魔導院も例外ではなかったが、そこには一種の落胆が待ち受けていた。魔導院には一人の魔導官も、一枚の機密書類も残っていなかったからであった。もともと登庁時刻前ということもあったが、こればかりは羽鳥と特殊導術局長の準備が功を奏した。実際、蹶起軍はこの二人の自宅をはじめとする立ち回り先にも押しかけたのだが、導術局長の家には怯《おび》えた女どもが残されていただけ。新城の友人というより将家を担当する内国諜報の実務責任者だからという理由で兵どもがなだれ込んだ二条大路と金座筋の裏手に建つ酒瓶と古本で埋まった羽鳥の家にも人の気配はなかった。

それをのぞけば成果は続々とあがった。駒城派要人たちは面白いように不意をつかれ、次々と引き立てられていった。駒城保胤の親友である窪岡淳和少将もそのなかの一人だった。

「閣下、まことに申し訳ありませんが、身柄を拘束させていただきます」

窪岡の自宅に部下を引き連れて乗り込んだ小柄な大尉（栖原という名だった）は済まなそうに告げた。

「理由は」かれらが押し入ってきた時、飾ってあった結婚祝いの唯一の生き残りである高価な皿をためらいもなく引っ摑んだ細君を手で押さえた窪岡は寝巻姿のままたずねた。

「上官の命令であります、閣下」栖原はますます済まなそうな顔つきだった。実のところかれは宮野木家の陪臣出身で、それも、宮野木宗家からあまりよい扱いを受けたことがなかった。

しかしかれも兵たちにも隙はなかった。将家云々というより軍人として、上官の命令に忠実であろうとしていた。

窪岡は息を長々と吐くと、いった。

「衣服は整えさせて貰えるのだろうな」

「むろんであります」

「帯剣は」

「閣下が個人としての名誉をかけて誓われるのであれば。ただし、抵抗を試みられる場合は――」栖原の声は尻すぼみになった。

「わかった。待っていろ。小半刻もかからん」

細君へと振り向いた窪岡は彼女の両肩を優しく掴んだ。かれをもっとも良く知る女はさきほど手にした皿を赤子のように胸へ抱いていた。

「今日だけは、皿を投げないでくれ」窪岡は微笑とともに告げた。「ともかく、着替えを手伝ってくれよ」

細君は下唇を白くなるほどに噛みながら良人を見つめていたが、何かを抑えつけるようにうなずき、皿を抱えたまま衣装間に駆けた。

むろんすべてがこのように済んだわけではない。血を見ずには済まなかった場所もあった。

〈皇国〉執政利賀元政は長瀬門前からほど遠からぬ執政公邸で坊主だったころと同様、奥に設けた念仏間で朝の勤行《ごんぎょう》をおこなっていた。還俗《げんぞく》したとはいえ帯念宗の教えがもたらす心の平安まで嫌うようになったわけではないからだった。

が、それはあくまでもかれの心についてであり、〈皇国〉執政として、政治家として必要とされる現実感覚にいかなる影響を与えるものでもなかった。

この一日のもっとも信頼に値する研究書として後に皇室史学寮出版局より刊行された

『守原動乱の研究――軍事的展開を中心にして――』によれば、利賀は蹶起軍の兵が門を破って乱入した音を耳にすると同時にたちあがり、隣の間に飾られていた鋭剣を手にして護衛の兵を呼び集め徹底抗戦を命じたという。この時まで一般にやや守原寄りという印象をもたれており、実際それを肯定するかのように情報を漏らしたこともあった利賀がこれほど果断に抗戦を命じた理由について同書執筆者の一人は『利賀による守原英康への情報提供は、守原英康への協力を目的とするというより、政治的な反応をみるための試薬じみたものにすぎなかった』からだろう、と幾つかの傍証から断じている。

このとき、執政公邸へ突入した蹶起軍の兵力は伊里島忠敬大尉（安東《あんどう》家陪臣）率いる背洲後備銃兵第五八聯隊第三大隊第三中隊約二〇〇名。一方の執政公邸警護部隊は皇洲都護銃兵第一聯隊第一大隊より派遣された執政警護小隊（第三分隊欠・上澄重徳少尉指揮）であった。

兵力差は三倍以上、少し時間はずれているとはいえ、寝ぼけ眼をこすっているところを襲われたことになる。常識的に考えて、警護小隊はたちまちのうちに圧倒されてしまうはずだった。

が、警護小隊は陸軍において訓練が厳しいことでは一、二を争う都護銃兵第一聯隊の、入営二年以上の現役兵ばかりだった。

指揮官も優秀であった。上澄少尉は特志幼年学校出身でありながら衆民の出で、都護銃兵第一聯隊へ転属するまではおもに匪賊討伐で日を過ごしていた青年将校であった。〈帝国〉軍と戦った経験はないとはいえ、血の味を知っている。

一見する限り戯詩《ざれうた》でも吟《ぎん》じているのが似合いそうなこの青年将校は鋭剣を引っさげた坊主頭の〈皇国〉執政が兵を呼ぶ前に素早く命令を発していた。

「全員を奥に下げろ」上澄は小隊軍曹の栃林へ素早く命じると、袖をとおしかけていた戎衣《ユニフォーム》の上着を放り出し、短銃と鋭剣と予備の弾薬だけを持って利賀の元へと駆けた。かれと利賀は奥と表をつなぐ渡り廊下でお互いを認めた。

戦慣れした少尉は敬礼もそこそこに執政へ告げた。

「賊軍の頭数が多すぎます、いくらも持ちません。どこかに落ち延びられるか、隠れていただくほか――」

老人と呼ばれてよい年でありながらいまだ盛り上がるほど首の筋肉がたくましい宰相は太く低い声で若者にこたえた。

「相手は護洲だろう？　となればこの館の仕掛けなど先刻承知だよ」

上澄はさっと微笑めいたものを浮かべた。たとえどんな状況であれ、政《まつりごと》に関わる有力者が冷静さを保っているというのは頼もしくおもえた。なので、庭を褒《ほ》めるような態度のまま代案をもちだした。

「では、隠れていただきます」

若くして戦に慣れた将校の提案を耳にした利賀は、おそらくこの男の口にしたなかでもっとも有名な言葉で応じた。

「お若いの、気遣いしてもらって済まんがな、俺は〈皇国〉執政だよ」

おもわず鼻白んだ上澄だったが（史上の名言を耳にした当人の反応などこの程度のものらしい）、すぐに姿勢をただし、護衛隊長にふさわしい態度を示した。

「では、戦います。よろしくありますか」

「おお、大いにやれ。戦の手管にはもちろん口は挟まん」にこりとして利賀はうなずいた。

政治という世界ではあれこれと非難されることの多い人物だが、個人的勇気に不足はない。少なくとも上澄はそう受け取った。戦闘指揮を手管と表現されたことには、

（詐欺師《さぎし》や女衒《ぜげん》じゃあるまいし）

と引っ掛かりを覚えたものの、すぐに、ある意味でまさにそのとおりかもしれない、と考え直した。勝ち目のない戦いへ臨むまさにその時に抱く感想とはとてもおもわれない、戦慣れした漢《おとこ》の余裕だった。

その後、繰り広げられた戦闘は屋内戦闘——もう少し幅広く捉え、市街戦といってもよい——における典型を示したといえるものであり、また、不屈の意志を持つ優秀な指揮官に率いられた寡兵《かへい》がどれほどしぶとく戦えるかを教えるものでもあった。公邸へ攻め込んだ伊里島大尉にも実戦経験があり、そこそこに優秀な指揮官と評価されてもいたこと、背

洲銃兵たちが後備のなかでもっとも戦闘力の高い甲種後備役であったことをおもうならば、さらに称賛されてもよかった。

　実際、上澄の指揮は巧みであった。救援がのぞめそうにないことを導術通信の混乱から即座に見て取ったかれは、場所を捨てて戦力を維持し続ける戦い方を選んだ。屋内外で無数の銃撃が交わされたが、死傷者はおもに攻撃側に生じている。攻撃を指揮していた伊里島大尉がおもわず、

「なんであんなに頼もしい奴等と戦わねばならんのだ」

　と吐き捨てるように罵ったのも無理はなかった。

　むろん、上澄と都護銃兵たちの奮戦にも終わりは訪れた。公邸突入からほぼ一刻が過ぎた第九刻半には、生き残った者たちは利賀とともに念仏間におしこめられるかたちになっていた。

　周囲は背洲銃兵に取り囲まれている。同じ軍装を身につけた銃兵たちは銃口を向けあったまま最後の瞬間を待つように対峙《たいじ》した。

　一歩踏み出して語りかけたのは伊里島大尉であった。

「自分は蹶起軍所属、伊里島大尉であります！　執政殿に申し上げる！　ただちに降《くだ》られたい！　われわれは執政殿の命を奪えとの命令は受けておりません」

　一旦言葉を切った伊里島は硝煙で下着を黒く汚している上澄に向き直り、告げた。

「都護銃兵指揮官に告げる。貴官と兵どもの戦いぶりはまことに見事であった！　しかし、これ以上の抗戦は無益である！　ただちに抵抗をやめよ！　小官の将校としての名誉にかけ、貴官と部下の生命は保証する。繰り返す、ただちに抵抗をやめよ。我等はただ救国の一念をもって蹶起したのみである。御国の忠信篤い者たちを敵とするわけではけしてない！」

一歩進み出た上澄は伊里島へ感謝するように肯《うなず》いたあと、普段のかれからは想像もできないほどの大声で応じた。

「御厚情感謝いたします、大尉殿！　しかしながら都護銃兵は上官の命令なくして青旗を掲げる自由を与えられておりません！」

歯をむき出した伊里島は蒼白になり――右手を高々と掲げた。

だれもが必然と受け止めていた結果が生じなかったのは目前のやりとりをおもしろそうに眺めていた利賀元政が、

「まあ、頃合いか」

とつぶやき、一歩前へ出たからだった。

利賀は廟堂で周囲を圧してきた深みのある声で伊里島に告げた。

「わかった。俺は降る」

呆気にとられた伊里島たちをそのままに利賀は上澄を振り向き、満足そうにいった。

「いまは俺が上官がわりだな――御苦労だった。降伏しろ」

上澄は驚きも怒りも覚えなかった。ただ、傷つき疲れ切った兵どもをみまわしたあとで拗《す》ねたようにこたえた。

「最初からそうしておいていただければ、随分と楽でしたがね」

「許せ」からからと笑った利賀は唐突に声を落とし、教えた。「見栄を――名分を立たせる必要があったのだ」

「政治、ですか」上澄はたずねた。

利賀はにんまりとしてうなずいた。

「まさにそうだ」

上澄は後々になっても、自分は政治家にだけはなれないと語るのが常であった。

後に広く人口に膾炙《かいしゃ》したために執政公邸での小さな戦いについて触れたが、実のところこれすらも特殊な事例のひとつに過ぎない。大部分の要人たちは不意を衝《つ》かれ、抵抗する暇《いとま》さえ与えられずに身柄を抑えられていた。窪岡や利賀のような反応はむしろ少数派にすぎず、ほとんどの者たちは放心したように、ただ引き立てられている。

あさましい振る舞いを見せる者もいた。命は保証すると告げられたあとも命乞いをし続け、ついには大小便をまき散らした者もあったし、朝も早くから個人副官に尻を掘らせていた寝所へ踏み込まれた将官もいた。

個々の事例はともかく、守原家の実力行使はその初動において完璧と呼びうるほどの成果をおさめた。草浪道鉦の立案した皇都制圧計画はそらおそろしさすら覚えるほど順調に展開し、この都市の、いや〈皇国〉という国の政治権力を守原英康という男の掌《てのひら》へ毬《まり》のように易々《やすやす》と移しかえた。

6

草浪道鉦は駒城家をのぞく潜在的な敵、すなわち新城直衛とその友人たちをさほど重視していなかった。かれなりの複雑な判断の末にそうした。

ただし、守原定康が独自に新城とその友人たちを狙うことを妨げようともしなかった。かれはかれで生き続けるべき理由があった。

羽鳥守人宅の襲撃と同時に他の友人たちも襲撃を受けた。なかでも大周屋という大きな後ろ楯を持つ槇氏政《まきうじまさ》は重要な標的とされ、かれ一人を捕らえるために一個中隊の兵力が投じられた。

羽鳥宅襲撃と同様、草浪はこの件に関して指一本動かしていない。むろんかれは羽鳥と同様に槇がそこで眠りこけているはずもないと予想していた。かつて伝えた警告の意味を新城が正しく理解しているならば、かれの特志幼年学校同期生たちが気を抜いているはずがないと祈るような気持ちでおもっていた。もし仮に新城とその一党が警告の意味を誤って解釈していたのであれば——かれらは草浪道鉦が期待したほどの漢たちではなかったことになり、片づけられても仕方のない連中ということになる。

槇は期待にこたえた。大周屋が取り囲まれ、破られた雨戸や扉から次々と兵がなだれ込んだ時、かれはそこから何浬も離れた皇都の北、盾町のはずれにある田崎千豊と用いるための屋敷で各所に散らせた手の者からの報告を受け取り、情勢の把握につとめていたのだった。

いや、それだけではない。かれは店から持ち出した木箱を傍らにおいて年上の愛人にあっさりと告げていた。

「預かってほしい。まあ、好きに使ってもらってかまわないけれど」

「古証文ならばごめんだわ」

「わかってる。わかってますよ」槇は道に迷った子供のような顔でうなずいた。この奔放《ほんぽう》不羈《ふき》な男が、彼女の前だけでみせる態度だった。

槇は箱の中から様々な帳面を取り出した。千豊の黒目がちな切れ長の目に怜悧《れいり》な光が宿った。

「あたくしの考えているとおりのものなのかしら、それ」

「蓬羽《ほうわ》の商売に関わりがありそうな要人の……まあその、風聞書き、というところです。もちろん親爺も納得しています。あなたを道楽息子の嫁にしそこねたことをまだ後悔していやがるんだ、あの爺ぃは」

千豊は即座に理解した。大周屋がこれまでの後ろ暗い商いで手に入れた執政府・軍部要人の弱味とその証拠に間違いなかった。分厚い帳面をここまで積み重ねるには、少なからぬ人命が失われているはずのものだった。

「どうしろというの」

もちろん千豊は即座にその意味を理解していた。彼女の二人といない男はこれだけのものを引き渡すかわりに甘えさせてくれと頼むつもりに違いなかった。

「蓬羽の七番蔵と一五番蔵、あと三五番と四九番蔵も。その中身を譲ってほしい」まさに予想通り、槇は平然と彼女の店でもっとも厳重に警備された場所を口にした。それらはいずれも皇都の南西にあり、近衛嚮導聯隊が演習の名目で腰を据えつづけている多鹿《たが》演習場からも遠くない。

「いや、あれです、直接受け取りにいくから、一筆書いて貰えばいい」槇は付け加えた。

「もう、人も手配してあります」

「大損だわ」千豊はそれが最大の問題であるかのような態度でこたえた。

「いま渡したものにはそれ以上の価値がある。おそらくこの先も役に立つ——といっても、国が滅びてはどうにもならないけれど」

千豊は唇を噛んだ。

槇はこれまでかれ自身が手を染めていた後ろ暗いあれこれをすべて彼女に託すといっていた。性格を考えるなら、子供のように駄々をこねているのに等しかった。

なぜそのようなことを——とはもちろん考えなかった。自分ではできなくなるからに決まっていた。なぜできなくなるかといえば、理由はひとつしかない。

「まあ、うん」あいまいに応えるなり槇は衣服を脱ぎはじめた。

「あなた、なにを」さすがに千豊は目を丸くした。

「あ、違う、そうじゃない」下帯だけになった槇は両手で彼女を制した。千豊はかれが真新しい白布の下帯を身につけていることに気づいた。

槇は箱とは別の包みを開いた。千豊はそこから黒地に銀縁の衣服があらわれたことを知った。

近衛の第一種軍装だった。

「兵隊は、やめたのじゃなかったのかしら」千豊はヘータイ、となぶるように発音した。

「そのつもりだったけど、そうもいってられなくて」

槇は軍袴《ぐんこ》に脚を通そうとし、情けなくよろけた。

千豊は溜息を漏らした。男が真新しい下帯を締める意味を理解できないほど女を捨てて生きてきたわけではなかった。

素早く男の前に跪《ひざまず》き、かれの手をはねのけて軍袴を引きあげてやった。ほんの一瞬だけ鼻腔をくすぐった男の臭いに胸が熱くなった。

「征《ゆ》かずには、済ませられないの」

「無理です。野良犬のように追いかけ回されるのは癪《しゃく》に障《さわ》りますから」槇は開いた両手をぶらぶらさせていた。

「理由はそれだけ」帯皮をきつく締めながら千豊は責めるようにたずねた。

「それが一番」

「そんなわけ、ないわ」立ち上がった千豊は上着を手にした。「正直におっしゃい」

槇は唇をとがらせ、拗ねたような目で年上の情人をみた。千豊もみつめかえした。いつものように槇が負けた。

「楽しそうだから」槇は恥ずかしげにいった。「楽しそうなんですよ、物凄く」

「お父様やお母様がお嘆きになるわ」千豊はこたえた。「きっとそうよ」

「どうして」

「あなたは、自分ですべてを切り回す立場を捨てるのよ。その勇ましく呪わしい御立派な服に身をかためて、兵隊ごっこに命をかけることになる。たとえ今日はなんとかなったとしても、どこかではらわたをはみださせながら猟師に狙われた獣のように呻きもがいて死ぬことになるの。たとえ還《かえ》っていらしたとしても腕や脚にくわえて目や鼻や顎やへのこまで失った、人とは呼べない姿で。そうに決まっている。ばかばかしい。ばかばかしいわ。御両親は、あなたを人の下で働かせるために育てたわけではないのだから」

槇は弱ったようにうつむいた。実際に弱っていた。千豊が口にした言葉は、槇のような育ちの男にとっては天から降ったにもひとしい重みがあった。かれはその重みを本当に背負っているような切れ切れの声でいった。

「なんというか、ええと」

「なによ」彼の前留めをすべて留めてやった千豊は立ち上がり、睨みつけた。「俺は漢だ、とでもいうつもり」

「いや……」図星を指された槇は再びうつむいた。鼻腔に流れこんでくる女の香りがうとましさを覚えるほど悩ましかった。

「友達が悪いのね」千豊はいいきった。「あの、新城少佐――」

「中佐ですよ、もう」

「どうでもいいわよ、そんなもの」千豊はきつくいった。「軍人としては有能なのかもしれないけれど、薄気味悪くて、それにしつこそう。嫌な男よ。わたしは嫌いです」

「女の目からみればそうかもしれない」槇は素直に同意した。

「男の目ならどうだというの！」千豊はついに大声をあげた。たおやかとすら言える指で彼の胸ぐらをつかみ、怒鳴りつけた。

「戦争を楽しませてくれるから？　いい加減になさい！　いいこと、戦争っていうのはね、自分でするものじゃないわ！　せっかく五体満足に生まれついたにもかかわらず、望んで人殺しをしたがる莫迦や阿呆にやらせておけばいいのよ！　あなたのお大事な新城中佐殿のような莫迦や阿呆に！　わたしたちはその莫迦と阿呆に品物を売りつけて毎日贅沢に暮らすの！　まともな頭を持っているなら、そうして当然よ！」

槇は彼女を見つめた。千豊の、美しさと威厳がともにあらわれた面立ちは紅く染まり、目尻からなにかがこぼれ落ちていた。

人指し指で頬を流れ落ちるものをぬぐってやった槇はぽつりといった。

「出陣にあたって、涙は縁起が悪いものとされているのだけれど」

「泣いてなんかいない！」千豊は槇の手を払った。求められていた書状をあっという間に書き上げてかれの手に押しつけ、勢いよく背を向けるとさらに大きな声でいい放った。

「さあ、とっとと行ってちょうだい！　もう、顔もみたくない。あとのことは全部引き受けてあげるから、どこかで勝手に死んでしまいなさい！」

槇は肩にのばしかけた手を引っ込めた。下唇を噛み、何度か言葉をかけようとしてその度に気後《きおく》れし、とうとう黙ったまま鋭剣を手にし、腰へ吊った。金具の音がひどく冷たく響いた。

「あの……」部屋を出かけたところで槇はようやく言葉を押し出した。

「本当に申し訳ない。それから、ありがとう」

「うるさい！」千豊は振り返らずに怒鳴った。

扉が閉まり、男の姿が消えた。千豊はそのまま肩を震わせながら立っていたが、表から馬車の走り出す音が聞こえてくるとがっくりと膝を折り、大声で泣き始めた。

むろん新城の友人たちすべてがこのような愁嘆場《しゅうたんば》じみたやりとりを演じたわけではない。一人でいることがどうにも不安になった古賀亮《こがりょう》は前夜のうちに近衛嚮導聯隊駐屯地へと移り、新城があらかじめ手配していた充員召集令状を活用して近衛衆兵大尉になりおおせていたし、すでに現役へ復帰し、聯隊の一員となっていた樋高惣六《ひだかそうろく》についてはなんの心配もなかった。

他に方法がなかったとはいえ殺人を犯し、新城の手引きで近衛へ逃げ込んで難を逃れた樋高はいうなれば血の味をおもいだした肉食獣だった。そこそこにはやっている料亭の、胤《たね》を残すことだけを期待されている入婿《いりむこ》候補であるより軍人であるほうがよほど楽しかった。おそらくはろくな死に方はできないだろうと覚悟していたが、それでも、ふたたび戎衣を身につけたことを後悔はしていなかった。戦場で、武器を手にし、戦意を露《あらわ》にした敵に対してならば、ともすれば腹を破りそうなほどに膨れ上がる暴力への渇望をごまかす必要はないからだった。

皇都の変事は様々な連絡手段によって急速に各地へ広まった。虎城中部、内王道沿いに展開する駒洲軍もその例外ではなかった。

軍はすでに草浪の手配した偽信によって背洲軍に対する警戒に入っており、内王道上の街、棚母沢《たなもさわ》近くに置かれた駒洲軍司令部も厳戒態勢をとっている。司令官駒城保胤中将の周辺は累代の陪臣団あがりの将校たちが固めていた。

「背洲軍の動きは」司令部作戦室で保胤のかたわらに座り落ち着かない様子で報告書や地図を眺めていた参謀長益満敦紀少将がたずねた。

「注目すべきものは、なにも」そう応じた戦務参謀の鍬井大佐も神経を痛めつけられているような顔つきだった。

「窪岡少将との連絡は」

「とれません」〈帝国〉軍の冬季攻勢を撃退した後に新たな軍導術参謀として着任した法路司郎少佐が膨れた顔を揉みながら応じた。秀才参謀そのもの、それゆえ一時的に軍の指揮権を握った新城直衛に苛《いじ》め抜かれた前任者とはうってかわり、身繕《みづくろ》いの下手な、眠たげな瞼と肥満気味の身体を持つ緩んだ見かけの男だった。いまも、上着の襟《えり》がだらしなく外されている。なにをどうするとそのようになるのか本人にもわかっていないらしいが、戦場にあるうちに体重が増えていたからだった。おかけで戎衣の寸法が合わなくなり、襟を締めると縄で吊られたのと同じ状態になってしまう。だから開けている。本人はそう主張していた。益満あたりはその点についてずいぶんと口うるさかったが、保胤が放っておけと許した。衆民あがりの法路がたるんだ見かけからは想像もつかない軍歴を歩んできたことを調べてあったからだった。野戦でこねあげられた将校が教育の鋳型《いがた》から生みだされた将校どもとはまったくの別人種と化すことについて、保胤は嫌というほどにおもいしらされている。新城直衛一人を目にしていれば充分だった。それに、法路はかれの義弟ほど始末におえないわけではない。

とはいえ、法路のような男が軍参謀に任じられているのは、〈皇国〉の軍事組織が新たな段階へ踏み出しつつあるあらわれと受け取ってよい。

法路は特志幼年学校出身ではなく、二等導術兵として軍に入隊している。おまけに、これまでの配置は大部分、戦闘導術兵部隊だった。導術学校の高等科教育も戦闘導術で受けている。国の半分を敵に征せられ、軍の上から下まで安穏と前動続行を楽しんでいるわけにはいかなくなった昨今でなければおよそ有り得ない配置であった。

「いれかわりたちかわりで波を送らせていますが、あっちはだんまりです。軍の導術本部、でもって駒洲様も」不作法が稚気《ちき》のあらわれと受け取られる幸運な人間に特有の気抜けた声で法路は報告した。

「他も試したのか」とがめているとも褒めているともつかない目つきを浮かべた保胤がた

ずねた。

「自分の独断です。ついでに皇室魔導院にも送らせました」法路は高さより広さを感じさせる額に塡《は》められた銀盤を指先で弾《はじ》きながらこたえた。

「だんまり、です。〈帝国〉が妨害手段でも見つけたのかと疑いましたが、連中は導術捜索で判明したとおりやる気のない雪中運動をおこなっているだけです。となると」

法路は椅子の背もたれにだらしなくよりかかった。「こちら側のだれかが皇都で妨害をおこなっているとしか考えられません。あるいはいままで連絡をとろうとした先が導術を使えない状態になっているからかも。導術妨害についてはまだまだ慎重に波を拾い上げて考えてみる必要がありますが、型示逓信まで返事がないとなると、何らかの目的を持った意図的な通信途絶としか考えられません。ともかく、自分がいま閣下に申し上げられる意見はそれです」

保胤ではなく、益満が唸りを漏らした。

「わけがわからんな。いったいなにが起こっているのだ」

駒城保胤は貴人にふさわしい落ち着いた態度のまま立ち上がった。後ろ手を組み、壁に張られた地図をみつめる。かれの脳は立ち居振る舞いからは想像もつかない勢いで回転していた。法路の要を押さえた報告と益満の呻きがかれをそういう状態にした。

結論はすぐにでた。これは戦争ではなく政治、いや、陰謀のたぐいだとおもった。戦いであれば自分はあの義弟に遠く及ぶところではないが、政治や陰謀となれば別だ。一同を振り返った駒城保胤中将は女性的とすらおもわれるほど落ち着いた声で自分の結論を告げた。

「あるいはそれこそが目的なのかもしれない」

愛らしい肉体を貪《むさぼ》るのに遠慮はいらなかった。丸枝敬一郎中尉は羞《は》じらいに染まった嫋《たお》やかな肢体《したい》を撫《な》でまわし、心惹かれた場所を嘗めしゃぶった。髪こそ長くはないが、他の部分は脳を痺《しび》れさせるほどに女らしい肉体はその度に敏感に反応した。ただし、丸枝をもっともそそったのはその肉体に備えられた男と共通する器官だった。そこを手で包み込んだかれは女の部分へ自分を送り込みつつ、悶《もだ》えあえぐ美貌を見おろして愛情と服従を誓わせようとした。不思議だった。これほどまでに身体を開き、許しを求める掠《かす》れた喘《あえ》ぎが絶えることがないのに、決してその言葉だけは与えてくれないのだった。

「いってくれ」丸枝は責めたてながらいった。「俺のことを、俺のことを、俺のことを」

ふっくらとした唇が楕円《だえん》に開かれ、舌が戸惑うようにうごめいた。丸枝は確信した。もう少しだ。もう少し、もう少しでこいつは自分のものになる――

骨がきしむほど強く肩を握られた。振り返るとそこに見慣れた、しかしいまは絶対に目にしたくない魔王の顔があった。凶相へ奇怪に感ずるほど爽やかな微笑が刻まれ、嘲るような声が告げた。

「もっと楽しい事をしてみないか、丸枝中尉」

悲鳴をあげて丸枝は飛び起きた。部屋は冷えきっているというのに全身が嫌な汗にまみれていた。

人の気配がしたので荒くなった息のまま寝台の傍らに目を向けた。名前を知らない二等兵が目を丸くしていた。

「大丈夫でありますか、中尉殿」

「お、驚いただけだ。用件は」

動揺をごまかすために部屋の中をみまわしながらかれは訊ねた。砂を噛んでいるような気分になっている。良い部分も悪い部分もすべて夢だったと気づいたからだった。独身者である丸枝敬一郎中尉は軍の規定に従って配属部隊の独身将校宿舎《BOQ》に居室を与えられていた。すなわち皇都南東に置かれた皇域兵站部敷地内の味気ない二階建て木造の建物の狭苦しい一室。凱旋式典の疲労と解散後に新城支隊当時の部下たちに捕まって怪しげな場所へ繰り出したこともあって、まったく将校らしからぬ情けない姿で——つまり着衣のまま寝台で眠りこけていたのだった。

「司令閣下がお呼びです。直ちに出頭せよ、とのことであります」

「幾畝閣下が」丸枝は眉を寄せた。戸惑って当たり前だった。兵站部司令幾畝准将とはこれといった関わりがあるわけではない。なにしろ丸枝自身は兵站部糧食課の平課員に過ぎなかった。一方の幾畝准将はいま以上の地位に昇ることはないとはいえ将官だった。丸枝が幾畝に会ったのは二度だけ、配属後の挨拶《あいさつ》と新城直衛へ挨拶状を手渡すよう依頼された時だった。

窓の外を見た。霜の張った向こう側に爽やかさにかけた朝がのぞけた。完全軍装の兵どもが下士官に率いられて営庭を駆けてゆく。

「公休日だろう、今日は。だいたい、いま何刻なのだ」

「はッ、まもなく午前第八刻であります」

「一体なにがあった」

「自分は聞かされておりませんが」二等兵ははきはきした声で告げた。「ともかく、非常呼集が発令されております。皇域兵站部は戦闘準備を整えつつあるらしいのであります、中尉殿」

丸枝は立ち上がり、部屋を出た。青ざめていた。兵站部本部棟へ駆けだそうとして立ち止まり、廊下脇の部屋へ飛び込んだ。便所だった。

「あっさりとやられたものだな、副官」同じ頃、皇宮内に置かれた近衛総監部の総監室にいた皇主正仁の弟宮——親王実仁《しんのうさねひと》中将は窓の外を眺めながら半ば驚き、半ば呆れたような声を漏らしていた。傍らに立つ柔らかな肉の線をもった軍装の麗人は個人副官天霧清香。天霧冴香の姉《あに》だった。

「御座所は完全に包囲されております」清香は伝えた。妹《おとうと》と違い、しっとりした響きのある声で、このような時ですら艶《なまめ》かしさを感じさせる。

「むろんこちらも、か」実仁はふざけたような声でいった。

「総監部内の将兵は階級を問わずすべて配置につけましたが、当直だった者だけなので、二〇名にもなりません。護洲の兵が踏み込んでこないのは、かれらの名分が崩れることをおそれて、それだけです」清香は軍事教育を受けた両性具有者にふさわしく、容赦なく現状を曝《さら》け出してみせた。

「おまえの妹も新城にそういう態度で仕えているのか」

清香は実仁の表情をうかがった。口元が揶揄《やゆ》するように歪《ゆが》んでいた。

「そういったことは、たとえきょうだいであっても口にいたしません」

「先日、賜暇《しか》を与えた時に会ったのだろう」

清香はほっそりした眉をからかうように持ち上げ、母親のような声でいった。

「冴香が喋りどおしでした。なにかにつけて直衛様、直衛様、と。途中から聞いているのが辛《つら》くなるほどでした」

「あの男にもそういう面があるわけだな」

「すくなくとも妹はそう信じております。おそらくは新城中佐の振るう禍々《まがまが》しいもののなかに見つけたのかもしれません。寄る辺《よるべ》なき者がもとめてやまぬものを」

実仁の表情が厳しくなった。

「殿下」眉を寄せ、清香がたずねた。

「人としては、それでいい」実仁はいった。「しかし、このような時になにかを期待すべき男としてはどうだ。気に入らんな。甘さが仇《あだ》になりかねん——俺がもとめていたのは、清香、おまえの妹が奴隷のように扱われながらも、すべてを望んで与えているのだと信じてしまうような男だった。新城ならば平然とそうできると考えていたのだ、俺は。利と力で動く者は扱いやすい」

「お嫌いだったのですか、新城中佐殿のことを」

「俺は皇統譜に名を連ねる身だ。好き嫌いで地下《ぢげ》の者とはつきあわん」実仁は傲然といいはなった。「新城については——少なくとも、戦場で隣の部隊を率いていて欲しい男だとおもっている。いや、信じている。北領での経験からな。軍人に対する評価としてはそれで充分ではないか」

「失礼しました」

「いいのだ」

実仁は窓辺から離れ、椅子に腰をおろした。執務机には乏しい情報から判断された蹶起軍の皇都制圧情況が書き込まれていた。

「護洲には拵《こしらえ》のよい懐刀《ふところがたな》がいるな。どうにもならん」実仁は腕組みをしながらうめいた。

「執政はむろん、これでは駒城の爺も逃れられまいよ」

清香の物問いたげな視線を感じた実仁は教えた。

「つまりは、新城だけだということだ。だからこそ奴の甘さが気にかかる」

「新城中佐殿――」

「おまえも妹と同じように呼んでよいのだぞ」実仁は地図を見つめたままいった。「ところで、新城の前では俺が命じたとおりにしたのだろうな」

清香は首筋まで紅く染め、顔を伏せた。並の人間と育ちが違うおかげで他者をさほど細やかに忖度《そんたく》する習慣を持たない実仁はそこからあっさりと必要なしるしだけを選り分けると呟いた。

「まあ、簡単に捕えられるようなことはなかろう。それはいい。手勢を掌握もできるだろう。それもいい。しかし、どうやってひっくり返すつもりだ」

「おわかりになりませんか」清香の声には復讐するような響きがあった。

「わかるわけがない。わかるものか」実仁は平然と応じた。

「だから、楽しみだな。ああ、実に楽しみだ」

7

水軍統帥部はこの種の施設にしては珍しく、長瀬門前から離れた場所にある。皇宮の北、拝潮門から望海通を銅座筋を数浬越えてさらに進んだ左手、建て替えた方がよさそうな木造三階建ての一号棟から練石《ねりいし》造りの四号棟までが行き当たりばったりに並んでいるように見える建物であった。艦艇の維持や将兵の教育に大枚を要するため、水軍の後方支援施設はおおむねこういった有様になりがちだった。

いま、その内部と周辺には緊張がみなぎっていた。衛兵が増員され、門や建物の入り口では土嚢《どのう》を積む作業がおこなわれていた。理由は述べるまでもない。

統帥部作戦室は老朽化した統帥部建物のなかではいささかましな三号棟にあった。とはいえ、内装をいくらか手直ししてあるだけのことで、建物そのものは威張れるつくりではけしてない。

「動きましたね」騒然とした雰囲気の漂う廊下を足早に歩いてゆく上官の後姿に向けて統帥部戦務課乙課員の浦辺昌樹大尉がいった。「あなたのいっておられたとおりでした」

「俺ではない。新城だ。もともとは奴が伝えてきた。奴の同期生に託してだ」統帥部戦務課甲課員――統帥部参謀笹嶋定信《ささじまさだのぶ》中佐は剣呑な声で応じた。「俺としてはむしろ、なぜそこまでわかっていて奴が駒城を動かせなかったのか――いや、自分で片をつけようとしなかったのかが、わからん」

「育預《はぐくみ》とはいえ五将家の一員ですからね。われわれには見当もつかない理由があるのでは」

「守原なのは間違いないのだな」笹嶋は将家をあっさりと呼び捨てにした。「守原英康はすでに皇宮へ入りました。宮野木和磨も参内のため上屋敷を出たと。ま、そういっておるだけのことですが。動いているのは背洲兵が多いですから、当然というところです」

「安東と西原は」

「安東光貞は守原と駒城の双方へ書状を送ったようです。ただし、義弟の海良末美《くみ》はいちはやく皇宮へ向かいました。つまり、当主が中立を決め込むつもりでも下は守原に与しています。実際、動いている兵には式典に参加した安東の兵も加わっています。西原信英はまったく動きをみせていません。上下双方の屋敷を手の者で固めています。ただし西原信置は御府内の情報をしつこく集めているようで。こちらにも問い合わせがありました」

「表口からか」

「いえ、自分を名指しで。まあ、あなたの部下だと知っているから、ということなのでしよう」

「いい気なものだ。将家どもはなにを考えている」笹嶋は口汚く罵った。「御国が、どのような有様になっているか、本当にわかっているのか。諸将時代の繰り返しだと間違えておるんじゃないか」

「そうかもしれません」浦辺があたりをはばかるような声で応じた。いかに衆民が強いとは言え、水軍統帥部にも将家の出身者はけして少なくない。

「守原からの働きかけはあったのか」

「小半刻前になんとかいう名の少将がのりこんできました。統帥部長と直談判しとります。部長は皇海艦隊司令長官を呼ばれたそうで。まだ到着していませんが」

「駄目だ」

笹嶋は顔色を変えた。

「会わせてはならん。守原は二人とも陸《おか》で抑えてしまうつもりだ。二人揃ったところで大隊かなにかが乗り込んでくる」

「まさかそこまで」

「政変とはそうしたものだ。龍を殺すには頭から、というではないか。大体だ、東海洋艦隊とは連絡が取れておらんのだろう」

浦辺は痙攣《けいれん》するようにうなずいた。東海洋艦隊は五将家の——とりわけ守原家の影響力が強い。あるいはすでに皇海側へ侵入しているのかもしれない。

笹嶋は刻時器を素早く確かめ、なにかを測る素振りをみせた。

「導術はさっぱりなんだな」

「ええ。陸軍と水軍では波を変えているはずなんですが。型示逓信も兵部省中央逓信所を抑えられていては——予算を艦にとられているおかげで、独自の通信線は構築できませんでしたから」

「伝令を出せ。護衛をつけて。なにがあっても長官をお止めしろ。すぐに旗艦へ戻っていただけ。まさか〈龍塞《りゅうさい》〉は着岸なんぞしちゃおらんだろうな」

笹嶋が口にしたのは皇海艦隊旗艦の名だった。艦齢一五年ほどの特等戦列艦で、同級艦の〈霊峰〉と共に皇海、東海洋艦隊の旗艦たるべく建造された。ただし五〇〇〇石にも達する完全帆走《はんそう》の巨艦であるため目立ちすぎるわ動きが鈍《にぶ》すぎるわで、〈皇国〉水軍が海賊のような真似ばかりしているこの戦争ではなんの役にも立っていない。予算の無駄遣いもいいところだった。

「鎮海府沖の望島泊地にいます。陸からは手出しできません」

「よし、とにかく長官には旗艦へ戻っていただけ。長官艇にも護衛を忘れるな。〈龍塞〉にも伝令をだして警戒態勢をとらせろ。いや、錨泊《びょうはく》してる艦全部だ」

「フネの方はなんとでもなりますが長官にはどう説明しますか」

「なんでもいい。命を狙われている——いや、あのひとは度胸があるから駄目だな——そうだ、敵艦隊が皇湾への侵入を図っているらしいとお伝えしろ」

「無茶苦茶ですな」

「手段は選べない。急げ」

浦辺を走らせた笹嶋は統帥部作戦室へずかずかと乗り込んだ。

「名倉、おるか」

笹嶋は統帥部陸兵課参謀の一人を呼んだ。名倉中佐。かれとは水軍学校以来のつきあいがある。おなじく衆民の出身だった。水軍の場合、有力将家出身士官は東海洋艦隊に多いため、統帥部参謀は衆民出身者が大勢を占めている。

「えらい剣幕だな」

名倉は軽口を叩くようにいった。

「演習せんか、陸兵の」さすがに声を潜めて笹嶋は囁《ささや》いた。

「一個大隊ならばすぐに動かせるが」応じた名倉の声も低かった。むろん、水軍学校生徒時代以来の友人がなにを求めているのかわからないほど鈍い人間ではない。

笹嶋は素早く勘案した。駒城の上下屋敷がともに囲まれたとあっては、そちらへ兵を向けることは事態を悪化させるだけで終わる可能性が高い。新城直衛に直接救いの手をさしのべることは無理だ。効果もないし、いざ行動を起こしたとしても、水軍が失うものが大きすぎる。

ならば、どうすべきか。少なくとも、水軍の安全と独自性を確保し続けること。そうしておけば、事態が変化した時、手を打つことができる。新城が殺されていなければ、水軍がかれの命を助けることも可能になるだろう。なぜか？　かれには、名誉階級が与えられているからだ。結論。なによりもまず、水軍を守ることが肝要。

笹嶋はさりげなくいった。

「緊急の統帥部防備演習だ。年次訓練に入っているだろう」

「そりゃ入っているがね」名倉はにやりとした。「なんともいい時期だよな。実に実戦的だ。まことに水軍らしい」

「おう、兵技」なんとも水軍士官らしい名倉の戯《ざ》れ口を手で払った笹嶋は兵技（訓練）課参謀の餅田中佐を呼んだ。この男は一応将家の出だが、屋敷ですら三代前、人手に渡ってしまったという家のため、むしろ現在の五将家体制を恨んでいるところがある。

「年次訓練だがな」笹嶋は匂わせた。乾いた表情の持主である餅田はすぐにその意味を理解し、瘦身《そうしん》を曲げるような姿勢をとってこたえた。

「発令時期は俺が預かっている」

「確か二、三日前、発令準備を完成していたよな」声こそ落ち着いていたものの、笹嶋の眉は気ぜわしげに震えていた。

「ああ——そういえば、していた。うん、そんな気がする。いまのいままで忘れていたがおもいだした」餅田は首を縦に振りながらこたえた。「この国難の折、陸兵の錬成は焦眉《しょうび》の急《きゅう》だ。俺はいつもそうおもっていたな、うん。だから当然、発令準備も完成していたとも、ああ」

「そいつは初耳だ」名倉は再びにやりとしたあと、表情を引き締めた。「しかし、貴様がそういうならばそうなのだろう。こちらはいいぞ。ちなみに皇都陸兵団第一大隊の指揮官は水軍学校生徒の時、俺が酒と女を教えてやった奴だ」

「根性は据わっているのか」笹嶋はたずねた。

「何度か、海賊の根城を潰す遠征で一緒になったことがある。脇腹を玉《ブレット》で抉《えぐ》られても顔色ひとつ変えなかったよ。ちょっと鈍いところがあるから、気づかなかったんじゃないかと疑っているが。まあ、茶目な奴であることは間違いない」

「餅田、発令しろよ」笹嶋はいった。

「うん、発令する——発令したぞ、名倉。書面は事後を以て処理す、だ」

「了解。すぐに達する。小半刻で最初の小隊が到着するだろう。全部揃うまでは一刻、かな。まあ、半刻で中隊にはなるから、護洲が統師部へ手出しを企んでいてもなんとかなるだろう。それから——皇都陸兵団の主力は都護鎮海府の防備、いや、防備訓練に使う。それで構わんな」

笹嶋は海賊のような表情になっていった。

「砲も持ってこい。一〇〇門かそこら持ち込んで、統帥部の敷地にずらりと並べろ。もし足りなければかまうものか、艦から降ろせ。砲員もフネに乗り組んでいる連中でいい」

「フネを裸にする必要はないな」新たに顔をだした男が無遠慮にいった。

その男を目にした笹嶋は眉を寄せた。名倉はわざとらしく細巻に火を点けた。餅田はあからさまな敵意と共に睨んだ。

「ああ、待ってくれ、待ってくれ、鋭剣の柄に手をかける前に俺の話を聞いてくれ。君たちの訓練とやらに反対するつもりは毛頭ないのだ」手入れされた口髭を撫でつつそういったのは兵站課参謀の尚武康敬中佐だった。実家は守原家の陪臣格になる。名に康の一字があることを考えるなら、守原派そのものといってよい。

「どういう意味だ」笹嶋はたずねた。

「あるんだ、手つかずの砲が。鎮海府の備品倉庫に八斤《はちきん》艦砲が二〇〇門ばかり転がしてある。弾薬も揃っているはずだ」

「八斤が二〇〇門。なんでそんなに余ってる」名倉がおもわずたずねた。

「五年前、御破算になった艦隊整備計画のおかげだ」尚武は教えた。「先手を打って予備費で発注されていたやつだよ。あれを使えばいい」

確かにそういう計画はあった。水軍がまだ熱水機関か帆走かで大いに揉めていたころ、守旧派によって高速帆走艦用の装備が水軍予備費を流用する形で発注されたことがあった。むろん当時は大いに問題になったが、政治的遊戯の取引材料とされたことにより、いつのまにかうやむやにされていた。もちろん国費の盛大な無駄遣いに他ならないが、まあ、政治だけが理由というわけでもないところにわずかな救いがある。守旧派の理屈にもうなずける部分が存在したからだった。現在もまだそうだが――実のところ、熱水機関をそなえた艦が罐も溶けよとばかりに黒石を炊《た》いて航走した場合より、丁寧に設計された横帆艦の方が最大速力は大きいのだった。守旧派が敗退したのは横帆艦の欠点である風上への切上がり――遡上《そじょう》性能が問題とされたわけではなく、皇湾で行われた優劣評価試験の当日がほぼ無風であったからに他ならない。もっとも、最初から優劣の明らかな状態で試験が強行された理由は、熱水関連へ大いに投資を行っていた何軒もの大手両替商が要路へ鼻薬を効かせたから、というもっぱらの噂であった。

「まあ熱水推進派にしろ守旧派にしろ脛《すね》に傷持つ身だからな。相身互いと目を逸《そ》らせあって、なかったことにしたわけだ。戦時用事前備蓄装備という名目をつけて。で、国がこういう有様だというのに二〇〇門もの砲がいまだに遊んでいる。俺は私掠船《しりゃくせん》に無償で引き渡せと何度も上申したんだが、古傷をほじくりかえされることを嫌う輩《やから》が多くてね。正直、困っていた」

「そいつは有り難いが、何故だ」笹嶋は疑念を抱いていることを隠そうともしなかった。

「俺が護洲の流れなのに、ということか」尚武はたずねた。楽しそうな顔だった。

「有体《ありてい》にいって、そうだ」笹嶋は認めた。

「気に入らないからだな」尚武はこたえた。「時局柄、陛下の御膝元で騒ぎをおこすのは納得できない。それにまあ、水軍の益になりそうでもない。それだけではいかんか」

「貴公の水軍に対する誠心を疑うわけではないが、大いにいかんな。要するに護洲だろうが」笹嶋はこたえた。

「まあな」尚武は細巻をくわえた。だれも火を貸してくれないことに気づくと、自分で燐棒《りんぼう》を擦《す》った。かれの吐き出した紫煙の香りを吸い込んだ餅田が嫌な顔を浮かべた。

「いい細巻を吸っていやがる」

「これでも将家だぜ」尚武は鼻で笑った。別に勧めはしなかった。「つまりはそうなんだ、笹嶋戦務参謀。将家だからといって一括《ひとくく》りにされては困る。護洲と護洲公様は別だ。俺の家はあくまでも護洲公様に、長康卿《きょう》に御恩があるのだ。俺の名にある一字は卿から親父が戴いたものだ。守原中将ではない。それに——どうも俺は、このような時はあくまでも水軍士官でありたいようなのだ。まあ、今朝になってようよう気づいたのだが。遅ればせすぎたか」

笹嶋は尚武を見つめた。戸惑いに近い感情がわきあがり、即座に腹が決まった。

「遅れていても気づかぬよりはよほどましだ。すぐに手配してくれ」

「わかった。が、砲員まで期待してもらっては困る」

「それはこちらでなんとかする。それよりも、他に必要なものはないのか」

「情報だ。人を動き回らせるしかない。導術は妨害されているからあてにならん」

「情報課に同期がいる」餅田がいった。「あそこはまあいろいろと、そういう仕事をこなす連中がいる。ああ──笹嶋、貴様のところの浦辺もずいぶん食い込んでいるようだが、ともかく、役に立つよ」

実際はそれどころではなかった。内地を遠く離れて作戦行動をおこない、日常的な補給や整備を外国の港でおこなわねばならないことも少なくない水軍は情報活動に多くの人材と費用を投じている。統帥部情報課の外郭団体である内外情勢調査会は〈大協約〉世界の情報機関としては皇室魔導院や〈帝国〉諜報総局に匹敵する情報収集・分析機関であった。その日常の活動は、ともすれば暴力に頼りがちな〈帝国〉諜報総局や導術を多用する皇室魔導院とは異なり、実際に現地へ潜入する情報士官たちが洗練された物腰といささか以上の金品を用いて集めたものだ。

「あてになるのか」訝《いぶか》しむように名倉がいった。「〈帝国〉の北領侵攻も予想できなかった連中だぞ」

「あれは陸軍が邪魔をしたのだ。あの頃、軍監本部情宣局は〈帝国〉とことを構えるなど考えもしていない連中が抑えていた」餅田はこたえた。

「将家の問題か」尚武がたずねた。

「将家がすべての面倒を引き起こすわけではない。運悪くそういう連中がひとところに集まっていたというだけだ」餅田はぶっきらぼうに応じた。どうやら、将家のどうのという前に尚武とは人として合わないようだった。

「手配させろ」のんびりしている暇はないと怒鳴りつけたい気分を抑えながら笹嶋はいった。「後は――そうか、龍兵だな。鎮海府にどれだけ龍がいたかな」

「一〇〇かそこらだ」餅田が教えた。「龍士も手練《てだれ》は少ない。なにしろ教育隊だからな。実戦で信用できるのは一個龍兵隊、二、三〇頭がいいところだ。簡単に死んで貰っては困る教官龍士ばかりだが」

「龍巡がいなかったか」

「全部出払っている――待てよ」餅田は壁に張ってある艦艇行動表をみつめ、つぶやいた。

「ああ、まだ就役しているわけじゃないから載っていないか」

「なんだ、もったいぶるな」名倉が唸った。

「新造艦だ。工廠試験の段階で、まだ艦籍簿に載せられていない」

ほう、と尚武が呟いた。

「龍巣母艦《ネスト・キャリアー》の一番艦か。〈昇龍〉、ね」

龍巣母艦《CND》。龍母とも呼ばれるこの艦種は龍巡――龍巣巡洋艦《CAD》の使用実績が良好なことから計画された水軍の新たな艦艇だった。一隻あたり五、六〇頭の龍を載せて洋上で龍兵戦力を展開させるもので、現状ではとりあえず〈昇龍〉級の四隻、〈昇龍〉、〈泰龍〉、〈振龍〉、〈征龍〉が起工されている。一番艦の〈昇龍〉は開戦後突貫工事がおこなわれて先頃完成し、奇妙に突起の少ない甲板、最適とはいいかねる帆装配置、排水量の割りには力の強い熱水機を搭載した五〇〇〇石の姿を皇湾に横たえていた。

「偵察龍兵隊が載って運用実験を行っている。情報を集めるにはもってこいだ」餅田はいった。

「おもいどおりに動いてくれるのか」名倉がたずねた。

「艦長にしろ龍士長にしろえらく鼻ッ柱の強い奴でな。もっとも、そのおかげで艦や龍を任されたわけだが――ともかく、いまのような時期に皇都で軍を動かすことに賛成するような輩ではない」

「よし、抑えろ」

「陸軍の龍兵は大丈夫か」餅田が心配した。

「あれは兵部省直轄だ。簡単には動かん。というより陸軍の大半は様子を見ているだけだろう。こういう騒ぎではいつもそうだ」陸軍との連絡会議に名を連ねていることから自然と陸軍の事情にも詳しくなっている笹嶋は断言した。

「ともかく、偵察だ、偵察。皇都上空へつねに何羽か飛んでいる状態を保つようにしたい」

笹嶋はいった。なおも安心できず、餅田にせっついて皇都周辺の水軍施設、部隊に続々と伝令を発し、演習の名目をつけた戦闘準備命令を伝えた。

8

守原英康は皇宮制圧の報を受けると同時にかれの〝義挙〟、その司令部機構を自身とともに宮内将校詰所へ移した。むろんそうすることで自分が権力の中枢を握ったことを示すためだった。普段のかれからすると信じられないほど機敏で果断な判断、行動だが、事態は英康にすらそうした態度をもとめるほど順調に、そして急速に進展していた。必然的にかれはひどく機嫌がよくなっている。いまでさえ、何年も懸想していた女をようやく手に入れた男のように満ち足りた表情を浮かべていた。

「目標の八割はすでに占拠しました」続々と届けられる報告へ目をとおした草浪が報告した。こちらは普段とかわらない態度だった。「拘束の対象とした個人については、ええ、皇宮はこのとおりですので――」

「親王殿下は」英康は駒洲派要人のなかでももっとも価値ある人物、親王実仁中将についてたずねた。

「近衛総監部に。総監部衛兵と共に立て籠もっておられます」

「外部との連絡は」

「むろん、断ちました。すべての抜け道は兵に抑えさせています。導術、型示逓信とも妨害しております。殿下は、御家の掌に載っておられます」

「周辺の部隊は」

「予想通りです。いまのところ動きはみられません。将校の多くが式典賜暇で外出したまま、という影響もありますが――いまのところ鎮圧のために動いている部隊はありません。初動は完全に成功しました」

「要人の拘束はどうなっている」

「駒洲公寄り、あるいは御家に好意的ではない執政府要人はほぼ全員を拘束、上屋敷に連行しました。抵抗は予想にくらべきわめて軽微です。拘束の際に抵抗し、やむなく殺さざるをえなかった者が数名、軽傷者が一〇名ほど。負傷者の手当はもちろん充分におこなっております」

「そんな連中はどうでもいい」足音も荒く部屋に入ってきた定康が怒鳴った。草浪も英康も驚いた。個人副官の松実を従えたかれはこれから虎城で一合戦をこなすとでもいうような完全軍装であった。表情、態度からも普段の廃《すた》れた気配は失せている。

驚きと共に草浪はおもった。

力だ。

力がこの青年を勢いづけているのだ。それがおそらく本人すら気づいていなかった本当の守原定康を目覚めさせた。原因がいかに浅薄《せんぱく》なものだとしてもそのことは否定できない。今日の行動についてうまい具合に落としどころを見つけさえしてしまえばこの国を事実上支配することになる守原家の世嗣《せいし》としてはむしろ頼もしいほどのものだ。

が、本当にそれだけだろうか。かれのことはほんの子供の頃から見知っているが、甘やかされて育てられたという点を割り引いてすら、常に難しいところがあった。なにをしていてもどこまで本気かわからない。もちろん子供じみた好き嫌いの激しさはあるのだが、ただそれだけで生きているわけでもない。だいたい、いいとしをした将家の世嗣が嫁も迎えずに遊び暮らしているのが妙といえば妙だ。その割りには個人副官のことを激しく幸しているというが――あるいは、それこそが本当の守原定康なのかもしれない。いやまて、俺はこの青年に対してあまりにも予断に頼りかかった評価を与えてはいないか。

「駒洲父子、ですな」草浪は書類に視線を落としながらこたえ、口早につづけた。「駒洲公――駒城篤胤《あつたね》大将については予想通りでした。上屋敷におります。現在、二個銃兵中隊、一個砲兵小隊を投じて身柄の確保につとめさせております。駒城保胤中将に関しては……一応はこちらの策に引っかかってくれました。駒洲軍は背洲軍と〈帝国〉軍双方に対する警戒態勢をとっており、たとえこの義挙について知ったところで妨害はできません。新城直衛中佐については――現在、独立捜索剣虎兵第三大隊を主力とする部隊が駒洲下屋敷およびかれの立ち回りそうな場所のすべてを虱潰《しらみつぶ》しにしています。まもなく、なにか報告があるでしょう」

「急がせろ」定康はいった。秀麗な面立ちに鋭いものがあらわれていた。「駒城の年寄りなどはむしろ後回しでかまわない。新城。新城だ。奴を片づけないうちは安心できない」

舌打ちしたいような気分で草浪はこたえた。

「事前の計画でそのように配慮されております。新城中佐が仮に逃れようとしても、先発させた騎兵が足止めをはかります」

「やはりな」定康がいった。「それがお前の限界だ、道鉦」

草浪は片眉を揚げた。鳩尾の、あの不快感がぶりかえし、瞬《また》く間に全身へ満ちあふれた。

「どういうことでありますか、若殿様」

「どうもこうもない」定康はこたえた。「確かにおまえの計画は見事だ。隙がない――が、あちこちを眺めすぎている。名分は確かに必要だ。しかし、所詮はただのごまかしなのだ。邪魔者を排除し、玉さえつかんでおけば後はどうにでもなる。なんのために敵である〈帝国〉軍へ内通じみた真似までしてみせたとおもっている。足場を固めるためだ。守原がこの国のすべてを握る。〈帝国〉のことはその後でいい。和議を結ぶにしろ戦うにしろ、いまの御国は強大な一つの力で統べられる必要があるのだ。過程などはどうでもよい。重要なのは目的、そして結果だ。そうではないか」

定康は奇妙な表情を浮かべていた。自分でもそのことに気づいたのだろう、すぐに痛々しいほどに生真面目な顔をつくったが草浪は見逃さなかった。

「まことに――ええ」草浪は同意した。探るような表情をつくっていた。探りすぎる態度にならないように気をつけていた。

定康はうなずいた。

「それからな、俺の手の者に新城を襲わせた。理由は語らずともよいはずだ。安心しろ、叔父上の許しは得ている」

「いえ、ああ、まことに」草浪はこたえた。考えていたのは定康のことではなかった。新城が切り抜けられたかどうかだった。

いや、定康についても意外なことはある。この騒ぎについてのかれの立場だった。定康はあくまでも御国を救うために必要な行動だとして捉えていることをかれは初めて知った。正直、驚きだった。甘やかされて育ち、我儘《わがまま》で傲慢で、根っからの拗ね者であるにもかかわらず、この若者の視野は叔父のはるかな高みにある。もしかしたら、あの新城よりさらに上かも知れなかった。新城直衛はあれほど冷徹な側面を持ちながら、すべてを個人的な問題だと捉えたがる癖がある。いや、そうであるからこそ冷徹にならざるをえないのだろうが。まあいい、いまのところは風向きも潮も見逃さないようにしているだけでいい。堂々と乗り出したあとでどちらに流されるかさえ見逃さなければいいだけのことだ。

　定康が立ち上がり、英康を向いた。

「叔父上、どうにも気になります。わたしも駒城下屋敷に赴きたいのですが」

「それでは道鉦の立場がない」英康がいった。定康の心根に衝撃を覚えているようだった。無理もなかった。英康が考えていたのは自分と、守原宗家を生き残らせることが第一だった。〈皇国〉は二の次三の次でしかない。

　どうにか衝撃をおさめた英康はいった。

「それにだ、おまえがそのような雑兵《ぞうひょう》働きをしてどうする。守原を継ぐ男子が軽々しく腰をあげるものではない」

　定康はあからさまな不満を顔に浮かべたがおとなしく一礼し、周辺の警備配置を見て参りますと告げてでていった。

　英康がいらだちと気安さの入り混じった声でいった。

「いま少し落ち着いてもらわねばならん――」

　扉が叩かれた。草浪は入室を許した。導術将校が顔をだした。かれが口にしたのは駒城下屋敷についての報告だった。

9

いまさら触れるまでもなく剣牙虎《けんきこ》は夜行性の生物だが、人と暮らしているうちにその点が大いにあやしくなってくる。大型の猛獣であるにもかかわらずひどく順応性の高いところがあるためだといわれているが、本当のところはどうなのか、かれらにたずねてみなければわからない問題だった。もちろんいまのところ剣牙虎と会話を成立させた者はこの天下にだれ一人としていない。

夜と朝の境目で眠りこけている駒城下屋敷の一室でその剣牙虎の一頭がのそりと頭を持ち上げた。見事に梳《す》かれた冬毛の美しい、恐ろしくも優雅で――時には優しげにすらふるまえる美猫、千早だった。彼女は大きな瞳を周囲にめぐらせたあと、落胆したように喉を鳴らせた。自分があいかわらず別間で寝《やす》んでいたことをおもいだしたのだった。

以前は、違った。主人である新城とともにあれば、必ずかれの寝台、その傍らだった。時には寝台にあがりこむこともあった。そうした面で新城はきわめて甘い主人で、一度も千早は叱られたことがない。なにしろ冬の夜など熱炉の脇で彼女の腹に頭をのせて眠ってしまうこともあったのだから、文句をつけられるはずもないのだった。

が、天霧冴香なる両性具有者が新城の傍らに出現してからは事情が変わった。新城の方はあまり気にしていなかったが、新城にすべてを捧げている冴香は、自分のあさましく乱れた姿や海嘯《かいしょう》のように寄せては返し、唐突に奔騰《ほんとう》するあの声を新城以外のだれにも、たとえ剣牙虎であっても見聞きされたくはないと当然の反対給付をもとめた。

という次第で千早は駒城下屋敷内に一室を与えられた。最初は寝室に接した居間に追い払われるだけで済んでいたのだが、新城と冴香がお互い以外のなにも見ていない時に限って前脚で扉を引っ掻き哀れっぽく喉を鳴らすようになり、三日続けて扉と冴香の機嫌を駄目にされたところで新城がそう決めた。かれのような人間であっても、ただ自分にすがりつき、加えられた仕打ちに嫋々《じょうじょう》と喘ぎのたうつものだけに溺れていたい時があるからだった。ユーリアが加わった後はそれだけでは済まなくなったから、なおさらであった。

とはいえ千早も易々と新城に従ったわけではなかった。彼女の〝寝室〟に定められた部屋の扉はすぐに木屑へと変わったし、主人の部屋に押し入ろうとしたことも一度や二度ではなかった。困ったことになった。下屋敷とはいえ五将家の雄、駒城の家であった。夜毎育預の飼猫に扉を破られているのでは外聞もよろしくない。なんとかしていただけないか――駒城の家令頭、永末からやんわりとねじ込まれて弱り果てた時、千早の乱行は夕立があがるように止んだ。新たな安住の地へと辿り着いたからだった。

起き上がった千早は頭を持ち上げて開かれたままの窓の向こうの匂いを嗅ぎ、聞き耳をたてた。喉を控えめにうごめかせるとすぐに向きを変え、自分が横たわっていた床のすぐ傍らに置かれていた小さな寝台を確かめた。

駒城家初姫麗子《れいこ》はあどけない寝顔をのぞかせている。ゆったりとした寝息までが愛らしく安らいでいる。この天下で最強無比の添い寝役を得たからだった。

そうなのだった。このところ千早は彼女をまったく恐れないこのおさなごの傍らで眠るようになっていた。

反対はあった。どうあっても剣牙虎に慣れることのできない乳母はことに激烈だった。しかしよくよく考えてみるならば駒城の血を受け継ぐ幼い娘の夜を守るものとして千早以上の存在は考えられなかった。なにより、麗子が強く主張した。れいこ、ちあやといっしょがいい。

窓辺から離れた千早は気配を殺して扉へと歩いた。廊下から、人の足音が聞こえた。どれにも聞き覚えがなかった。

しなやかな巨体に緊張がはしった。後脚だけで尻の位置を変え、扉から何者があらわれても麗子へ直進できないような態勢をとる。喉のうごめきも止んだ。千早はまさに期待されたとおりの役割を果たそうとしていた。

足音は扉に近づき、遠ざかっていった。千早は警戒を解かなかった。それどころか鼻面で扉を押した。彼女に何枚もの扉を破壊された経験から、そこには猫越しというにはあまりに大きな穴があけられ、金具で板がさげられていた。千早はすべるように廊下へ出た。行く先は決まっている。新城の部屋だった。さきほど聞こえた足音はそこに向かっていた。

悲鳴があがり、銃声が響き、廊下に飛び出す主人の姿が見えた。かれはあっさりとさらに一人を射殺すると、背を向けている二人の男ごしに千早を向いた。なんどか彼女には理解できない声の応酬があり、新城直衛の、溜息のような命令が聞こえた。

「千早、好きにしていいよ」

彼女は喜んでそうした。

麗子はまだ泣きじゃくっている。熟睡しているところにいくつもの銃声が響き、起き上がってみれば千早の姿は見えず、涙をぬぐいながら廊下へさまよい出てみればその千早が血塗《ちまみ》れだったとなれば当然であった。もっとも彼女の撫でるのが好きな千早の毛皮についた赤黒い液体はすべて人血だったのだが。

剣牙虎は戦いの興奮を即座に母性へと切り換え、新城へ叱るように唸った。子供に自分のこのような姿を見せるものではない、と怒っているのかもしれなかった。

愛猫へ頷いた新城は即座に駒城初姫を抱き上げてその場から引き離し、両手に古風な戦槍を引っ摑んでいるのみならず、腰に短銃を何丁もぶちこんだ勇ましい姿でいち早く駆けつけた瀬川に千早の血を洗い落とすように命じた。暗殺者たちの死体については駒城の使用人に命じる。ひどく時間がかかりそうだった。

血の匂いで鼻奥が酸《す》っぱくなるようなその場に、いまだ怯えている周囲の制止を振り切って近づいた者がいた。かれが天下の悪《あ》しきもの全てから守るように抱え込んでいる幼女の母親だった。

「どういうことなの、直ちゃん」駒城蓮乃《はすの》の声は厳しかった。

「御覧の通りです、義姉上《あね》」麗子を手渡しながら新城はこたえた。

「説明にならないわ、それでは」

かれは即座に両手を後ろにまわし、握りあわせた。抑えきれないほどの震えが始まっていた。彼女の前では隠せないとわかっていたが、なによりも自分のためにそうする必要があった。戦いのあとの興奮はかれの精神に狂おしいものをよみがえらせていた。寝巻の上に家羽織を着ただけ、白く秀でた額に濡れたように艶《つや》やかなほつれ髪を垂らしている義姉の姿に抑えきれないほどの欲情が募っていた。

「守原が動き始めました。僕も動きます。手筈《てはず》は整えてありますから、問題はありません。僕がここを離れたなら、もう、これほどの騒ぎはないでしょう。守原の兵がやってくるのは確かですが、かれらはあなたや初姫様には手をだしません。いかなる意味においても」

「女子供に手出ししては名分がたたない、ということ」

「まさに、義姉上。ともかく、僕がすべて処理します。心配は御無用。有体に申し上げるならば僕の得意な仕事なのです、これは」

蓮乃は義弟をまじまじと見つめた。皇都でどんな政治遊戯が繰り広げられていたのか詳しい事情を知らされていない彼女は一瞬かれがなにを口にしたかわからなかった。が、ひとつだけはっきりとわかったことがあった。

「また殺すのね、人を」

「もちろん」高まる一方の動悸を自覚しながら新城はこたえた。視界が紅くくらんでいた。陰茎の先端から付け根にぴりぴりとしたものが絶え間なく生じていた。

「あなたはいつもそう」蓮乃はいった。声はかすかに震えていた。

「他に方法を知らないのです」新城は肉を裂くようなおもいで微笑を浮かべた。最小限の暴力でことを納める方法について駒城篤胤から釘を刺されたことを口にするつもりはなかった。蓮乃は駒城を信じている。愛しているといってもいい。ならば、彼女の夢は壊せない。よって彼女が普段から抱いているであろう印象の内側で嘘《うそ》を組み上げるほかなかった。

「僕の為様《しざま》では常にそうなります。どうにもなりません。他のだれかならもっと穏便に解決できるのかもしれませんが、不幸にしてそのような人物を僕は知りません」

「あなたが信じるものは力だけ、そうおっしゃりたいの」

「違います、義姉上」

新城は明朗かつ羞恥《しゅうち》に満ちた表情で断言した。

「理解できているものが力だけなのです」

「いいおとしをして恥ずかしいこと」

「至らない義弟《おとうと》です、僕は」

蓮乃は義弟をにらみつけた。唐突に視界が曇った。まだ眠り足りないせいに違いないと彼女は決めつけた。

「では、いってらっしゃい——もちろん、勝つのでしょうね」

「可能な限り完全に。僕と、駒城が得られるすべてを求めて。ええ、楽な仕事ですよ」

蓮乃は踏み出て義弟を娘とともに見上げた。人から見えぬよう麗子を盾にして手を伸ばし、ためらいもなく義弟の股間を握りしめた。しっかりとした感触がかえってきた。

「なら、お勝ちなさい。わたくしと初姫様はここで待っています——あなたを」

「はい」新城は素直にうなずいた。蓮乃の指はそこをはっきりとした何かをこめてなでると、何事もなかったように離れた。男を知った女にとって当然の感覚で、それ以上触れていれば、かれが下帯を汚してしまうとわかったからだった。

「これを持っていてください」新城は空になった一丁の短銃に装塡し直し手渡した。「なにがあるかわかりません」

蓮乃は下唇を嚙んだが、素直に受け取った。

のそりと巨体が顔をだし、にゃあと小さく啼《な》いた。とりあえず血は落ちていた。

「ちあや」

麗子がうれしげな声をあげ、剣牙虎に飛び乗ろうとした。

「いけません、初姫様」蓮乃は叱った。「千早はおじさまのお仕事を手伝わなければならないのです」

「なおえのおしごと」

麗子は戸惑ったように新城を見つめた。我慢しようとしているが、すぐに涙が盛り上がってくる。

「申しわけございません、初姫様」新城は詫《わ》びた。

「いつ、かえってくるの」麗子はたずねた。すぐに口を閉じ、下唇を嚙みしめる。嗚咽《おえつ》が漏れそうになるのを懸命に抑えているのだった。

「夜遅くには」新城はこたえた。嘘ではなかった。それまでにはすべてが終わっているはずだった。かれが断言できないのはその時、自分が生きているかどうかだった。

麗子はこっくりとし、まさに駒城家初姫にふさわしい言葉を新城に与えた。

「はやくかえって。ちあやも。れいこはなおえのおよめさんなのよ」

「承りました、初姫様」

新城は一礼した。さきほどまで自分をいたぶるように弄《もてあそ》んでいた蓮乃の手が見えた。関節が白く変わるほど握りしめられていた。

「準備があるのでしょう」蓮乃はいった。「急ぎなさい」

いい終えるや否や、彼女は背を向け、廊下を歩みさっていった。麗子のくしゃくしゃになった顔がなだらかな肩の向こうからのぞき、小さな手が振られていた。

「中佐殿」

瀬川が遠慮がちに呼んだ。新城はむしろ感謝したいほどの気分で蓮乃と麗子から視線を外した。

「殿下と副官殿は――」瀬川は改めて口を開いた。

「無事なのだろう。わかっている」新城は断定した。

「お気づきでしたか」

「小気味のよい音が響いていた。寝室で敵を待ち受け、僕の背中を守ったのだ。まことに心強い」

瀬川はにんまりとした。こうまで女たちを信じられる主人がうらやましくもあった。もちろん新城がなぜ暗殺者たちを待ち伏せることができたのかも理解している。

かれの主人は少年の時分から異常に用心深いところがあった。同時に、けして積極的とはいえぬ性格であるのにもかかわらず、ただ受け身に立つことを嫌っていた。受け身を強いられるのならばいっそとばかりに、相手が先に手をだした、という事実をつくりあげることもしばしばだった。

今朝も同じだ、とおもった。瀬川の与《あずか》り知らぬ理由からまさに自分らしい予防攻撃を封じられた新城はそれならばと受け身の利を追求したのに違いなかった。

瀬川は正しかった。新城直衛は小心者らしく我が身の安全にもおさおさ怠《おこた》りはなかった。守原が行動を開始した時、いちはやく自分が狙われるだろうと予想し、迎え撃つ準備を整えていた。毎夜、女たちだけを寝台に残し、自分は居間に戻って服装を改め、傍らにかれには過ぎた贅沢というべき七代目遠賀寺房松の鍛えた鋭剣と、手指にあわせて銃把を細工した短銃、さらにはわざわざ新たに買い求めた蓬羽の鳥打銃まで並べ、椅子で眠っていたのだった。

むろん瀬川は主人の周到さに驚いてはいない。だからこそ、遅ればせではあったものの押っ取り刀でかけつけられたのだった。

また、周到に準備を整えていた理由の、けして語られることはないだろう一面もこの新城家唯一人の用人は承知している。

新城はこの皇都で戦いがはじまると確信していたのみならず、自分に関わる女たちに恥をかかせるつもりもなかったはずであった。すなわちかれは自分の力が足りなかった時、女たちに自決するだけの時間を与えてやるためにそうしていたに違いなかった。

（ま、二人ともとてもそんなタマではないが）控えめな微笑を浮かべつつそうおもった瀬川は主人へ一礼し、告げた。

「それと……羽鳥様の御使いが参られました」

「通ってもらえ」

緊張を解いた新城は外してあった戎衣の前留をはめると皺《しわ》をのばし、帯革を締めなおした。子供が毬を扱うように手慣れた様子で短銃を装塡しなおして帯革に差す。懐紙でさっと血脂をぬぐった鋭剣を鞘《さや》に戻した。廊下の壁にあった姿見をちらりと眺める。黒地に銀縁の施された近衛の戎衣を身につけた禍々《まがまが》しい顔つきの男がそこにいた。かれの肩と襟には真新しい中佐の階級章があった。新城直衛はその男に蔑《さげす》みの会釈をおくった。相手もそっくり同じ仕草を返してきた。心が晴れ、股間も落ち着いた。

瀬川に伴われてあらわれたのは薄汚い服を身につけた若い男だった。顔もいい具合に汚れている。新城は練兵場や戦場で人間の価値を見定めたのと同じ方法でこの若者を評価した。即座に気づいたことがあった。かれの瞳には戦場でも日常でもかかわらずに高値をつけられる輝きがあった。日々織りなされる無数の幻滅に風化させられることのない職業意識という鎧《よろい》だった。痛烈なまでの加点主義者である新城直衛のなかで若者の評価は急上昇した。

周囲の惨状をちらりと眺めた若者が挨拶した。

「中佐殿。勅任二等魔導官補、室津平蔵です」

「新城です」

「羽鳥一等魔導官から託《ことづ》かっております」

「うかがいます」新城はうなずいた。あらかじめ定めてあった密使であることの確認だった。

室津はいった。「もう瓶に半分しか残っていない、と」

新城の唇、その左端が痙攣した。

「わかりました」手を差し出す。

「これです。駒洲公にも自分の同僚がお伝えしているはずですが、お届けできたかどうか定かではありません。それに、中佐殿にとってもいささか遅ればせになったようで、申しわけございません」

新城は羽鳥のよこした書面を一瞥《いちべつ》し、ふん、と鼻を鳴らした。即座に熱炉へ放り込む。室津へ向き直り、うなずいた。

「室津君、御苦労様でした。君はこれから――」

室津はにこりとし、しかしきっぱりとした口調でかれの言葉を遮《さえぎ》った。

「御心配いただき有り難うございます。しかし、自分には羽鳥さんから与えられた任務があります」

「なるほど。では、幸運を祈ります」

「いえ、幸運はむしろ中佐殿にこそ必要です。御武運を――と申し上げるべきかどうか迷いますが、ともかくも万事うまく運ぶようお祈りしております」

そこまで口にして室津はためらうような顔になった。

「なにか、室津君」

室津は硬い表情のままどうにか微笑らしいものをつくった。

「自分も東洲の産です、中佐殿。両親は戦で荒れ果てた田畑をどうこしらえ直したか、それだけを自慢にしています。ああ、その、いえ、それだけを申し上げたかったのです――失礼します」

室津がでてゆくと新城は熱炉へ向き直った。しばらくそのままでいた。盆を捧げ持った瀬川が行進するような足取りでやってきた。いつのまに準備したのか、香りのよい湯気をたてている黒茶と新城が気に入っている銘柄の細巻がのせられている。

碗をとり、闇よりも黒々とした熱い液体を流し込んだ。喉が焼け、胃が不機嫌そうに蠕《ぜん》動《どう》した。細巻の火は瀬川がつけた。味よりも香りを楽しむべきだとされている霊洲葉はこんな時でも心地よさをもたらしてくれた。

寝室の扉が開いた。そこに立つ二人の女をみとめ、新城は痙攣のような微笑を浮かべた。大尉相当官の制服を身につけた天霧冴香は興奮さめやらぬ様子だった。そして――ユーリアもまた同じ。あの、大隊長離任式の際に堂々と身につけた近衛風の戎衣が板についている。三ツ首の翼龍を描いた帯革留めと華麗な銀飾りの施された鋭剣だけがかつての彼女の立場を教えるものだった。乱戦にそなえてか、帯革へ四丁も差している短銃がひどくなまなましかった。

そしてむろん、二人のほっそりとした頸《くび》には首輪のような革帯が巻かれ、喉元に血を吸ったような色の紅涙石《こうるいせき》をきらめかせている。

見事なほどの女ぶりをそなえた肉体に軍装を纏《まと》い、頸にはただの女であることを示す男への隷属《れいぞく》の印――ふたりとも、倒錯的ななにかを感じさせるほどによく似合っていた。つまるところ彼女たちは新城と同じように考え、かれが寝台をそっと離れたのちに音を立てぬように気を使いつつ身繕いを整え、夜を過ごしたに違いなかった。毎夜そうしていたのだろうと新城は確信した。わけもなく腹が立った。

「聯隊長殿、後方から侵入した敵はすべて排除いたしました。殿下と自分はただちに行動可能です」踵《かかと》を打ち合わせて冴香が報告した。冷やかさと甘えを共に浮かべている両性具有者の顔には昨夜のなにかをうかがわせるものはまったくない。が、であるからこその背徳とその甘美さを新城は強く感じた。

ユーリアはといえば――従うものというより従わせるものとしての空気を惜しみなく発散している。その態度のまま、みずからも踵を打ち鳴らし、彼女はいった。

「わたしもおまえと一緒に征く」

「お断りします」新城の声はひどく酷薄《こくはく》に響いた。

「冴香と逃れて貰います。正直なところ、ユーリア、あなたの面倒まではみきれない。女を守って死ぬ暇などないのです、僕には」

ユーリアは蒼深の双眸を見開いた。

新城の冷酷な返答に驚いたのではなかった。自分のすべてを与え捧げた男が、必要とあらばその程度の言葉を平然と口にするだろうことは予想がついていた。彼女を満たしていたものは、新城が当たり前のように自分の名を呼んだことだった。ユーリア。かつて部下と共になだれ込んできた六芒郭近傍の野戦本営で彼女をそう呼んで以来、こうまでぞんざいにもと東方辺境領姫を呼び捨てたことはなかった。実際、新城はユーリアが異常な責めに乱れ果てているその時ですら彼女の中にある何かを慮《おもんぱか》った。傲慢で、時に卑劣ですらあるこの男の奇妙な癖だった。欠点のあらわれなのかもしれない。

ユーリアは新城という奇怪な情人のそうした部分が嫌ではなかった。他愛ないといってしまえばそれまでだが、どれほど彼女が政治的動物として、はたまた軍事指導者として優れていたとしても、人としての――女としての性根が悪辣《あくらつ》なまでの根太さを備えているわけではなかった。それはむろん無神経や無自覚といった人の犯す最も重い罪から縁遠い人物であることの証《あかし》だった。そうした弱さを備えているからこそ不安と大胆さを精神に同居させることが可能になり、ユーリアをして余人の知る彼女たらしめているともいえた。

つまるところ彼女は、いま新城直衛が懸命に演じようとしている情の薄い振舞いがたとえようもなく心地よかった。その気分のまま蔑むような顔をつくり、やりこめた。

「ならばわたしがあなたを守ってさしあげるわ」

新城は複雑な表情を浮かべた。

かれが同期生をはじめとする信頼できるものたちとつくりあげた計画では、冴香とユーリアは下屋敷に残されることになっていた。いかな守原であろうと女に手出しはしないと考えられたからだった。確かにユーリアには一定の政治的価値があるが、同時に彼女は皇主の客分でもある。守原の行動においてもっとも重要なはずの大義名分を維持するため、絶対に手はつけられない。駒城の女たち——蓮乃と麗子についても同じだった。いまは諸将時代とは違う。いや、諸将どもが相争った頃ですら、女には手出しをしないという美風があった。仮に守原がユーリアを政治的に活用することを考えていても、最悪でも軟禁されるだけで済むはずだった。

冴香も心配はない。国中の要人に、ことに軍部の要人に必ず従っているといってよい同族たちのつながりが、彼女を傷つけるような真似を許さない。自分の個人副官に拗ねられて弱り果てるのは新城だけではないからだった。

「駄目、駄目です」新城はいい、細巻を煙草盆に押しつけ、軍帽を手にした。同時にかれの鼓膜は驚くほどあっさりとしたユーリアの声を耳にすることとなった。

「そうか、ならば是非もない」

声には気になる響きが含まれていた。新城は被りかけた軍帽を手にしたまま二人を振り返った。

冴香とユーリアは互いに向き合い、鋭剣を抜きかけていた。

「いったいなにを」新城はさすがに唖然とした。

「直衛様から後顧《こうこ》の憂《うれ》いをなくしてさしあげます」冴香がいった。

「気にする必要はない。これがもっとも理に適《かな》っている」ユーリアがあっさりとこたえた。

新城はひどく剣呑《けんのん》な表情を浮かべ、いった。

「君たちに男を弄ぶ趣味があるとはおもわなかった」

ユーリアに視線を据えたままの冴香が静かにいった。

「いまごろになってお気づきになられたのですか、直衛様」

ユーリアは微笑を浮かべただけだった。しかし深い蒼の中に金色が散った瞳に切迫したものを浮かべたまま冴香へ視線を据えている。

僕はいまどれほど情けない面を晒《さら》しているのだろうと新城はおもった。女というものはこういうことを楽々とこなす。甘えすがり、容赦なく責めたて、男を操《あやつ》るための芝居をどんな名優よりも見事に演じてしまう。そして、欲しいものすべてを当然のように手に入れてしまうのだ。むろん男は絶対逆らえない。手玉にとられるとはまさにこのことだ。つきあいきれない。畜生。なんという女たちなのだ。くそっ。かれはその気分をそのまま口にした。

「好みではないが、是非もないようだ」

新城は両腕を鞭《むち》のように伸ばし、二人をそのまま抱き寄せた。まずいたぶるように冴香の小さく甘い唇を割って舌をしゃぶり、つづいてゆるく開いたユーリアの中へ自分の舌を潜らせた。そのまま代わる代わるに弄びつづけた。

場違いに感じられるほどの甘い香りが鼻孔から脳天にかけあがっていた。新城は母乳をむさぼる乳児のような貪欲さですすった二人の唾液をまぜあわせ、喉を鳴らしてのみこんだ。両の手は二人の喉頸へとせりあがり、親指の腹で宝石のすぐ上の柔らかな部分を強く押し込んでいた。

糸をひく唾液を舌先でたぐりこんだ新城はくったりとよりかかってくる二人の尻へ素早く手をすべらせ、荒っぽく揉みながらいった。

「命令には、絶対にしたがってもらう。冴香だけではない。ユーリア、この騒ぎが終わるまではあなたもだ。よろしいか」

冴香はかれの肩に顔をこすりつけ、ユーリアはただ肩を震わせ、近衛軍装——戎衣風に誂《あつら》えた上着に包まれた豊かな胸を押しつけた。その心地良さをいやらしく楽しんだ新城は、改めて背筋を伸ばし、二人から離れた。

「さて、ここまでだ。僕らはすぐに行動しなければならない。準備は整えてあるが成功の保証はむろんない。いいな。質問がなければただちに行動する」

新城は振り向き、二人を従えて扉に向かった。なにもかもが終わるまで待っていたように控えの間にさがっていた（いや、実際にそうなのだろう）瀬川があらわれ、扉に手をかけた。

新城は内懐から封書を取り出しながら家令に伝えた。

「瀬川、御苦労だった。もし僕が敗れたなら、あとは好きにしていい。いまのうちに金目の物を持ち出しておくのがいいかもしれない。問題がないよう、認《したた》めておいた」

瀬川は家令というより下士官の表情でこたえた。

「あなた様のおかげで孫のすべてを学校に通わせるだけの蓄えができました。となれば自分はもうおもうままに動けるという次第で——腹背《ふくはい》の守りはお任せください、中佐殿」

「君がそんなに莫迦だとはおもいもしなかった、瀬川曹長」

「自分でも驚いています、中佐殿」

「金以外の無駄遣いは好みではない。主のいない部屋など守ってどうする。が、よほど莫迦を曝したいのであれば」

新城は小さな声であとを続けた。

瀬川は頷いた。いかにも当然といわんばかりの顔になっていた。

「承りました、中佐殿」

「いいな、武装する必要はないのだ」

にこりとした新城家家令は王の出陣する城門を開くように扉を引いた。新城がそこで目にしたものは廊下に屹立《きつりつ》する緑色軍装のフォン・メレンティンと暇そうな顔をした猫の姿だった。向こうから泳ぐようにやってくる天龍も見える。

ユーリアが楽しげに呟いた。

「あら、まあ」

近衛中佐新城直衛は吐き捨てるようにこの国の新たな歴史の始まりを告げる言葉を呟いた。

「莫迦だ。莫迦ばかりだ」

第二章　逆賊と蕩児

1

一三月一日、冬の皇海上は嫌になるほど空が高かった。恒陽はとうに昇っているにもかかわらず、光帯が落ちてきそうにおもえるほどはっきり見えていた。とはいえ冬の外海であった。晴れ上がった空の下で、うねりはあくまでも大きかった。その海を二つの縦帆をふくらませて進む漆黒《しっこく》の艦影が頼りなげに見えるほどのたくましさだった。

〈皇国〉水軍駆逐艦〈灘浜〉。熱水機を搭載した新鋭艦だが、いまはまだどの部隊にも所属していない。乗員を鍛えつつ、半日から数日の航海をこなしてはまずい部分を見つけ、手直ししている状態で、すでに水軍艦籍簿には載せられているものの、戦力には数えられていなかった。

今日の出動もこれまでと目的は同じだ。活塞《ピストン》やら弾《はず》み車やら歯車やら、艦内の機関区画に納められた無数の細工物がいい具合に噛みあってきたのか、ようやく滑《なめ》らかに動作するようになった熱水機が外洋でもまともに動くものか、確かめるための訓練出動だった。いつのまにかそれでは済まなくなったのは、とりあえず自由に訓練しておれ、と命じられた導術班員たちが北方の洋上に不審な船が航行しつつあることを感知したからだった。

回船のはずはなかった。いまや皇海は戦いの海であり、特別な許可を受けた船以外、たとえ沿岸でも船団を組んで目的地を目指さなければならないからだった。水軍の艦艇や私掠船でないことも即座に見極めがついた。そのどちらかであるならば、導術で探られた時点で、

『ワレ○○』

と即座に返してくるはずだからだった。

であるならば、それは〈帝国〉の艦船だと考えるほかない。

〈灘浜〉は非番の導術員をたたき起こして即座に皇海艦隊司令部へ報告を送り、別命なくば本艦はこれを追撃する、と伝えた。司令部は無理をするな、と伝えてきたが、追撃を禁じはしなかった。司令部は拿捕《だほ》した艦船によって得られる莫大な捕獲賞金こそが駆逐艦級以下の艦艇乗員の士気を高いものに保っている原動力であることを認めないほど愚かではなかった。たとえ〈灘浜〉が不意の故障に備えて工廠《こうしょう》の技官や技手たちを乗艦させせなければならない状態であっても、その原則を無視してよいほどの問題とは考えもしていない。まさに水軍であった。

「前方の船、右舷《みぎげん》に舵《かじ》を切った」

大檣《だいしょう》上の見張所から見張員の声が降ってきた。

「莫迦者、せっかくの道具を使わんか」

海風を背負って進む〈灘浜〉の露天艦橋で周辺見張り全般を監督していた見張員長が極道でも青ざめかねないどすのきいた声で怒鳴った。といっても艦橋の隅に林立している水管のような装置へ駆け寄ってかがみこみ、怒鳴っている。最近の〈皇国〉艦船に続々と採用されている艦内各所との連絡装置――伝声管だった。これは艦内のあちこちを繋いでいる蓋付きの管に過ぎないが、装備化を決定した水軍艦政本部がおもってもみなかったほど実施部隊には好まれている。艦内の連絡に手間のかかる伝令や制限の多い導術を用いなくてよくなったからだった。後にこの新発明は艦船の浸水被害拡大の一因として指摘されることになるが、いまのところは――まだ五〇年ばかりは――それに代わる安価で確実なものがないという理由で用い続けられることになる。

となれば、それが登場したばかりであるいま、たとえ砲戦のさなかでさえ報告の声を朗々と上甲板へ響かせることを男子の栄《は》えある一芸として叩き込まれた見張員たちとの折り合いがよろしくないとしても仕方がなかった。つまりは見張員長にしても伝声管が気に入っているわけではないのだが、見張員たちの上に座る最高位の下士官という立場上、好き嫌いで仕事をこなすわけにはいかなかった。

「艦長」

望遠鏡と一冊の分厚い本――主要国の艦艇、そのほとんどが線図で掲載されている梅屋水軍年鑑――を交互にのぞき込んでいた先任将校の洲方大尉がつるりとした顔に微苦笑を浮かべてたずねた。

「どうされますか？　あいつ、いまのところ逃げを打ってます。図体は本艦と同程度――〈帝国〉でいう嚮導駆逐艦ってところですな。おそらく〈ロゴルナ〉級。一二斤艦砲両舷二八門装備。陸兵は本艦より多いでしょう」

〈大協約〉世界で駆逐艦と呼ばれる艦種はまずもって海賊船から回船（商船）を守るために発達した。海賊船を駆逐する艦、というわけだった。後にその対象は国家間の戦争が勃《ぼっ》発《ばっ》するたびに洋上を跳梁跋扈《ちょうりょうばっこ》する私掠船の駆逐に転じ、いまもなおそれが任務の大きな部分を占めている。嚮導駆逐艦はその種の任務にあたって編隊行動をとる駆逐艦群の指揮艦として登場した艦種だった。巡洋艦ほど建造に金がかかるわけではなく、艤装に手間が必要となるわけでもない。駆逐艦の高速性を維持したままそこそこに強化された武装と司令部を載せるだけの艦内容積を持っている艦。ことに後者は〈皇国〉のように導術を用いた艦隊運用を行っている国にとって重要だった。この戦争で徐々に明らかになりつつあるように、〈皇国〉水軍は旧来の私掠船を用いた通商破壊に加え、駆逐艦の集団運用による高速襲撃戦術を重視しつつある。ただし、かれらの場合は嚮導駆逐艦よりも捜索巡洋艦《ハンティング・クルーザー》（乙巡）を嚮導任務に割り振ることが多い。

「ともかく、嚮導駆逐艦です。そいつが単艦でうろついているというのはどうも」

洲方は付近に他の敵駆逐艦がいるはずだと予想していた。

「向こうがなにを考えていようが関係はない」

〈灘浜〉艦長讃良寛蔵少佐は愛想のない声でこたえた。といって、他者を意味もなく不快にさせる空気をまとっているわけでもなかった。衆民の出身であるにもかかわらず、讃良はうまれながらの水軍士官とでもいうべき洗練された態度を苦もなく示すことのできる男だった。

いまの言葉にしても、愛想のなさというより戦いを間際に控えての冷静さだとだれもが受け取っていた。得な性分の男だった。〈皇国〉水軍が続々と就役させている新鋭駆逐艦――〈神瀬〉級熱水駆逐艦の艦長には実にふさわしい。

敵艦（そうに違いなかった）は風下に向けて降り続けている。〈灘浜〉はその後方三浬ほどにつけていた。熱水器は用いていない。数刻前に圧をあげたところ、螺子《ねじ》のゆるんだあたりから熱水が漏れだしたので、熱水長や工廠の技手たちが点検しなおしている最中だった。

いつまでもこのまま追いかけているわけにはいかないのは讃良にもわかっていた。洋上には飛沫を凍らせそうなほどに冷たく強い風が吹いているが、風向には迷いがたっぷりと含まれていることに気づいていた。となればいつ艦が風を限界まで降ってしまい、帆がばたばた波打ちだす瞬間が訪れるかしれたものではない。のんびり構えてはいられなかった。

「周囲にはなにも見えんか」讃良はたずねた。

見張員長は大檣見張所へつながる伝声管に報告を命じた。さきほどの叱責が効いたのだろう、今度はきちんと伝声管を用いた報告が独特な抑揚とともに返ってきた。

「沿岸に回船らしき船影が複数あるー。ほかには敵味方とも艦影なーし」

「航海、このあたりに面倒なものはあったかね」艦長の気分を察した洲方がたずねた。

「暗礁《あんしょう》、露頭礁ともにありません」航海長の保浦大尉が即座に応じた。

「詳しいんでしたね、航海長は」洲方は自分より格下の保浦へ丁寧にたずねなおした。保浦はこの戦争が始まってから応召した男で、洲方より倍ほども年上だった。

「自分の船で、何度も行き来しましたよ」保浦はこたえた。

「艦長、ですから本艦をどう振り回されても恥をかく心配はありません」

「はい」讃良は水軍独特の返事をかえした。他の乗員に対するよりいささか丁寧な態度であるのは、士官候補生時代に保浦から教育を受けたことがあるからだった。保浦は家業の回船業を継ぐために水軍を大尉で退かなければ、いまごろは悪くても少将になっていてしかるべき人物だった。

「いまは右舷六刻です。風向きがよくありません」天象士の根羽中尉が先ほどから讃良が案じていた内容を補強した。「ころころ変わっていて——現針路のままだとすると、いずれ裏帆を打つ可能性が」

「熱水長に聞け」讃良は命じた。「どれぐらい回せる」

伝声管でまたやりとりがあり、伝令（といっても伝声管から離れるわけではない）が報告した。

「熱水長より艦長、本艦熱水器は全力運転半刻可能」

「半刻か」讃良は唇を尖《とが》らせた。「工廠でやった公試の時は全速で一四浬でたな」

〈皇国〉水軍では皇湾付近の工廠や造船所で造られた艦を湾内のほとんど風向きが変わらない水域に据えた二本の速力測定試験用の標柱、その間を走らせて最大速力を確かめる。ただ現実的な試験というだけではなく、試験海域を目視できるあたりを行き交う船などから儀礼的に、

『貴艦ハ何故ニソレホド急ガルルヤ』

と問われて、

『許サレヨ、我、皇湾標柱間全力航走中』

と答えられるという、新造艦艦長にとっての晴れ舞台とでもいうべきものだったが、讃良はその結果に必ずしも満足していなかった。熱水器全力で進ませた〈灘浜〉がぞっとしない震えを起こしたからだった。戦争のおかげで強引に、そして急速に進められつつある水軍の熱水化は技術的完成度を最初から目指してなどおらず、戦いながら試して直して使え、という戦時でなければ許されない方針がとられていた。もちろん、だからといって讃

良が自分の艦に愛情を感じていないというわけではないが。

「軽荷状態でしたから、割り引く必要があります」保浦が口を挟んだ。「それに、熱水員が茹《ゆ》でられたような騒ぎになりました。通風を手直しした方がいいとおもいます」

讃良は頬を膨らませ、そこを叩く冬風の感触を新たにした。即座に保浦へ命じる。

「航海長、左舷へ小半刻切れ」

「はい」

航海長は操舵《そうだ》艦橋へ命令を伝達した。

舵輪がまわされ、舵が魚の尻尾のように向きをかえた。〈灘浜〉は無数の索具がきしむ音を立てながら右舷へ傾斜する。高速を発揮するために長い船型を採用しているため、どうしても傾きは大きくなりがちだった。ただし復元力もかなり良好であるため操艦に不安はない。

「速力測れ」讃良は命じた。

「はい、測りまぁーす」

数寸して、本艦速力毎刻九浬、と報告があがった。

「掌帆長《しょうはんちょう》、風を逃すな」いわなくてもいいことだな、とおもいながら讃良は口にした。かれは小うるさい士官ではなかったが、乗員がまだ艦に慣れていないとあっては、ただどっしりと構えてもいられない。

「いやな感じですね」洲方が呟くようにいった。「あのまま風下へ降ると、すぐに風から外れちまいます。なにを考えてやがるのか――」

かれがそこまでいいかけた時、伝令が報告した。

「敵艦、左舷に変針しつつある」

讃良は眉をよせた。望遠鏡で確認する。〈帝国〉水軍の嚮導駆逐艦は確かに左舷へ切っていた。さきほどまでは、風の影響からあちらは右へ、こちらは左へ、と間隔をあけるように進んでいたのだが、いまや状況が変わった。針路からいって、小半刻以内には艦砲の射程内にはいりそうな案配だった。

「やはりいるな、他にも。君の予想したとおり」讃良はいった。

「そうおもわれますか」洲方がたずねた。実のところ完全に同意する態度だった。

「導術長に聞け」讃良は命じた。「捜索結果はないか」

すぐに報告がある。

「導術長より艦長。既報のごとく、導術班員いずれも疲労しあり。捜索を試みつつあるも、捜索範囲、精度ともに著しく悪化す」

「忘れてた。すまん、といっとけ。それから、無理して術を使うには及ばん、とも。こんなところで導術を苛めるわけにはいかん」讃良は唸った。目前の状況に集中するあまり、一刻ほど前に受けていた報告を完全に忘れていたのだった。

「うちの連中に任せてください」見張員長が胸を張った。水軍に入って二〇年近いかれはさきほど讃良が漏らした一言から状況を素早く理解していた。「敵艦前方と本艦左舷——ことに左舷へ注目させます」

「よろしい、見張員長」讃良は上機嫌で応じた。

つまりはこういうことだった。

洋上での単艦同士の遭遇戦は、ことに両者が多数の艦艇を活動させている戦況ではほとんど軍事的意味を持たない。たとえ一隻が失われても付近にいる別の艦がすぐに投入されるからだった。だいたい、いまだ数的に劣勢というほかない〈皇国〉水軍は〈帝国〉のヴァランティ辺境艦隊との正面衝突を厳に戒《いまし》めている。

一方、〈帝国〉水軍もその種の戦闘には熱意を持っていない。哨戒艦《しょうかいかん》、通報艦として多数の小型艦を展開しているものの、主力はあくまでも主力としてあり、その少なからぬ数が船団護衛に投入されている。また、艦船の捕獲賞金制度がなく、失敗に対して非常に厳しい〈帝国〉水軍では、単艦行動に当たる艦長たちの判断はどうしても消極的になりがちになる。

であるのに〈灘浜〉の前を走る艦は交差針路をあえて取った。

つまり、付近に有力な友軍の艦艇がいることになる。〈灘浜〉を沿岸から沖合へ引きずり出し、孤立した状態で罠《わな》にかけようとしているに違いなかった。

「熱水長に伝えろ」讃良は命じた。「いつでも全力で回せるように。砲員と陸兵はどうだ」

「配置確認しました――さきほど自分で確かめました」洲方がこたえた。目に、好みの娘を見かけた少年を思わせる熱があらわれていた。女房のほかにも金を渡さなければならない女がいるかれは、敵艦を捕獲する機会、すなわち大金を得る機会を目にすると艦内のもっとも貧しい家の出身者に負けないほどの情熱を示すのだった。

「期待するなよ、先任」讃良はいった。「本艦はまだまだよちよち歩きだ」

言葉とは裏腹に、讃良の顔も熱が浮いたようになっている。かれは洲方ほど派手な生活をしているわけではなかったが、やはり捕獲賞金の魅力には抗《あらが》えない。海戦の様相が変化し、正規艦艇による敵艦捕獲があまり行われなくなりつつあるとあればなおさらだった。

「敵艦との距離、四浬」個人的背景の違いから、現在の艦内でもっとも落ち着いた気分を抱いている保浦が乾いた声で告げた。

「航海長は冷静ですな」洲方が嫌味とも冗談ともつかない調子でいった。回船問屋を継いだ保浦はちょっとした儲《もう》け口では動じないところがあった。

「一人ぐらい、醒めていた方がいい」敵艦に視線を据えていた保浦はこたえた。それからいかにも水軍士官らしい態度で笑いを浮かべ、自分自身を茶化した。「もちろん、金はいくらあっても困らないがね」

望遠鏡を構えた讃良は奇妙な姿勢をとっている。両肩が異様に盛り上がっているというのにひどく猫背で、頭は前に突き出されていた。食いしばった歯が唇の間からのぞいていた。いまにも唸りを漏らしそうであった。

まるで剣牙虎だな、洲方はおかしくなった。獲物を目にした剣牙虎。哀れな子鹿かなにかを絶対に逃すまいとしている野獣。

もちろん莫迦にしているわけではなかった。かれは自分も似たような有様になっていることに気づいていた。〈皇国〉水軍軍人として敵を目にしたこと、そして得られるかもしれない捕獲賞金は簡単に人を獣へ変えてしまう。陸軍に比べれば伝統などと称される社会的背景の影響が薄い水軍は、そうしたなまなましいもので構成員の士気を保つ必要がある。〈帝国〉では〈皇国〉水軍のことを『オシュアスナ・ブロバロア』すなわち『外海の追剝《おいはぎ》ども』と蔑称《べっしょう》するが、たとえそう呼ばれても否定しきれないところが確かにこの島国の水軍にはあった。

洲方は自分の望遠鏡を構えた。この戦争が始まるまではかれの手元と質屋をいったりきたりしていた品だが、その後は手元を離れたことがない。艦長ほどではないにしろ、かれもこれまでに何度か捕獲賞金の恩恵に与《あずか》っているからだった。もっとも、かれにとって捕獲賞金がもたらした最大の恩恵は、年の離れた妹に何人もの家庭教師を雇ってやれるようになったことだった。正直なところ女になぜ学問が必要なのか洲方自身は理解していない。百害あって一利なしではないかとおもっていた。しかしながら妹が——幼いころから兄のことをただの一度も疑ったことのない愛らしい娘が学問を欲するのであれば否応はなかった。彼女に導術の才があるとなればなおさらだった。むろん、彼女の望みをかなえてやるには金がまだまだ必要であった。

望遠鏡の限定された視界、その中心に捉えられた敵艦で変化が生じた。帆の見え方が変わっていた。

「艦長」洲方はいった。

「見えている」讃良が応じた。ほぼ同時に、またしても伝声管を用いない大声が上から降ってきた。

「敵艦、裏帆を打ったらしい！」

従兵に望遠鏡を手渡した讃良は即座に方位を確かめ、恥ずかしげもなく右人指し指をしゃぶると高く突き上げた。

「こちらはまだ保っています」保浦があいかわらず落ち着きはらった声で告げた。「一浬かそこらはかわらないはずです。そのあとで与太ってきます」

讃良は一瞬だけ迷った。〈帝国〉の嚮導駆逐艦は縦帆と横帆を併用している。縦帆だけだと速度が稼げないし、横帆だけでは風上へ進むのに苦労するからだった。そして嚮導駆逐艦ともなれば乗員もそれなりの練度に鍛えられている。こうも安易に裏帆を打ってしまい、海上での行動力を失ってしまった理由がわからなかった。

罠なのか、慌てたのか。讃良は迷い、即座に決めた。罠にかけるつもりで慌てたのだ。口元の笑みが大きくなり、犬歯がひどく目立った。

「伝令、熱水長に命令」讃良は吼《ほ》えた。「熱水機全力、外輪まわせ」

伝声管にとりついていた少年水兵が子供っぽさの残る声で伝達した。

「艦長より熱水長、熱水機全力、外輪まわせー」

「見張員長、周辺見張、さらに厳にせよ」

「周辺見張、さらに厳と為します」

「砲術長、両舷砲群、命令あり次第全力で発砲せよ」

「砲術長了解――あ、砲術長より艦長、噴龍弾ノ準備ニツイテ指示ヲ承《ウケタマワ》リタシ」

「火を付けたら沈んじまうだろうが？　弾庫にて待機せよ」

「砲術長了解、噴龍弾、弾庫ニテ待機ト為シマス」

「陸兵隊長より艦長、陸兵総員完全武装ニテ待機ス。狙撃手ノ配置許可ヲ求ム」

「艦長了解、帆走及び一般戦闘動作の妨げにならない範囲内において自由に配置してよろしい。それから渡船板の準備をくれぐれも忘れるな。敵弾で割られるような場所に置くなよ」

次々と連絡が交わされるなか、艦の両舷で男たちがその時を待つ。上甲板に顔を出している者は意外なほど少ない。砲員は一層下の砲甲板ですでに装填を終えた一二斤艦砲にとりつき、砲口を舷側砲眼からつきださせている。甲板や檣柱のそこかしこでは艦上では不似合いにすら感じられる陸式装備で身を固めた陸兵たちが銃を握りしめ、手摺や構造物に身を隠している。

艦の奥深くから振動が伝わってくる。おもい切りよく黒石を放り込まれた汽罐《ボイラー》が猛烈な熱量を発し、水に熱を加えて蒸発させ、気化された水が管や弁の連なりを抜けて高圧で活塞を押し込み、軸棒の動きを通して弾み車に力を蓄える。そこに溜め込まれた力は四本の棒を組み合わせた連接伝導器によってまた別の装置に伝えられ、そこで大小の歯車がまわり、ついには水車のお化けのような外輪の回転へと変わる。外輪にそなえられた無数の水搔き板は海水を艦の後方へと蹴りだし、〈灘浜〉に新たな力を付け加えた。煙突からは黒煙が盛大に吹き出している。

それから数寸、艦は速度をいくらか増しながら海上を進んだ。頬を打つ冷たい海風の感触が変わった。

「おもーかぁーじ」讃良は間髪を入れずに命じた。保浦が操舵指揮をとる傍らで帆を見上げる。かすかなばたつきの徴候を見て取った。

「舵戻せ、縮帆しろ」

命令が響き、水兵たちが無数の綱を操作して帆を瞬く間に畳む。即座に風がもたらす力は失せたが、艦の行き足は変わらない。

帆の状況と熱水機関の状況を確認し続けていた洲方が報告した。

「艦長、ただいま本艦は熱水機関のみにて航進中」

「記録しろ」

「記録します」

天雷をおもわせる低い唸りが艦首右舷側から響いた。見張員が報告する。熱水機関の騒音のおかげか、今度ばかりは伝声管を用いていた。

「敵艦発砲しましたぁ」

前方一浬以上離れた海面に水柱が何本も生じた。明らかに射程外での発砲だった。

「近寄るな、といいたいらしい」保浦が呟いた。「風向きがあやしい。当然だ」

艦艇にとってもっとも厄介な攻撃は艦首、艦尾方向から浴びせられる射撃だった。大部分の砲は両舷に向けて備えられているため、そこが一種の死角になる。また、攻撃側は帆の目標面積が最大となるため、容易に敵の速力を低下させることが可能になる。私掠船に狙われた回船など、頭を抑えられた時点で降伏してしまうこともあるほどだった。

だが、軍艦はそこまで諦めがよくはない。艦首と艦尾にはそれぞれ二門程度だが砲が備えられているし、基本的に運動性は回船の比ではない。仮に裏帆を打ってしまったところで、艦の向きを風にあわせて変える方法がないわけでもない。

見張員が報告した。

「敵艦、艦載艇降ろしました」

讃良は即座にそれを確認した。なにを行おうとしているのかはすぐにわかった。艦を綱でつないだ艦載艇に引っ張らせ、向きを変えようとしているのだった。先程の射撃はせめてわずかにでもその時間を稼ごうとするものに違いなかった。

有効かもしれない、讃良はおもった。風がこれほどあやしい振る舞いをみせているとあっては、敵艦の頭を抑える運動も楽ではなかっただろう。仮に、こちらが純帆走艦であれば。

むろん〈灘浜〉は熱水機関だけで航行していた。その限りにおいて、これまで数多の船を洋上に押し出してきた風はただの邪魔者でしかなかった。

讃良は命じた。

「無闇に近づく必要はない。上手……あ、風は関係ないな、取舵とれ」

「とぉりかぁーじ」保浦が命じ、露天艦橋の下に設けられた操舵室で大きな舵輪を握った操舵員長が両腕に力を込める。重たい熱水機関を腹の底に納めているためか〈灘浜〉は荒っぽい操舵をおこなうとかなりの勢いをつけた傾斜から回復する癖があったが、この程度ならばどうということもない。艦首は即座に左へ振れた。

「取舵と為しました」保浦が伝えた。「舵中央としますか」

現在、艦は取舵号令によって左に回り続けている。〈皇国〉水軍の場合この号令は一刻分、舵を切ることを意味していた。もちろんこのまま舵をきり続けていては船が洋上で円を描いてしまうから、通常は反対側にやや当て舵をおこなってから舵を中央に戻し、進路を固定しなければならない。

しかし讃良はその必要を認めなかった。

「待て、舵そのまま――」保浦に命じた讃良は敵艦との相対位置を目測だけで判断し、刻時器を確かめると新たに号令をかけた。

「面舵一杯」

「おもぉかぁーじ、一杯」

今度は右に舵が切られた。『一杯』とつけくわえられる号令の場合舵が二刻分切られるから、事実上は通常の面舵がとられたのと同じことになった。つまり讃良は敵艦を中心とする円にそって艦を一度左へ逸らせたのちに右へ戻し、舷側砲火の有効射程外へ艦をとどめたまま敵艦前方へ滑《すべ》り込ませたのだった。いまや〈灘浜〉は敵艦にとって致命的な死角へ熱水器の力で勢い良く侵入しようとしていた。

と、敵艦の艦首から白煙が散った。艦首追撃砲を放ったのだった。数は少ないが舷側からの砲火によるものより大きな水柱が立ち上る。本来、追撃砲は逃げる敵艦に向けて放たれるものであり、一撃で大被害を与えねばならない。よって、口径が舷側に並べられた砲よりも大きい傾向がある。

生じた水柱は〈灘浜〉の右舷から一五間というところだった。

「泡を食っている割りにはうまい」洲方がつぶやいた。どこか哀れむような響きであった。かれはそれが〈帝国〉艦にとって最後の機会であったことを理解していた。〈灘浜〉はかれらが追撃砲に次弾を装塡する前に発砲を開始する。敵艦の艦首から伸びた太い綱をぴんと引いた艦載艇が何人もの男たちの漕ぐ櫂《かい》の力で艦の向きを変えようとしていた。むろんそれも、間に合うはずがなかった。

「速力四分の一」讃良が命じた。速度が早すぎてはせっかく押さえた好位置の利を生かしきれない。

船の速度が低下し、およそ四浬程度で安定したことを伝えられた讃良はようやくのことで射撃命令を出した。

「よろしい、まず艦載艇だ。打方始めっ」

一拍おいて、〈灘浜〉の舷側から一斉に一二斤艦砲の砲声が轟《とどろ》いた。

記録板と鉄筆を手にした砲術士が刻時器をみつめ、時間を読み上げる。

「距離約一浬……弾着、いまっ」

何人もの男たちが櫂を漕ぐ艦載艇の周囲に次々と水柱が生じた。直撃弾はない。しかし弾着で生じた波を喰らって大きく揺れ、そのまま転覆する。見張員がそれを即座に報告した。

「よろしい、右舷砲列、敵艦の帆を狙え。壊しすぎるなよ」讃良は強姦する女を脅しつけようとしている与太者の頭目じみた表情を浮かべていた。

「砲術長了解――右舷砲列、主砲、連弾と為せ。玉薬桶数二つ、装塡急げっ」

慌ただしく作業がおこなわれ、再び砲が同時に火を吐いた。いくらか時間をおいて、敵艦の左右に水柱が生じる。と同時に、帆に幾つもの穴が生じた。何本か、帆桁《ほげた》が吹き飛ばされるのも見えた。二つの玉を太い鎖で繫いだ砲弾――連弾が絡みつくようにして被害を及ぼしたのだった。

「あと一、二度でいけるでしょう。一応、霰弾《さんだん》も準備させますか」洲方がいった。

「なんだ、そんなに金が欲しいか」讃良は舌なめずりをしていた。

「欲しいですね」子供のように素直な気分で洲方はこたえた。「手荒く欲しいです」

讃良は笑った。嘲る調子ではない、楽しげな笑いであった。

見張員の声が伝声管から響き、顔色を変えた伝令が叫んだ。

「本艦左舷後方よりの敵駆逐艦らしきもの二、帆を膨らませて接近してくる。距離六浬！」

「砲術長、急いでもう一度帆を狙え」讃良は命じた。刻時器をみつめ、限られた時間でなにが可能かを推《お》し量《はか》っていた。

「もう一度帆を叩いた後であの敵艦の左舷側から近づく。霰弾で甲板を潰したあと、陸兵隊を突入させる。先任将校、君は一五人ばかり選んで陸兵の後から渡れ。制圧後の向こうの指揮は任せる」

「はい」洲方は讃良の気遣いに感謝した。敵艦を制圧し拿捕回航を指揮したとなれば捕獲賞金の割り当ては増える。もちろん命の危険はあるが、ともかく洲方の願望は満たされる。

ただし、気にかかることがあった。

「しかし――あらたにあらわれた敵艦はどうしますか」

「なんとかなる」讃良は薄笑った。「なんというか、俺は熱水機関を積んだフネになにができるか、もう少しばかり試してみたくもあるのだ」


「……でまあ、この騒ぎというわけか」帰港した〈灘浜〉の甲板に立った笹嶋という名の水軍統帥部戦務参謀があきれたようにいった。周囲は控えめに表現してもひどい有様といえた。あちこちで索具が切断され、風に吹かれている。大檣の最上部は跡形もなかった。甲板そのものにも敵弾に砕かれた跡や血の染みが残っていた。

「戦果はあげたよ」讃良は艦尾の方をみていった。

笹嶋もそちらをみた。〈灘浜〉の後ろに、刀折れ矢尽きた――というにはずいぶんと余裕のある〈帝国〉の駆逐艦が係留され、工廠や統帥部の調査班が検分に当たっていた。

「確かに大戦果だ」笹嶋はうなずいた。「一隻拿捕、新手の二隻は見事に追っ払った。捕まえたのはまだ新しい艦だから、拿捕賞金もいい額になる。君たちは大いに儲けた」

消え失せた。

「なにか問題があるとでも」統帥部参謀を前にして讃良の演じ続けてきた無関心が唐突に
笹嶋は上着の前留をなでながらこたえた。

「いや、いいのさ。戦果自体にはなんの文句もない。お祝いを述べさせてもらう。水軍公報に君の報告書もしっかり掲載される。先任将校は怪我をしたそうだが、大丈夫なのか」

「右頰に刀傷。左腕はまあ、何カ月かは使えない。右腿も少し切られている。しかし治らない傷ではないし、後もひかない。昇進も推薦できる。まあ、本人がなによりも喜んでいるのは家一軒を贖《あがな》えるほどの捕獲賞金だがね。命や腕や脚を保ったことより、このさき、出来の良い妹に最高の家庭教師をつけてやれるだろうことを喜んでいる」

「そいつは御同慶の至りだ。いや、正直うらやましいかな。ともかく冬になってから通商破壊の方がぱっとしないから、注目もされるだろう。叙勲を働きかけたいぐらいだ。まあ、凱旋式まで日がないから、どこもかしこもてんてこ舞いだがね」

「本当ならうれしい話だ」

「本気だよ、頭から爪先まで。だがな」笹嶋は額に手を当てた。そして、たずねた。「あの艦は単独で行動していたんだな、最初は」

「そうだ」

「で、味方との接触をはかろうとしていたように見えた」

「そうとしかおもえなかった。だから、本当に単艦だとわかった時はこちらが驚いた。生き残った士官を尋問してみたが、どうやら、後から現れた艦は偶然ということだったらしい。こちらは少しばかり考えすぎたな」

讃良の返答は明快だった。一方、笹嶋の表情は複雑さを増すばかりであった。

「なにか気にかかることでも」讃良はたずねた。

「目的がわからない。あの艦が動いていたのは、一応、我々の前庭だ。封鎖任務だったとしても奇妙だ。もっと数をそろえる。向こうの艦長が生きていたらもうすこしわかったのかもしれないが……まあ、君のフネの砲員は腕がいい。直撃で吹っ飛ばしたのではなにも聞けない」

「玉《たま》は貴賤《きせん》など気にかけない」

「まさに、まさに」笹嶋はうなずいた。「ともかく、生き残った乗員を尋問して、船内を虱潰しに捜索して、それしかないな。ああちなみに、統帥部でわたしは、気を病んでいるのではないかと疑われかけている」

あからさまな言葉に讃良はにやりとした。「手伝えることがあれば、なんなりと」

「工廠の手配は済んだのか」

「いまのところうちの匠兵《しょうへい》だけでなんとかなりそうだ」

「それならいいが、急いでくれよ。なにしろ新鋭艦だ。いつまでものんびりとされてちゃ困る」

笹嶋は手をひろげた。

「戦争はまだまだこれからだ――どんな戦争になるかわからんがね」

渡船橋を降りてゆく笹嶋の後ろ姿を見送った讃良は、拿捕した敵艦の方へぶらぶらと歩いてゆく笹嶋が途中で馬車から降りた男に呼び止められたことに気づいた。恰幅《かっぷく》のよい男だった。馬車も、金のかかったつくりといえた。

「あれは――」

航海関係の被害状況を確認していたのだろう、手に帳面を持っていた保浦が声を漏らした。馬車から降りた人物をみている。

「知り合いか、航海」讃良はたずねた。

「大周屋の若旦那《わかだんな》ですよ。戦になる前は寄り合いでよく顔をあわせました」保浦はこたえた。「陸軍あがりですが、水軍にずいぶん食い込んでいるという噂で――拿捕艦についてなにか請負にきたのかもしれませんな」

讃良は笹嶋と話している大周屋の若旦那とやらをみた。にこやかだが、隙のない顔つきの男だった。さらに気にかかることを見つけた。

わずかにのぞけた笹嶋の表情は、さきほどよりもさらに複雑なものになっていた。

2

鎮海府から戻ってきた槇氏政が席についたあとで新城直衛少佐はいった。

「受け身に立つ必要がある」

息を詰めたくなるような空気が部屋に満ちた。ここは槇氏政が手配した猿楽街にある待合の奥まった一室だった。普段ならば金に余裕のある連中が、まあ、あまり家族には知られたくない相手と時を過ごすような場所であった。目に痛いほど紅を多用した内装を目にした古賀亮がにやりとし、もしかして俺たちは店の連中に衆道好みとでもおもわれてるんじゃないかと口にすると、全員が礼儀正しく莫迦にした。

いま、新城の言葉を耳にしてみるとそれぐらいではとても足りなかった。いや、部屋中に脂粉の匂いが満ちていても寒けがしただろうなと羽鳥はおもった。かれは無意識のうちに熱炉へ手をかざしていた。

「理由は説明できるのだろうな」杯に注がれた燗酒《かんざけ》をうまくもなさそうに呑んだ槇がたずねた。

「無論だ」新城はこたえた。かれの背後では近衛軍装を身につけた樋高惣六が完全に部下としての態度をとって控えている。おっとりした印象すら受ける顔にはなんの感情も現れていなかった。

「前に貴様たちが話しただろう、加羅俊範の昔話だ」新城は続けた。「面倒な連中を片づけるにはもっと面倒な連中を用いるに限る。あれのことだ。まあ、俺の聯隊の最先任曹長であれば隣町の邏卒より近所の極道、というだろうが」

「利用されるのが嫌になったか」羽鳥がたずねた。曇った眼鏡を袖で拭《ふ》いていた。眼鏡を外したため小さくなったような印象のある両目に冷酷な光が浮かんでいる。

「いや、それは構わない。駒城の初姫様も嫌いではないよ、俺は。抱き上げて甘やかすこと以上のなにかに踏み切るにはずいぶん時間が必要だが」新城は素っ気なくこたえた。羽鳥はにやりとした。新城が冗談を口にしたことに気づいたからだった。

「盗賊もことを起こす前にあれこれ頭目へ訊ねる。俺としては当面の行動計画を聞かせてもらいたい」羽鳥がたずねた。

「この五日に、駒城は護洲の――いや、守原英康の排除を試みる。一切の公職から追放する」

「実力でか」

「まさか、廟堂でだ。大殿が手筈を整えておられる」一三月五日には、執政府、衆民院代表、五将家首脳を集めた会議が予定されていた。篤胤はそこですべての政治的決着をつけようとしているのだった。

「成算は」帳簿を眺めているような顔つきの槇がたずねた。瞳に映じた光はさきほどの羽鳥に負けず劣らずだった。

「絶対、といっていい。大殿は世に並ぶもののない策士だ」新城は乾いた声でいった。

「つまりそううまくはいかないと考えているわけか」

「起こりうる最悪の事態を想定し、備えておく必要は常にある。戦場と同じだ。いまのところ選択肢は三つある」新城はこの男らしく一度原点に戻して自分のとりうる行動を極端に切り詰めて説明した。

「逃げる、降《くだ》る——戦う」

へえ、という表情を浮かべて槇がたずねた。

「貴様、逃げたり、降ったりするような趣味があったか——いや、あったな」

「確かにある」新城は上機嫌で認めた。「前線でみなこなした。だから、もう一度同じことを試みようとはおもわない。それに守原が〈帝国〉軍ほど〈大協約〉を重んじるとはおもえない。つまり、戦うほかない。しかしながら事前に兵を展開させておくことはできない。聯隊は常に監視されている」

「しくじれば確実に殺されるぞ」

「そのつもりはない」新城は木で鼻をくくったようにいった。

「貴様な」羽鳥はさすがに鼻白んだ。

「ところで、心から同意してくれるとおもうのだが」

新城は同期生の感情を無視していった。

「俺が狙われる時は、貴様たちも一緒だよ」

「だから訊ねたのだ」

羽鳥はむすっとしていた。

「貴様のあおりを喰らってこちらまで殺されたのでは、たまらない」

「正直でいい」

新城は唇を嫌なかたちにゆがめて見せた。笑ったのだった。

「つまり、俺が逃げないとなれば、貴様等の命運は極まったも同然というわけだ。違うか」

「違わない。いっそ、ここで貴様を斬ったほうが我が身のためにはいい」

「ならば刺せ」新城は外して脇においた鋭剣を顎で示した。

「貴様、俺を莫迦にしているだろう。傲岸もたいがいにしておけ」羽鳥はまなじりをつり上げた。

新城は稀覯本《きこうぼん》を手にしたような表情で羽鳥を見ていった。

「ありがとう。しかし手遅れだ」

「どうするつもりだ」羽鳥は嫌そうにたずねた。

「俺は一介《いっかい》の少佐にすぎない。なにかを企むにしてもたかがしれている。駒城の大殿に先立っての荒事を禁じられたとなればなおさらだ」新城はこたえた。「ともかく他に生き残る手がないのであれば、俺はそうして生きてゆく。もちろん俺が使えるものはすべて使う」

「俺たちも例外ではないというわけか」古賀が呻いた。

「ああ、済まないが例外ではない」新城はあっさりと認めた。

「守原はいつ動く」古賀が再びたずねた。

「凱旋式典から数日以内だ。その時期をすぎると式典参加部隊を皇都に置いておけない。常識的には翌日だろうが、草浪中佐はそう断言していない」

「そこまであの男を信用していいのか」槇が口を挟んだ。かれは空になった杯の底を見つめていた。

「かれの伝えた情報に嘘はない。だから、むしろ俺はかれがなにを伝えなかったのかを考えることにしている」新城はこたえた。

「人を信用する方法としてはずいぶん迂遠《うえん》だが、確かに間違いがない」羽鳥がいい、全員を見回した。「草浪道鉦については仕事と被る部分も多いので俺も調べさせた。少なくとも新城の口にした内容はすべて間違いがない。俺にいわせるならこういうところだな——

草浪中佐は愛国者だが、新城の部下になることを望んでいるわけではないし、守原を滅ぼしたいと願っているわけでもない」

「俺たちと余りかわらない」無様なほどに太い眉を曇らせながら古賀がうなった。「しかし俺たちにはそれを守原に納得させる方法がない」

「見事な要約だ」新城は率直に認めた。「だから、役に立ちそうなものを用意した」

それまで一言も発しなかった樋高が持ち込んでいた包みを全員に配った。新城は内懐から近衛総監部の印で封されている三通の書状を取り出し、樋高をのぞく全員に手渡した。

包みを開いた古賀がなにかを罵った。かれが目にしたのは真新しい大尉の階級章がつけられた近衛の黒色軍装だった。

「配属部隊指揮官ノ直接命令ヲ以テ貴官ヲ近衛衆兵大尉トシテ現役ニ復帰セシム、か。畜生、将校は永久服役だもんな」封を開いて中身に目をとおした羽鳥がふざけたように読み上げた。

槇が唸った。

「なにが気に入らないのだ」新城がたずねた。

「大尉というのが気に入らない。親王殿下の引きがあって、駒城の後楯を好き勝手に使えるだろう貴様がそんなところで手を打ったのがつまらない。同期を否応なく怪しげなことこのうえない国事に荷担させるのであれば、せめて少佐の階級ぐらいは与えてしかるべきだ」

「理由は三つある。ひとつには殿下の御威光にも限界がある。ふたつは今の駒城をわずらわせたくない。最後に——俺と貴様が同じ階級になると俺が面倒で仕方がない。ああ、あつらえた服についてだが、この場で着てもらっても構わない、俺としては」

「荷物をまとめる必要がある」槇がこたえた。

「ぎりぎりまで魔導院でやることがある。その方が、俺たちが生き残る役にも立つ」羽鳥がいった。

「と、おもう——ではないのか」槇が訝しげにいった。

「ではない」羽鳥はすっぱりとこたえた。それからこれがこの男に命令めいた言葉を口にする最後の機会だとばかりに強い調子で付け加えた。「それからな、貴様、これからはけして一人で出歩くな。下屋敷でも得物を手放すな。でなければ、死ぬぞ。あとは……そうだ、俺に何通か信任状を寄越せ。いざという時に使いたい用事がある」

「俺は女を買いにいく。凱旋式とやらが終わるまで流連《いつづけ》を決め込む」古賀は大雑把なつくりの顔に似合いの率直な野卑さを剝きだしにしていた。「それぐらいしてもいいはずだ。なにしろ、一度こいつを着込んだが最後、なにもかも終わるまで俺はだれかの子分にならねばならん」

新城はにこりとし、気持ちはわかるといった。

「どう戦うのか説明するつもりは……まだ、ないな」槇がいった。

「いや、ある。先程説明したように受け身に立たねばならない状況で貴様たちに手伝って貰うのであれば、理解しておいてもらわねばならない」新城はうなずいた。

槇は目を輝かせた。古賀は迷惑そうな顔を浮かべた。羽鳥はただ眼鏡を直した。樋高は当然のように受け入れた。

「皇宮だ」新城はいった。「つまるところ、そこがすべての焦点になる」

「あーん?」槇が莫迦にしたように鼻を鳴らした。古賀は礼儀正しく目を剝き、羽鳥は額に手を当てた。樋高は地図で皇宮に向かうどの道が使えるのか考えはじめていた。

「皇宮を戦場にするつもりか。正気か」槇は目を剝いていた。かれは体制についてはなから不信をもって接する質《たち》だったが、さすがにそこまでは想像が及んでいなかった。

「正気だよ」新城はこたえた。「つまるところ守原は皇宮にこだわる。叛乱には名目が必要で、その名目を満たすためには勅諚《ちょくじょう》、せめて女官竜声聞書《にょかんりゅうせいもんじょ》が必要になる。たとえかれらの最終的な目的がなんであっても。将家とはそうしたものだ」

「それはわかるが……つまり、敵の中枢ということになるな。どのみちまともな味方はおらんのだろう? どうやって戦うつもりだ」古賀が呻いた。

確かにそのとおりだった。

羽鳥がつけくわえるようにいった。

「聯隊が皇宮に向かえば、敵は即座に全力をかき集めてくる。どれほど機敏に動いたところで包囲殲滅される」

「むしろ皇都東方を迂回して守原上屋敷を叩いてはどうだ」槇が持ち出した。「敵は自分たちの手法を逆手に取られるとは考えないはずだ。守原中将は皇宮にのりこんでいるだろうが、長康卿は臥《ふ》せったままのはずだ。長康卿を抑え、かれに守原中将を義絶させて――追討令を下させる」

槇が言っているのは〈皇国〉の国家として発する逆賊追捕《ついほ》の命令ではなかった。あくまでも守原家内部にのみ通じる内令のことだった。

しかし、効果は見込める。守原長康に英康義絶と追捕について強要できた場合、英康の持つ後楯が消滅する。なにより重要なのはこの乱に参加している守原家陪臣団にとっての名目が消滅することだった。名目の失われた叛乱は、勢いを失う。諸将時代とは異なり、だれもが剝き出しの欲だけで動くわけではないからだった。

「だいたいな」いい足りないと付け加えるように槇は話し続けた。

「俺は玉《ぎょく》について気をまわし過ぎだとおもう。女官竜声聞書？　それがどうしたというのだ。問題はだれが最後に力を握っているか、だ。我等が聯隊長殿に諦めるつもりさえなければどうとでもなる。こちらが力を握った後で新たな女官竜声聞書を手に入れたらいいのだ。簡単なことじゃないか」

むろん槇は皇主正仁について何かをいいたいわけではなかった。

この国の名目上の照覧者は歴史上のごく早い時期に実権を失っている。いわゆる五将家体制が成立してからはそれがさらに極端なものになり、事実上、現実政治とはなんの関わりももたなくなった。皇都を舞台としたこのたびの騒動についてもなんら名目上の君主としての行動を起こしていない。〈皇国〉の政治制度、さらにいえば気風のようなものがかれをそうした立場に置いていた。新城がまだ詳細を知らない守原側の企みにおける扱いもそれに見合ったものだった。皇都の実権を握り、その力を背景にして皇主を政治的な飼い犬にしようと考えていた。皇主の置かれた現実から言えば当然の判断であった。力を握ってしまえば、皇主などどうにでもなる。

この点について、新城の側も褒められるような考えは抱いていない。槇の態度と言葉がその要約だった。育ち故か性格なのか、この男は国家体制について新城よりさらに過激な——ある意味破壊的な——意見を持っていた。

「聯隊長の方針どおりにするとして、問題はその方法だ」羽鳥が眼鏡を直しながらいった。

全員が新城を注視した。皇宮を目指す、という方針を明らかにしたかれが、腹案を持っていないことなど考えられない。

「簡単だ」新城はあっさりと教えた。「街を、焼く。それが一番効果がある。すでに準備もさせてある。練度の低い兵でつくった班をすぐに展開できる。皇宮の側まで突破できたなら、後は楽なものだ。あそこには堀すらない。造りこそ手が込んでいるが、乗り越えるのに梯子《はしご》もいらない板塀《いたべい》があるきりだ。ユーリア殿下など、陛下の御座所だと信じかねたほどだった」

だれもが凍りついた。

市街を焼けば確かに効果がある。どのように火を放つかにもよるが、ともかく守原軍の行動は大混乱に陥ることだけは疑いもない。その混乱に乗じて皇宮へ乗り込むことはけして難しくないはずだった。

が、あまりにも明快にすぎる発想でもあった。

「――それは、あまりにも」古賀は魔王を見たような顔を浮かべていた。助けを求めるように周囲を見回す。絶望があらわれた。かれの周囲にいた者たちは新城の案を必然であるかのように受け取っていた。槇はともかく、羽鳥や樋高までがそうであることにかれはある種の狂気を感じた。新城直衛の毒素はすでに充分以上、まわりきっているようだった。

なにを口にすべきか古賀は迷った。

皇都に火をかけるという行為の政治的意味などを述べ立てても意味はない。新城であれば当然その利害得失を考え抜いているはずだった。おそらく、すべてを守原に押しつけ、守原英康だけではなく守原家そのものの取り潰しの材料にするつもりなのだろうと古賀は想像した。悪行はそれに見合った利益が得られる場合、常に看過される。歴史の必然だった。そして新城直衛には容赦するつもりなどない。だいいち新城は古賀を不意打ちしたわけではない。かれは選択肢を示した。古賀に選ばせた。そのうえでこの話を持ち出した。罠のように姑息《こそく》ではあるがけして卑怯ではない。むしろ公正とすらいえる。不快で、汚《お》辱《じょく》に満ちてはいるが公正であることに変わりはない。

結局のところいい訳じみたことしか口にできなかった。

「決定事項なのか、それは」

「他に案がなければ、まさに」新城はこたえた。

胃が痛んだ。軍に戻ると決めた途端にこれだ、とおもった。

古賀亮はこの国が好きだった。だからこそ史学の道を選んでいた。そして皇都は——誇るべきものばかりではないとはいえ、かれの愛する歴史そのものだった。

「別案を考える時間は与えて貰えるのか」

「むろんだ。油に火をつけるまではいつでも」

「いいな。実にいい」

気分を高揚させている槇がわめいた。

「皇宮、皇主。いいじゃないか。火付けの場所を選べば使える。いっそ発想を逆転させてはどうだ。守原の連中をちょいとあわてさせて、皇宮に集まって貰う。で、だ、そのまま一緒に消えていただこう。そうだ、そうだ、皇宮ごと焼いてしまえ。構うことはない。皇族は一人ではないのだ」

つまり、たとえ皇主が死んでも、代わりはいくらでもいるというわけだった。この時代の権力主義者にとっての皇主というものの価値を端的に約した言葉だった。

かれの放言を耳にしてさすがに鼻白む——ような者は新城の周囲にはいなかった。職務の関係でもっとも皇宮に近い立場であり、いま新城の放火という方針にただ一人反発を覚えた古賀ですら、槇の言葉を平然と聴いた。実態はともあれ、勅任という立場にある羽鳥も同様だった。すでに新城直衛の部下として自分を規定している樋高についてはいうまでもない（もっとも、樋高惣六はこの中で新城に似た異常性をもっとも強く備えた男だったが）。

要するにかれらはそろいもそろって皇主に歴史的価値以外のなにものも認めていなかった。

唯一の例外は新城であった。

「いや、誓って陛下の御宸襟《ごしんきん》を安んじ奉る《たてまつ》る」

かれは恥ずかしげもなくそう言ってのけた。そのような事は有り得ないのに——そう、本当に自分の言葉を信じているように見えた。

「勝機はそこにしかない」

「子守歌でも歌ってさしあげるおつもりですかね、聯隊長殿」槇が敬意をさっぱり含まない発音で訊ねた。

「似たようなものだ」新城はあっさりとうなずいた。槇たちはおもわず顔を見合わせた。この男が、皇室尊崇の念を抱いているなど到底信じられないからだった。もし事実としてそうであるならば、自分たちは人生の大事を誤ったことになる、かれらはそうとまで考えた。

が、新城は新城だった。続いてかれが口にしたのはこの国でもっとも皇室をかろんじる者ですら呆れかえるだろう内容だった。

「兵力が不足している。正面から殴ってもどうにもならない。ありていに言って、時間は僕らの敵だ。だから使えそうなもっとも便利なものを使う。それだけの話だ」

「どういうことだ」羽鳥がほんの少しだけ態度を改め、たずねた。「いや、時間が敵だというのはわかっているが」

「ならば話がはやい」新城は面白くもなさそうに微笑んだ。「つまり、現状において僕らが有している最大の兵力は、これだ」

新城は右手の親指で襟を示した。

気の早い槇が思わず罵りを漏らした。

「おまえが頭目だってことは腹に刻んであるよ。いまさらなにをほざいてやがる」

新城は眉をあげ、いった。「君たちに手渡した戎衣《じゅうい》の襟にもついている」

羽鳥の表情が変わった。槇が呻いた。古賀は細巻に火を点けた。樋高は表情を変えなかった。

「わかったな」

新城はどこまでも卑しい笑みを浮かべ、告げた。

「僕らは、近衛《ガーズ》なのだ」

こめかみに血管を浮かべた古賀がうめいた。

「いい手だ。近衛、か。そう、近衛だ。近衛はただの軍ではない。皇主と皇家を守るために存在する。なぜならばその二つはこの国のなりたちを示すものであるからだ。だから――」

「皇主と皇家を守護するためであれば、たとえ皇都を焼いてもかまわない。つまるところ都とは容器にすぎないから。確かに筋は通る。なるほど、守原に押しつける必要もないのか。都合がいい」羽鳥が自棄《やけ》のようにいった。

はあ、と溜息をついた槇が樋高にたずねた。

「貴様、すでに苦労しているに違いない、こんな上官のもとでは」

樋高は微笑んだが、きっぱりといった。

「おもっていたより、ずっと楽しいよ。それだけは保証する」

槇は天を仰いだ。

「莫迦め、それを苦労というのだ、娑婆《しゃば》では」

3

一三月三日まであと半日余りとなった午後、草浪は屋敷に戻った。子供のいない夫婦の住む屋敷は落ち着き温かではあるものの明るくはなかった。草浪夫妻の他にすむ者といえば父の代からつとめている年老いた執事と料理女の夫婦だけだからかもしれなかった。

かれが西ノ守の上屋敷から自宅に戻ると聞いた守原英康はあからさまに嫌な顔をした。

「家になにか用でもあるのか」

「必要な手配はすべて終わりました。明日にでも〈帝国〉の侵攻が再開されるのでもない限り、あとはすべて命じた者たちが整えます。なにより自分は休む必要があります。明日は凱旋式典のほうも見なければならないので」

英康は眉を寄せ、あっという顔になった。草浪が凱旋式典を担当していることをようやくおもいだしたようだった。

「そういえば、そうだったな――わかった」

あの男の限界だ、馬車の中で草浪はおもった。

守原英康は軍人として度《ど》し難《がた》いほどの無能というわけではなかった。記録や噂から判断する限り、青年将校時代は優秀ですらあったらしい。部下の面倒をよくみて、訓練や演習ではなかなかのものだったという。参謀としては平均というところらしいが、将官として部隊を率いた東洲乱ではそこそこの戦果をあげている。天狼会戦の大敗北ばかりは好意的な解釈のしようがないけれども、果たしてあの段階で東方辺境領姫と彼女の軍に対抗しえた将師がこの国に存在しただろうか。

草浪の知る限り、守原英康の人生を複雑怪奇にしてしまったのはある時期からかれが剝きだしにするようになった政治的野心だった。英康はいまから一五年ほど前、唐突に政治的動物として行動するようになっていた。結果として、もともと仲が良いというわけではなかったが対立しているというほどに悪くもなかった駒城との関係を急激に悪化させた。

おそらく、草浪はおもった。この戦争がおこらなければ、なにか別の落としどころが見つけられただろう。廟堂で堂々と雌雄を決するとはいかなかったかもしれないが、兵戈《へいか》に頼らずともすべてにけりをつけられただろう。その勝利者が守原か駒城かは見当もつかないが、ともかくそれは御国のなにかを穏やかに変化させる一助となったはずだ。

しかし〈帝国〉の侵攻がすべてを変えた。この国の者たちが——上は皇主から下は臣民に至るまでがなんとはなしに信じていた日常は打ち壊された。昨日はこういうつまらないことがあった、今日もこうだった。明日はちょっとした良い悪いは別にして、まあ似たようなものだろう。なんと素晴らしい毎日！

いまや北領と内地の東半は〈帝国〉の支配下にある。虎城の向こうにはこの天下で最大の国家が投じた大軍が春を待っており、その数は増える一方。確かに、よほど肝《きも》が据わっているか莫迦でもなければ絶望のひとつもしたくもなる。

つまり守原英康は常識的な男だったということだ。御国の置かれた立場をどう眺めても、戦い続けることに希望は抱けない。ただ〈帝国〉の支配下に降ることも、かれらが天下のあちこちでおこなってきた異民族支配の手口を見る限り、この国に住まう者どもにとって――ことにこれまで権力を恣《ほしいまま》にしてきた者にとって――嵐の浜辺に裸で寝ころがるほうがまだましとなれば……なにをすべきかは決まっている。

高く売りつけるのだ、御国を。うまく転べば、守原だけは〈帝国〉の支配下で生き残れないでもないはず。ヴィーランツァ地峡の獣どもがそれでなお満足しないとなれば、奴等が飢えた獅子のように御国のはらわたを貪っているあいだにどこか海の向こうに逃れたらよい。

草浪は守原英康が巡らせたであろう思考についてただ童《わらべ》のように罵ることはできなかった。英康の企みはひとつの勇気の現れであるからだった。祖国を自分の家を、一族を生き残らせるための材料としか考えない――それを勇気以外のどんな言葉で表現すべきかわからなかった。もっともおそろしく感じられたのは、その勇気が、二流の権謀家である英康の、将家意識に凝り固まった頭からでてきたものであることだった。

殿が、長康様がお元気であられたならどうだったろう、草浪はおもった。

別の道が開けていただろう。軋轢《あつれき》が生じることは避けられないが、守原と駒城は国難に対し協力してあたっていたに違いない。そうしたことで戦局をどれほど変えられたかは天のみぞ知るだが、いまほど追い詰められることはなかったのではないか。

むろんかれは自分が少女のように夢を弄んでいることに気づいていた。守原長康は人として素晴らしくはあったが五将家のひとつを率いる人物としてはあまりに優しすぎた。こここぞというところで一族を統御できたとはおもえない。長康が元気だったところで、似たような状況が訪れただけだっただろう。

草浪は額に浮いた汗をぬぐった。守原長康、いまや明日をも知れぬ状態にあるその愛すべき無能人がかれを呪いのように守原へ縛りつけていた。いかに好きなように生きろと告げられても、長康が守原のなかにある限り守原を見捨てることはできなかった。そうでありながら同時にかれはこの国を道具として使い潰せるほど人として大きくはなかった。過去にどれほど哀しく苦いものがあふれているとはいえ、ここは草浪道鉦の故国であり、なにより、愛してやまない女の生まれ育った地だった。

だから、だからこそ。

草浪のおもいは率直に接することを自分に許したただ一人の男に向いた。

考えてもみろ。あの北領の惨めな敗走のなか、だれが敵に立ちふさがったのだ。だれも原因がよくわからぬうちに潰走へと陥った龍口湾の逆襲戦はどうだったのだ。そして、虎城へ曲がりなりにも防衛線らしきものを構築できたのはだれが敵を引きつけたからなのだ。〈帝国〉の帝族を――捕らえた敵の総司令官を愛人にしている？　それがどうだというのだ。政治的にみて危険なほど大きくなっている？　結構ではないか。

新城直衛。あの危険な男は、これまですべての危機をくぐり抜けてきた。本人と周囲の力によって。そしていま、かれは抹殺されようとしている。祖国が敗亡の手前にあるいまもなお、国内政治を、いや、自分たちの既得権を守ろうとする者たちによって。

五将家。守原家。草浪の家は守原に降ることで生きながらえてきた。そして何を得た。守原家にただひたすらに仕える生涯、それだけだ。我が父は守原から都合良く追い使われ、しまいにはどこかの泥にまみれて死んだ。つまりはそれだけ、草浪の家が与えられているのは泥だけだ。

いや、みずから望んでまみれる泥であれば納得もできよう。

しかし、この泥はどうか？　俺が望んだものなのか。

六芒郭で新城が重囲に陥った時、俺はなぜ奴を救おうとしたのだ。あの男なればこそ、俺に、自分の望む泥をつかませてくれるだろうとおもったからではないのか。

馬車が大きく揺れた。草浪はそれに気づかなかった。かれの内部には二人の人間がいた。守原家陪臣としてのかれはことのすべてを成功裏に進めるべく、一国の権力を一日で掌握するために全知全能を振り絞っていた。

もう一人の、〈皇国〉軍人――いや、この国の民としてのかれは、別の囁きに耳を傾けていた。いまのような時であるからこそ新城のような男は生き残らなければならない。確かにあの男にはおぞましさすら覚えるほどの醜い内面がある。

が、どれほど醜くはあっても、祖国を敵に売りつけて平然としているような勇気の持主とはおもえない。あの男は、無原則な勇気のかわりに、あまりにも心の奥底にありすぎて本人ですらそこにあることを忘れているものがある。そう、余人をして啞然とさせるほどに恥を知っている。

だから、どうなのだ。

草浪は唸った。もちろんわかっていた。かれはその二つを天秤にかけていた。正義と悪などというばかばかしい基準ではもちろんない。自分でもよくわからない、こうあって欲しい天下を望む気分がかれをして守原と新城の双方に荷担させていた。どちらが勝利をおさめても祖国の受ける損害が最低限に納まるように配慮しているつもりだった。英康が勝てばかれが祖国を売る前に状況、いや、環境を変えるべく手を尽くすつもりだったし、新城が勝てば――やはり、可能な限り努力するつもりだった。つまるところ草浪道鉦は明確な決意をもって英康と新城の双方を裏切っているのだった。そして、その事実がかれに要求する慎重なうえにも慎重な振る舞いに押しつぶされそうになりながらもなお、後悔するつもりは毛頭なかった。祖国を愛してはいるが、他のだれかのためにのみ生きているわけではないからだった。

馬車が屋敷につくとかれはすぐに妻の部屋へあがった。彼女は突然帰宅した良人《おっと》のため
に、化粧を直しているところだった。草浪道鉦は驚く彼女に構わずそのしなやかな身体を
抱きしめ、艶やかな髪に顔を埋めて肺を彼女の匂いで満たした。

「明野」顔をあげた草浪は妻を呼んだ。

「はい」

「済まないが、おまえを離縁する」

「旦那様」

明野はそういったきり絶句した。

「わたくしになにか落ち度が」

「ない。おまえは俺にとって二無き者だ。これからもずっと」

草浪は妻にだけ見せる優しげな顔で断言した。

「俺の、勝手だ。許せ。荷物などどうでもよい。すぐにここを離れろ。とりあえずの落ち

着き先として小さいが、家を用意してある」

罪を告白するような気分でそれだけ告げると、草浪は家令を呼び、馬車を仕立てるように命じた。ぽかんとした表情のままかれを見つめている明野をそのままに、さらさらと鉄筆をはしらせ、離縁状を書き上げると彼女に手渡した。

「草浪の家産はなにもかもおまえのものだ。ともかくそうしておく。今は訊ねるな。いずれわかる。俺は出かける」

草浪はさっと離れた。すがろうとした明野に早くいけと邪険に追い払う。我ながら子供じみた真似をしているとおもったが、そうでもしなければ永遠に手放せそうになかった。

草浪は親の代から仕えている家令に告げた。

「いままで良く仕えてくれた。これから草浪は大変なことになる」

「それは」家令は皺深い顔にちょっとした驚きを浮かべたがすぐに消し、微笑を浮かべた。

「御先代様がお知りになれば、喜ばれることでありましょう」

「本当にそうであれば嬉しいが」草浪はうなずき、矢継ぎ早に伝えた。「おまえは明野と共に逃れろ。それから、だれか、信頼出来る者を見つけろ。使いに立ってもらう」

「どちらで、殿様」

草浪は一瞬、考え込んだ。駒城の上下屋敷とも使いを送るには危険すぎる。軍、執政府の駒城系要人も同様だ。かれ自身の立案した計画により、間断なく監視されている。

ならば。

「皇宮だ。近衛総監部。親王殿下の個人副官に伝えろ。中継ぎのあいだは守原の用向きだということにしておけ」

「なにをどうお伝えいたすのでしょうか」

「簡単だ。〝これから数日以内〟そのひとことだけで良い」

家令はうなずいた。

「だれに命じるまでもございません。わたくしが参ります。この年寄りを怪しむ者はおりますまい」

「危険だぞ。まあ、皇宮の方は護洲家の紋を使えばなんなく入り込めるだろうが」

「殿様、お忘れでありましょうか」老人は背筋を伸ばし、叱るように告げた。「わたくし、御先代様が御健勝のみぎりは、先任下士官として戦野を駆けたこともございます」

草浪は一瞬、呆気にとられた表情を浮かべたあと、破顔した。

「そうであった」

かれは壁にかけられていた短刀をとりあげ、家令に手渡した。

「護身に用いて貰いたい。覚えているな、父の愛用だ。すべてが済むまで預けておく。もういい。行け」

「はッ」

老人は一瞬、若い時分の態度に戻り、素早く主人の前を去った。

玄関から馬車の走り去る音が響いてくる。

草浪は鞄《かばん》を手に取り、部屋をもう一度みまわした。そっと呟く。

「けして嫌いではなかったがな、この屋敷は。しかし生憎――」

かれは過去のすべてを投げ捨てるようにいった。

「守原からの拝領だ」

草浪道鉦はひどくさばさばとした表情を浮かべると、再び戻ることができるとはおもっていない屋敷を後にした。

4

虎城から皇都へと傷病兵後送隊の馬車で送り返されるあいだ、常に手へ縄をかけられていた。用便のために馬車から降ろされる時は腰にも縄をうたれた。それでも楽になった方だった。最初のうちは自決をするのではないかと警戒され、口に木切れまで咬《か》まされていたからだった。

むろん佐脇俊兼少佐には自決などするつもりは毛頭なかった。

かれの中にあったのは純化された怒りと憎悪だけだった。むろん新城直衛に対しての怒りであり、憎悪であった。

かれの口を自由にすることについては兵医や療兵たちのあいだで少なからぬ議論があった。仮に舌を嚙まなかったとして、今度はあれこれと叫びだすのではないかという恐れが湧いたからだった。傷病兵後送隊は佐脇ひとりを運んでいるわけではない。かれの乗せられた将校用の馬車には中佐を始めとする何人もの将校が詰め込まれていたし、他の馬車には傷を負った下士官兵がこぼれ落ちそうなほどに乗せられている。精神の平衡《へいこう》を失ったと判断された将校がなにかを叫び続けることは絶対によい影響を与えないはずだった。

しかし佐脇は一言も喋らなかった。一日中荷台の床を見つめていた。将来を悲観した中佐が（かれは下半身不随になっていた）隠し持っていた短剣で自決した時もなんの反応も示さなかったし、戦いの恐ろしさに負けて発狂した大尉や少尉がわけのわからぬことを叫び、泣きわめている間も姿勢を変えようとはしなかった。

皇都に帰り着いたのち佐脇は他の者たちと同様に物見台の陸軍都護衛戍《えいじゅ》療兵院でより専門的な診断を受けた。その間もかれはまったく無言で、周囲がもっとも恐れていた暴力の衝動に身を任せる素振りを見せなかった。みずからかれを診た療兵院心神科部長は自宅における療養を認める判断をくだした。経験を積んだ兵医であるかれはじつのところ佐脇が本当に狂しているかについて疑いを抱いていたが、その点について拘《こだわ》ることができなかった。恥を恐れた佐脇家から圧力があったし、なにより、療兵院の心神病棟は戦争の必然ともいうべき狂った男たち、回復の兆《きざ》しすら見えない者たちで足の踏み場もない有様だった。

事実、この時まで佐脇は狂ってなどいなかったのかもしれない。かれを本当に狂わせたものがあったとしたなら、それは苛烈にすぎる戦場体験ではなく、驚くべきことに新城直衛ですらなかった。

佐脇を狂わせたものはかれの家族であった。

駒城下屋敷からほど遠からぬ場所にある佐脇家の邸宅に無紋の馬車でたどり着いた時、かれを出迎えたなかに血の繋がりのある者はただの一人もいなかった。父母兄弟は全員が屋敷にいたが、だれ一人として顔を見せようとはしなかった。

代わりにかれを出迎えたのは家族の手配した屈強な男たちだった。かれらは形ばかりの笑みを張りつかせて佐脇を出迎えると、さあ、こちらへと案内しようとした。長男に対する出迎えとしてはあまりといえばあまりなこの仕打ちに佐脇が凍り付いたようになると、かれらは有無をいわせず両腕を摑み、かれを屋敷の奥へと引きずっていった。

佐脇俊兼少佐が声をあげ、暴れたのはこの時がはじめてだった。かれにはわかった。家族が——佐脇家が自分をあらかじめ失われたもののように扱おうとしていることが。陽も差し込まない奥の間に押し込め、そこで廃《すた》れ果てさせようとしていることが。駒城の陪臣格でありながら長男を通じて守原とも誼《よしみ》を通じようとした佐脇家は、あの内王道上の戦いですべてが水泡に帰したと判断し、そのささやかな裏切りの責任をかれ一人に押しつけようとしているに違いなかった。

佐脇の見立てに間違いはなかった。かれの父である佐脇兼元は駒城篤胤に長男が戦場で犯した失敗と主家育預新城直衛に涼天寺の指揮官会同でみせた振る舞いを詫び、長男俊兼を廃嫡《はいちゃく》し、次男秀兼に佐脇家を継がせる旨、届け出ていた。むろん篤胤は鷹揚《おうよう》にこれを受け入れている。

同時に、婚約も破棄された。羽倉典子、将来の良人を常に仰ぎ見るがごとくだった美しく品の良い娘は、一言の挨拶もなしにかれとの関係を解消した。彼女が美しく品の良い娘にふさわしい新たな婚約者を見つけ出したのはそれから一〇日後のことだった。

佐脇にとってのとどめとなったのは一切の装飾が剝がされ、壁や床に詰め物が施された部屋に閉じ込められてから二〇日ほど後のことだった。扉に設けられた給仕や便壺《べんつぼ》の交換用の穴から一通の書状が差し入れられた。兵部省人務局からの封書であった。中に入っていた書状の文面はひどく短かった。本人ヨリノ懇願ヲ考慮シタル結果、人務局ハ皇主陛下ヨリ御預リシタル権能ヲ以テ士族剣虎兵少佐佐脇俊兼ニ待命仰セ付ケル。

一読して、佐脇は魂消《たまげ》るような叫びをあげた。

すべてが、すべてが奪われた。もはやかれにはなにも残されてはいなかった。これまでの佐脇俊兼をつくりあげてきた社会的な要素はすべて消滅したのだった。

佐脇は壁に頭を打ちつけてすべてを終わらせようとした。しかし詰め物のおかげでそれも果たせなかった。絶食も図った。が、それに気づいたあの屈強な男たちが奇妙な口枷《くちかせ》をはめ、どろどろに煮た粥《かゆ》や水を朝昼晩と無理やり流し込んだ。男たちはかれに手枷もはめた。むろんそれらが外されることはなかった。佐脇はわずかのあいだに狂した男としての外見を備えるようになった。脂じみた蓬髪《ほうはつ》が伸び、剃られることのない髭は口枷で開けられたままの口から滴《したた》る涎《よだれ》で異臭を発し、たまに水を浴びせられる以外は入浴もゆるされないため、垂れ流しにちかい有様となった糞尿の異臭がいつまでも消えることがなくなった。

かれをさらに痛めつけたのは佐脇家の手配した心神療医とその助手たちが数日ごとにくわえる〝治療〟だった。この時期、〈皇国〉における心神科治療は薬物や日常的な目的を与えることで患者の内部に生じたもつれを解きほぐすものが主流となっていた。二〇年ほど前に心神医当真宗次郎が唱えた新療法で、かれは当時の異端であった持論を若き皇主正仁への御進講の際になんの前触れも無く持ち出し、ついには皇家からの援助のもと、皇室心神院なる機関を設立するところまでこぎ着けた。

が、佐脇の治療に当たったのはこの当真に反対し続けた一派だった。かれらの手法は伝統的であるがゆえに見事なほど明快だった。狂した者はその狂に応じた罰を受けることによって抑える術を学ぶ。

その〝治療〟が傍目からどのように見えるかといえば――拷問《ごうもん》であった。

佐脇は数日置きに水へ漬《つ》けられ、鞭打たれた。最初のうちはすべてに雄々しく耐えるつもりであったが、すぐに決意は消え失せた。残ったものは絶叫と号泣、子供のように許しを請う声だけだった。しかし時代遅れの療医たちは熱心であり続けた。かれらは明らかに佐脇家からの特別な依頼を受けて〝治療〟に当たっていた。

どんな罪人よりも過酷な扱いを受けている間に佐脇のすべてが消耗していった。が、どれほど痛めつけられても消えようとしないものがあった。すべて奪われ、破壊されようとしているかれの内部に巣くった純粋なもの——憎悪と怒りだった。いまやその対象はこの天下のすべてに拡大していた。

5

「皇家御掛方の手筈は万全です」深く鈍い紺地を用いた上下を身につけた上品な中年男がいった。名は右堂友通といい、皇主侍従長を仰せつかっている。かれは駒城上屋敷にある駒城篤胤の私室にいた。

「お手間をかけた」篤胤は深々とうなずいた。

安堵のおもいが強かった。右堂は篤胤が非常の策として考えだした守原英康追放の勅諚について準備が整ったと伝えにきたのだった。かれは駒城の係累ではないが篤胤とは若い時分からの付き合いがあった。信用できる。

「明後日の廟議の席上、女官竜声聞書のかたちで閣下のお手元へ届くことになっております」右堂は伝えた。

「女官竜声聞書。いかにも古風だが、致仕方《いたしかた》あるまい」篤胤は苦笑いを浮かべた。女官竜声聞書とは皇室が生き残りのために編み出した技法のひとつだった。ある問題について皇主が漏らした言葉（竜声）を、側に仕える女官がたまたま耳に挟んだ、まことに畏れおおいことであるのでその内容を藩屏《はんぺい》に伝える。よろしく御上の御心を安んじ奉るべく尽力せられたい――という形式で発せられる皇主の意思表明だった。いうまでもなくまわりくどい手法だったが、上古の御世をのぞけばこの国を実力で支配してきたわけではない皇室にとってはそれが極めて有効であった時期があった。いざという時（たとえば五将家がそれに反対だった時）、あくまでも皇主の呟きを小耳に挟んだ女官が勝手働きをしただけであり、皇主その人の意向というわけではない、といい逃れることができるからだった。

とはいえ、女官竜声聞書がおおいに用いられたのは諸将時代あたりまでだった。五将家のいわゆる東海列洲制覇が完成し、いまの体制が確立されたのちは、皇主の政治的な意思を表現するために用いられたことはない。篤胤自身、何度かそれを受け取ったことがあるが、あくまでも日常的な内容に過ぎなかった。皇宮に設けられた余人を立ち入らせない御控御所の奥で巨大な皇都の情景模型を造り続けている今上皇主正仁は、おおもとでいまの体制を深く信頼している人物であるからだった。女官竜声聞書のように責任の所在があいまいな手法で政治的意思をあらわにすべきではない、と考えている。

皇主のそうした態度は開明的な権力者という立場にある篤胤にとっては実に好ましいものだったが——だからといってかれはこの古い政治技法の活用にためらいはおぼえなかった。御付武官としてまだ親王だったころの正仁に仕えたという過去も何ら影響を及ぼしていない。

皇家には皇家なりの思惑がある。皇主と篤胤の関わり、実仁親王と保胤や新城の関わり——それらはすべてただ人としての好意によって織りなされているわけではない。皇家は駒城を取り込もうとしている。その力を利用し、いざという時は盾にしようとしている。まさに藩屏として扱っているわけだった。

その点について篤胤に格別のおもいはない。政《まつりごと》というものがどれほど人を残酷にするか知り尽くしているこの老人にとって、むしろ当然ですらあった。

だから、駒城としても同じ方針を採ることにした。女官竜声聞書を用いた勅諚を明後日予定されている廟議の席で持ち出し、守原英康を一切の公職から追放するという計画はこうして出来上がった。篤胤にしてみれば、皇家の盾としての駒城が伝家の宝刀を抜くのだ、というところだった。守原英康が軍という物理力でもってこの国を抑えようとしていた時、その正反対の無形のもので対抗しようとしたところに、かれと駒城という家の特性があらわれていた。

ただし、悪辣さで守原に劣るところはない。明後日くだしおかれるはずの女官竜声聞書はじつのところ皇主正仁のまったく与《あずか》り知らぬものだった。つまりは偽勅以外のなにものでもない。正仁は駒城の行動にある種の黙認を与えていたが、その今日的な立場からいって、臣下を特定してなにかの罰を——いまの場合は勅勘《ちょっかん》を——与えることなど考えてもいない。たとえなにが起ころうとも、皇家が一つの勢力から恨まれることだけは避けようと考えるからだった。いまの皇家は、国内に敵を抱えられるほど強固な存在ではないからであった。

「まさに非常の策ですな」右堂は呟くようにいった。皇主の側に仕えて長いためかはたまた性格なのか、表情は温和なままだった。ああいう場所で生涯を過ごすことにはそれ相応の損得がつきまとうなと篤胤はおもった。いまでこそ大人の風を骨の髄《ずい》までまとわせているが、正仁に近侍していた頃の篤胤は最後まで皇宮というものに慣れることができなかった。正仁に対して個人的な敬意や好意は抱いたものの、あの閉ざされた世界に住まう者どもと慣れ親しむことはできなかった。ああいう場所には自分のような男、すなわちある種の現実家には想像もつかない化け物じみた男女が巣くっていることに強い嫌悪を覚えたほどだった。

その意味で、まだまともな気分を保ちながらあの世界に生きている右堂を篤胤は評価せざるをえない。

「まさに」篤胤はうなずいた。「非常の策以外のなにものでもない」

確かに、他に方法がなかった。むろん育預《はぐくみ》の直衛がためらいもなく言の葉にのせた方法、あるいは守原英康のたくらんでいるそれと同じ方法も選択肢としては存在した。しかしそのいずれも篤胤には受け入れがたかった。天下に知られている駒城という家の印象にそぐわないからだった。人としての本音を付け加えるならば、かれはあの育預にこれ以上の重荷を背負わせたくはなかったし、みずから皇軍相撃の原因をつくりだすなど、耐えられるものではなかった。

「事が成ったのちは」右堂は篤胤をうかがった。

「むろん、そのようにする」

篤胤は確言した。なにをかといえばかれが非常手段として用いようとしている女官竜声聞書についてだった。駒城のような家がその政治的な活用法を天下に示してしまえば、将来、そのひそみに倣《なら》おうとする者が無数にあらわれる。むろん、それは御国にとって良いことではない。

「畏れおおいことではあるが、女官竜声聞書については法でもってそれを禁じさせていただく」

篤胤はいった。自分が〈皇国〉の現体制に見つけだした、小さいが深い穴を英康排除の成った暁《あかつき》にはふさいでしまおうというのだった。つまり皇主は御前会議の席をのぞき、自分の政治的意向を漏らす機会を奪われることになる。

これは裏切りだろうか、篤胤はおもった。陛下を完全に現実政治から切り離してしまうこと。それはすなわち皇家をこの国の現実から完全に引き離すことを意味する。国祖明英帝の個人としての威勢でもってはじまった皇家の歴史にひとつの区切りを設けることになる。

裏切りか。そうといえばいえるだろう。だが、皇家にとっての損を意味するかといえば……また別の話になる。

「御上は下々の雑事にいちいち関わられるべきではありません」右堂がいった。「この国でなにがおころうとも——御上だけが常とおかわりなくおわしあそばされる限り、国体は護持されます」

そういうことだった。現実から遊離し、文化の高みに浮遊することは皇家にとっては明らかな利益なのだった。現実政治との関わりを絶つことでその悪影響を避けられるし、むしろ現実が汚れたものであればあるほど神聖な存在として尊崇されることになる。生き残ることができる。つまり篤胤は背信といってもよい手管に皇家を、皇主を利用するかわりに、かれらへ永遠の安全を提供しようとしていた。裏切りというより取引であった。

「しかし」右堂は落ちつかなげに付け加えた。「この度の一件、もし露顕するようなことがあれば……念のために、あの案についても」

あの案とは、今回の企みが形作られてゆくなかで皇主の周辺から持ちだされたものだった（皇主自身からではなく、かれの意志でもない）。

かれらは皇主、皇家が現実から切り離されることにはむしろ大いに賛成している。それどころか、さらにその立場を推し進めたいとすら考えていた。法でもって皇主・皇家に対する発言等を絶対的に規制してはいかがか、というのだった。

「愚かな。言論統制などすべきではない」篤胤は言下に除けた。

右堂は手拭《てぬぐ》いをとりだし、額をぬぐった。駒城の老人の冷たい言葉を耳にしただけでそうする必要がある状態になっていた。

「しかしあまりにも愚劣な妄言によって民草が陛下と皇家への尊崇の念をゆらがせることもなきにしもあらず……」

篤胤はさらにはっきりと告げた。

「高邁《こうまい》な理想と下劣極まりない妄想を共に抱けてはじめて人は人たりうる」

実は篤胤がこの言葉を用いるのは二度目であった。

進歩的な発想、と評すべきだろうか。難しいところがある。

篤胤は強烈な開明的保守主義の徒であった。世が飛躍的に発展するのは結構だが、その際にあまり大きな犠牲を払うことには賛成できない、民草に大きな犠牲を払わせて飛躍を手に入れるより、日常の中でこまごまと手直しした方が最終的な成果は大きいと考えている。

それゆえか、道徳の押しつけ、耳心地よい正論の類を心底から唾棄《だき》すべきものと考えていた。そこには段階的な進歩に必要不可欠な、余裕というべきものが存在しないからであった。

かれはこう信じている。

確かに、一点の曇りもない信念は素晴らしいものではある。

しかし、それが民草の暮らしを幸福にするとは絶対におもえない。異なる見解を抱く自由すら制限しかねないからである、と。

その点について篤胤がどれほど首尾一貫しているかについては過去に例がある。二〇年以上昔のことであった。

その当時、〈皇国〉では読本《よみほん》業が一種の停滞期に陥り、いずこの読本屋も経営に困難を覚えていた。ことに零細店にとっては危機であった。

当然のように、艶本《えんぽん》の出版が盛んになった。景気が良かろうが悪かろうが、人が、ことに自分の男性的魅力に不足を感じている男たちがそうしたものを求めることはかわらない。いや、景気が悪ければこそさらに需要は増大するのだった。現実がかれらの希望を受け入れるだけの余裕を持たないのであるから。

艶本出版の活性化はたちまちのうちに経済原則へ従うこととなった。集中豪雨的な出版によって過当競争が生じた。ただ漫然と商売をしていたのでは生き残ることができなくなった。結果、各読本屋は過激な表現を取り入れることで他店との差別化をはかることとなった。巷《ちまた》に、人の想像力のもっとも醜悪な部分をさらに特殊化したような書物があふれかえった。

このことは当然、執政府の問題視するところとなった。読本屋の中には、童女を性交の対象とするものすら含まれ、そこで行われる表現があまりにも露骨に過ぎるとされた。風紀の紊乱《びんらん》を招きかねないと、いや、紊乱そのものだと受け取られたのである。

執政府は総論において規制をおこなうべきであるとの立場をとった。

篤胤はただひとりそれに反対した。

むろん篤胤が醜悪極まりない艶本を好んだわけではない。かれはその種の道具を必要としたことがなかったし、童女云々《うんぬん》ともなれば想像するだけで吐き気を催したほどだった。また、実際の性交を目的として童女を扱った者に対しては極刑をもって臨むべきであるとも断じた（不可解なことに、執政府はこの点について及び腰であった）。

しかし、出版を規制すべきであるとの意見には、徹底的に反駁《はんばく》し続けた。現実と想像はまったく別物として扱うべきことを主張した。

「人は一枚岩ではない。良きものと悪《あし》きものをともに抱いて、はじめて自分の進むべき道を見いだせる。どちらか一方しか知らぬのでは——それがたとえ良きものであったとしても、人として生きていることにはならない」

篤胤は廟堂において堂々と述べた。かれ自身、触れるのもおぞましいと感じている艶本を自席の左右に積み上げながらであった。

この言葉には強硬な反論があった。当然だろう。篤胤はただ正義と道徳を信ずる者を異常性愛者や社会不適応者と同列に扱ったに等しい。

激した正義と道徳の下僕たちは篤胤に嚙みついた。

そのようなものが天下に存在するのは不快極まりない。それとも駒洲公は、顔をそむけたくなるものを好まれるのか。

これに対し、篤胤は次のように応じた。

「快不快は情である。情とはもとより個人に拠るものであって、御国が容喙《ようかい》するには及ばない。むしろ、政断ではなく情断でもって動くことこそ御国にとっての恥である。国権とは民草を縛るためにあるのではない。あくまでも御稜威《みいつ》が下、民草の鼓腹撃壌《こふくげきじょう》を安んずることを目的として陛下よりお預かりしたものである。我らがそれを忘れぬ限りにおいて、民草は陛下が忠良なる赤子《せきし》たりえ、御国が万年の栄華に与力する。よって個人が行為をともなわない願望の範疇《はんちゅう》においてなにを好もうと、これを国権が阻《はば》むべきではない」

反論はさらにあった。ならば、そのようなものが存在することによってもたらされる風紀の紊乱をいかに防げというのか。

篤胤の返答は明快であった。

「そのための教育ではないか。学舎で、兵舎で、御国は民草に良きものを学ばせる。世間は良きものと悪きものを共に伝える。そうしてはじめて、人は何が自分にとって意味があるのかを知る。恥を学ぶ。不安があるならば、教育への徹底的な援助を行えばよい。いや、むしろそれこそが国権において為すべきものである」

そう述べたのち、高邁な理想と下劣極まりない妄想を……と締めくくったのだった。

要約してしまえば気分や好みの差異にすぎない問題をこれほど大上段に叩かれてはたまらない。執政府は規制案を撤回せざるをえなくなった。

ただし、篤胤の評判は悪くなった。実は童女趣味なのだ、との噂話があちこちで語られたほどであった。

篤胤はそれに取り合わなかった。民草がその種の愚劣さにまみれる余裕こそ、高邁さとともにかれが守ろうとしたものであるからだった。世の多くの者（けして全てではない）はいつか自分の愚劣さに気づく、と同時に高邁さに疲れもする。それで良い。その二つを味わってはじめて世に気後《きおく》れするところのない人が完成する、かれは心からそう信じていた。

であるからこそ、国権がその種の問題について安易に容喙する味を覚えることを恐れていた。

篤胤は正論と道徳はあくまでも密かに期すべきものと考えている。それが声高に唱えられるなど、国家の自殺願望を表明しているに等しい、とも。

権力政治家として過ごしてきたかれは、育預の直衛とはまた趣《おもむき》の違う、国家に対する強烈な不信感を抱いているのだった。ひとつの味を覚えたとたん、ひたすらその方向に餌《えさ》を探し求める飢狼《がろう》のようなものだと考えている。正論と道徳に基づいた願望の規制は、いずれは正論と道徳に基づいた信念の規制につながると確信していた。疑問の余地はなかった。興亡を繰り返したいくつもの国家、覇権に手をかけながら崩れていった将家、実例は掃いて捨てるほど存在している。なにより、思想と言論の自由を保つことによって生じる害悪は、それを制限した結果生ずる害悪より常に小さい。単純な算術の問題としても絶対に手をつけるべきではなかった。

むろん篤胤は〈皇国〉に統制国家の薄汚れた轍《てつ》を踏ませるつもりは毛頭なかった。愛国者としての決意であると同時に開明保守主義者としての限界でもあった。

いまも、その点については変わりがない。たとえ皇家についてであっても、民草にこれを隠すことについて国益を認められなかった。

篤胤は立ち上がった。礼を失しない程度に話の打ち切りを告げる、つくった何気なさを漂わせていた。

「駒洲公——」右堂はしつこかった。当然だった。皇家を現実から完全に切り離す前に、将家という得体の知れないものに頼っている現実をいくらかでも補強しておきたいからだった。

「心配はない」篤胤は告げた。「皇家はそこまでか弱いものではない。皇家がただ堂々と孤高にあれば、民草は無心に崇め奉る。人とは、そうしたものだ」

たしかにそうだった。しかし、現状においてなにが進みつつあるのか、かれは考えなおしてみるべきだった。奸計の真の姿はことを起こしてみるまであらわれないものだし、使いどころさえ間違わなければ、暴力は常にもっとも有用で決定的な手段だということを。

6

「いいぞ、そのまま」

男のくぐもった声が響いた。場所は守原上屋敷の一室であった。窓からは午後の日差しが差し込んでいる。すでに傾き始めていた。冬の早い夕暮れはそう遠くない。

男は机に上半身を預けていた。軍袴を下ろした下半身はむき出しだった。

尻は見えない。人が覆いかぶさっていた。やはり軍袴を降ろし、肢体の下半分を曝している。上向きに形よく張った尻と程よくあぶらの載った太股の線は女にしか見えなかった。そうでありながら、男の尻には深々とたくましいものが埋まっている。淫《みだ》らな粘った音をたてながら前後し、ぬめ光るいきりに勢いをつけていた。

「前も、前も、だ、松実」

守原定康は秀麗な面立ちを紅く火照《ほて》らせながらもとめた。溶けたような美貌へさらに妖《よう》艶《えん》な気配をつけくわえた個人副官の松実は女としての身体に備わった異物を喰い締める主人のうごめきに陶酔《とうすい》しながら白くほっそりした指をかれの前へまわし、雄渾《ゆうこん》といってよいものを腰の動きと同調させて刺激した。二人はたちまちのうちに高まり、身体と、その奥に備えられたものが溶けあう感覚に包まれた。

松実に自分の吐き出したものを口で吸い出させた後でようやく定康は衣服を改めた。作り付けの流しで身体を清めた松実もすぐに主人の前へ立った。

定康は交わりのあいだに机の上に散らばってしまった書類を整え、目をとおした。それを届けにきた松実を見ているうちに耐えきれなくなり、事に及んだのだった。

「新城は……駒城下屋敷と近衛嚮導聯隊宿営地を往復している」

定康は目をあげた。確かか、と訊ねるためではない。新城が天霧冴香に対して絶対的な信頼を抱いているように、かれも松実に疑うべきなにも持っていない。

松実は即座に主人のもとめるところに気づき、説明した。

「本来の駐屯地は皇都西の永盛ですが、現在、聯隊主力は皇都南西の多鹿演習場に宿営し続けています。占拠したような有様だそうです」

「むろん、訓練をおこなっているわけだな」

「はい、定康さま。聯隊は連日兵員を受け入れており、人員の増大に伴って訓練の度合いも激しくなっております。とは申しましても――」

定康は指を立てた。

「ああ。わかっている。いかな新城といえど、半月やそこらで仕立て上げられるはずがない。基幹兵員が熟練したものだとしても、攻撃には使えない」

そのとおりだった。新城は近衛嚮導聯隊の戦力化を急いでいたが、どうにか小隊単位の訓練ができるようになったにすぎない。中隊単位の訓練はまだ先の話だった。大隊単位、聯隊全力の訓練となると、かれの力量をもってしてもいつ始められるものか見当もつかなかった。定康が自分だけの判断で密かに手配した者たちはその点についても正確な報告をよこしていた。

「松実、どう見る。奴がなにかに気づいたとして、動かせる兵力はどれほどだ」

「近衛衆兵鉄虎第五〇一大隊を含めずにですか」

「あれは勘定にいれないでいい」

「英康さまが手配を……」

「それもあるがな――見えすぎる。新城は後任大隊長の藤森少佐とそりが合わないという印象を広めているようだが……奴のような男が打つ手としてはどうにも見え透いている」

「すると五〇一は動かない、と」

「いや、動く。それは間違いがない」定康は断定した。「なんのために、だれのために動くのかがわからないだけだ。調べさせたが、藤森はまったくの兵隊だ。政に関わりがない――というより関わることを嫌いぬいている。とするなら、たとえ新城に従うとしても、皇軍相撃を受け入れられるかどうか、わからん。どうやって口説いたものか、叔父上にもわからないらしい」

「そうなりますと」松実は左の眉を微《かす》かにあげ、美貌に怜悧さをつけくわえた。「そうなりますと、おそらくは一個中隊前後では。ほとんどが銃兵のはずです」

「一個中隊」定康は呟いた。「判断に迷うな。不意を討てば国一つをひっくり返せる頭数だが、守りに回れば時間稼ぎの役にも立たない。読めん」

常に無く張りつめた主人の表情を見て松実はひとつの可能性に気づいた。「あの、つまり定康さまは――新城少佐が」

「なにをいっている、今更」定康は嘲るような口ぶりで微笑んだ。「新城だぞ。戦場では敵の後手にまわることのなかった男だ。叔父上がなにを企んでいるか、気づいていないはずがあるまい」

「なにか証拠が」

「ない。その必要もない」定康はいってのけた。「そして俺はそれを期待していた。いまも、期待している」

「新城少佐が先手を打つことを」

「そうだ。こちらの名分に疑問の余地がなくなるからな。奴なら動くはずだった。なのに――なにを考えているのだ」

定康は立ち上がり、苛々と歩き回った。松実は理性的な推論を組み立てるかれを目にしても驚かなかった。性格はねじれ、怠惰《たいだ》が習い性であったとしても、守原定康はどこかに知性を残していた。時に度を過ごして酒を呑み、何人もの女にあさましく手をだし、自分のことを心に傷を負った子供が子猫を扱うようになぶるとしても、かれに対する忠誠を失わせるには足りなかった。実際、定康の態度は単純な好悪の情では捉えきれなかった。たとえばさきほどのように、自分の望む場所で尻を楽しみ、また逆に松実の尻に異常なほどの興味を示したとしても――手をあげたことはただの一度もなかった。また、松実の身を飾るあれこれに金を惜しんだこともない。事実、守原定康個人副官、宵待松実ほど豪奢《ごうしゃ》な生活をしている両性具有者はいない。

「よし、いい」定康の表情が明るくなっていた。「新城を襲わせろ。人員の手当はつくな」

「即座というわけには」松実は頭の中で人選を始めながらこたえた。「駒城下屋敷となればかなりの広さですから、最低でも一〇名は必要です。時間がかかります」

定康はむっとした顔になった。

「あらかじめ整えていなかったのか」

「まずは情報を集めよ、との御命令でしたので」

定康は窓の外を向いた。すでに夕日が差していた。後ろ手に組んだ指が芋虫のようにせわしなく動いていた。

「いつになる」

「式典の翌朝、四日払暁《ふつぎょう》までには」

定康は唇を噛んだ。叔父英康の〝義挙〟は五日に予定されていた。

襲撃はむろん失敗するだろう、とわかっていた。いや、失敗するためにこそ襲わせるのだった。新城は当然守原によるものだと確信して行動を起こす。それで良かった。定康としては新城の反撃をやり過ごし、草浪道鉦の立案した行動に堂々と手を付ける状況が得られるだけで充分だった。

「それでいい。手配しろ」定康は命じた。

後姿に一礼して退出した松実は廊下を何歩か進んだところで声を漏らしそうなほどの驚きを覚えた。定康が、新城直衛が先手を打った際に生じうる損害について一言も口にしなかったことに気づいたからだった。

むろんかれのような男が、自分をそこに含めているはずはない。

(そういうこと)

松実は声をださずに呟いた。そう。そういうことなの。

胸が高鳴った。主人への、どうにもならないほどの愛しさと頼もしさがこみあげてきた。たとえ女と男の双方を一つ身に兼ね備えた松実であっても、主人が、まったく雄というほかない構想力を有していることに気づくのは悦《よろこ》び以外の何物でもなかった。

7

人生の変転とかいうものについて我が身を持って味わいつつある男、丸枝敬一郎中尉は大部分の時間を自分が配属された重要だがぱっとしない部署——皇都の南東部、その外れあたりにある皇域兵站部で過ごしている。毎日こなしている業務は相も変わらぬ内容だった。だれかがやらねばならない事ではあるが、面白味を見つけるのには才能と努力が大いに必要とされる帳簿仕事であった。

もちろん丸枝は気弱な見かけと相応の気分でその意味を理解していた。軍隊にはいい加減慣れていたから、どこかそこその大店《おおだな》に勤めてこなせばいずれは家の一軒も手に入るだろう知識と技量を必要とする仕事を決して高いとはいえない中尉の俸給でこなしていることにも疑問はない。

だが、気が散ることはあった。

「全隊、とまれぇっ、休めっ」

凱旋式の練習が行われている近衛衆兵鉄虎第五〇一大隊駐屯地の練兵場に曹長の号令が響き、隊列が停止した。その先頭を歩いていた丸枝はほっと息をついた。

「どうだった」丸枝はたずねた。

「どうだったもなにも」丸枝の一〇〇〇倍ほども威厳に満ちた顔つきの曹長（務原という名だった）は笑いのかけらも感じられない表情でぼそりと告げた。

「ひどいもんですな、見ちゃいられません。行進の教練でこれなら全員罰直です」

「でも、もともと」丸枝は二刻ほど歩かされ続けたおかげで疲労しはじめている兵どもをちらりと眺め、小さな声でいった。「寄せ集めだから仕方ないんじゃないか」

「寄せ集めだからこそ、です」務原はぶすりとしたままだった。「娑婆じゃ新城支隊はとんでもないあつまりだと噂されてます。国じゅうから精兵を選りすぐった部隊で、弱兵など一人もいないと。このままじゃあ、恥をさらすことになりますよ、中尉殿」

務原曹長の言葉はいちいちもっともだった。自分もその一人として扱われてきた丸枝には人々が新城支隊に所属した者（まあ、その大半が敗走のなかで弱り果てた末に拾われたか、強制的に引きずり込まれたのだが）をどう見るか嫌というほどわかっていた。本人の気分とは関係なく、英雄、勇士の類として扱われるのだった。

そう見られても仕方ないよな、とは丸枝もおもう。なにしろ六芒郭にたてこもり、内地に侵攻した〈帝国〉全軍を引きつけて戦ったのだから。おまけに、もはやこれまでとなるや敵本営に夜襲をかけ、東方辺境領姫をかっさらい、挙げ句の果ては気前よく六芒郭を吹き飛ばして見事脱出してみせた。たしかに、たしかにそうだ。やっていることだけを素直に受け取ると英雄に率いられた勇士の集まりとしか考えられない。

しかし丸枝は現実を知っている。

そうだ、俺は知っている、丸枝はおもいだした。

新城支隊の現実はあの五〇一大隊をのぞけばいいところ落伍兵の集まりでしかなかった。要するに敗残兵の群れだったのだ。部隊の士気を維持するために、将校まで銃殺に処さなければならないほど程度の低い部隊だった。いや、俺だってろくでもない将校の一人に過ぎなかった。だいたい、ただ飯を運んでいたことのどこが英雄や勇士の呼び名に、野戦銃兵章に値するのだろう。

つまるところ、あの部隊が精強な正規部隊のごとく振る舞えた理由はその指揮官が新城直衛であったことに尽きる。まるで諸将時代に一〇万の大軍をただ個人的な力量だけで率いた将領たちのように。ほかに理由などない。

剣牙虎の啼き声が響いた。練兵場の反対側ではその五〇一大隊が行進訓練をおこなっていた。傍らで監督しているのは大隊長本人だが、新城直衛ではない。近衛嚮導聯隊長に転出したかれの後を襲った藤森少佐だった。かつての首席幕僚だが、丸枝はあまりいい印象を抱いていない。龍洲の野を逃げまどっている途中で拾われた時、そしてそれ以降もひどくぞんざいに扱われた記憶がある。

それなりに狭い将校の世界でも、良い噂を耳にする人物ではなかった。荒っぽい――といえば言葉が良すぎる見かけと態度。無節操な筋肉で身体を膨らませ、いつも不機嫌な面を浮かべている。

性格はさらにひどかった。人を人とも思わない人間であることを隠そうともしない。本人が莫迦であるのならばまだ切り返しようがあるが、軍務に関しては疑う余地もないほどに有能なので始末に負えない。

丸枝が気づいた穴といえばせいぜいのところ走るのが不得手という点だけだった。体格からすると意外だったが、身体に障害があるとかいうことではなく、駆けるという行為についで先天的に理解力が不足しているかららしい。戦場で生じうるあらゆる出来事を即座に受け入れ、解決すべき問題へとたちまち整理してしまう頭脳がことその点に関してだけはまったくの無能をさらすのだった。

そしてもちろん丸枝はそのことをいい気味だと思っていた。丸枝敬一郎は道端をうろつく子犬よりもいい加減に自分を扱った男の幸せを願うほど人として上等ではなかった。

「まあ、できる限りでいいよ」丸枝はいった。新城に自ら望んで式典への参加を申し入れたにしてはいい加減な態度だったが、つまるところかれにはそうした面があった。丸枝敬一郎にとっての式典とは群衆の前でいかにも歴戦の将校のごとく振る舞うことではなく、新城直衛に自分を記憶される方便なのだった。たとえどれほど行進が下手でも、新城ならば毫《ごう》ほども気にしないだろう点について、確信を抱いていた。

それに、俺には今日ひとつ嬉しい発見があったし、と丸枝はおもった。

「どうなさいました、中尉殿」務原がいぶかしげにたずねた。

「いや、まあ――うん」

貧相な顔にかけた丸眼鏡の奥にある小動物じみた目に安堵と優越があらわれていた。

藤森は、丸枝よりもさらに行進が下手だった。

「問題はないか、最先任曹長」底響きのする号令で停止し、小休止を命じられた隊列の傍らで新城直衛は猪口《いのぐち》にいった。凶相に、とりとめのないものを浮かべていた。

「兵は鍛えようでどうとでもなります、聯隊長殿」新城の半歩左後ろでまさに威風辺りを払うがごとく背筋を伸ばした猪口はゆっくりとした口調で答えた。自分の口にしなかったことこそが重要だといわんばかりの態度であった。

「僕や藤森君になにをいっても無駄だぞ」新城はにこりとした。「二人とも、こういったことに必要な才能を持ち合わせていないのだ」

「失礼ですが、聯隊長殿」猪口は表情をまったく変えずに告げた。「軍隊における動作とは才能ではなく号令に対する絶対服従の産物であります。聯隊長殿と藤森大隊長殿に欠けておられるのは少なくとも行進の技量というだけではありません」

新城の頰が微かに震えた。本当に笑っていた。

「君の遠慮のない言葉を耳にする度に幼年学校の営庭をおもいだす」

「かつて営庭でしたようにしてさしあげてもよろしいですが」

「嫌だ。冗談じゃない」悲鳴のような声を漏らしたのは新城ではなく藤森だった。「いまさら歩調取れぇ、の号令を受ける身になどなりたくはない。俺は嫌いだったんだ。特幼だってそれが下手だったばかりに放校処分になりかけた」

猪口はなにもいわなかった。その意味に気づいた藤森はますます渋い顔になり、およそ将校にはあるまじき言葉を元上官に告げた。

「適当なところで手を打ちませんか、新城さん。どのみち寄せ集めなんですから、伸ばした脚がぴたりと揃っているところなどだれも期待しちゃいませんよ。だいたい、予行すらやらない式典なんて聞いたこともない」

かれの言葉を耳にした猪口が目を剝いた。かれの語った内容が気に障ったからではなかった。藤森が、新城へ地方人のように——娑婆の人間のように呼び掛けたことだった。

当の新城は平然とそれを受けた。陸軍では同じ階級の将校が並んだ場合、どちらが先にその階級へ昇進したかで上下関係が生じる。明確な配置の差があれば別だが、両者の配置が命令系統で直接繫がっていない場合、お互いの関係に微妙なものが付け加わる。命令系統が存在しさえしていれば迷うこともない鶏冠《とさか》の立て具合——『俺は貴様より偉いのか偉くないのか』の認識に、お互いの合意が必要になってくる。くだらないといえばこれほどくだらないものもないが、軍隊において上下関係は死を命ずる側と命ぜられる側に人を分かつものであるから、ただの形式主義と嘲笑《あざわら》うのは気楽な態度でありすぎる。

そうした意味でいえば藤森が新城を『さん』付けで呼んだのは同階級の先任と後任の間で払うべき一般的な儀礼に合致していた。

むろん猪口がその程度のことを理解していないはずもない。なのになぜ目を剝いたかといえば——本人にもよくわかっていなかった。すでに軍というより新城個人への忠誠心が強くなっているからかもしれない。

ともかく、凱旋式典を翌日に控えたいま、藤森は龍口湾から六芒郭までを共にした元上官に対してまったく普通の将校としての態度しかとらなかった。そこには、かれの新城に対する個人的ななにかを想像させるものは全く含まれていないようにおもわれた。

「大隊長殿」隊舎から駆けてきた若い中尉が藤森を呼んだ。

「おぅ」藤森は唸るように応じるとかれの報告に耳を傾け、即座に指示を与えた。「そうだ、本部管理中隊から何人か融通して片づけさせろ、配属するんじゃない。貸すだけだ」

新城は若い中尉を横目でみた。一瞬だけ中尉と視線があった。

「着任の際に一度会っているな、阿多、という名だった」中尉が去ったあとで新城は訊ねた。目つきが気になっていた。戦場であれこれとこなして以来、若い将校から盗み見られることには慣れていたが、あの中尉にはそれだけでは済まされないものがあった。かといって自分のような男を好む衆道家がこの天下に存在するともおもえない。

「血を浴びたことがないので本部附にしています」藤森は教えた。「なにか、気になることでもありましたか」

そう訊ねつつも、藤森の声には明らかな冷たさが付け加わっていた。当然だった。有能かどうかは別にして大隊に所属するものはすべてかれのものであり、新城にとやかくいわれる筋合いはないのだった。

新城はこたえた。

「ひどく気張っているようだった。将校はたとえ胃がよじれていようとも自然体で振る舞わなければならない。そう教えられた。いや、僕にそれができるわけではないが」

「若いのです。大隊に溶け込もうと努力を重ねています。われわれにもそうした時期があったはずです」

「どうかな、よくわからない」否定しつつも新城はうなずいた。気にはなったが、特になにかを想像しているわけではなかった。そうでなくともいまのかれには考えるべきことが多すぎた。

「しかし、たいした勢いですな」からかうような口ぶりで藤森がいった。「朝のうちは多鹿で聯隊を苛めていたというのに、午後はここまできて――疲れませんか」

「よくわからない」新城は正直にこたえた。「疲れているような気もするが、身体は動く。いやもちろん、いずれは腐れ果てて骨と化す身であることを忘れているわけではないが」

二人の少佐が話している様子をちらちらと眺めた丸枝は間の抜けた溜息を吐いた。かれらまでほんの二〇間《けん》ほどだったが、ひどく遠い場所にいるようにおもわれた。住んでいる世界が違うようにすら感じられた。

いつか、かれらのようになれるだろうか。丸枝は絶望的な気分でおもった。むろん自分が野戦で獅子吼《ししく》する戦闘指揮官になれると妄想したわけではない。少佐の階級章を付ける日が訪れた時、かれらのようにふるまえるかどうかを考えたのだった。

どう甘く考えても、なれそうにはなかった。ことに新城少佐のようになるのは不可能だとすらおもった。相手は戦場ですべてを手に入れてきた男。それに引き換え自分が戦場で手に入れたものといえば――砲煙弾雨のもとで飯や汁をこぼさずに運ぶ方法だけ。

つまるところ丸枝は新城直衛の人格を理解していないのだった。

彼が知る新城は六芒郭を率いていたあの姿であり、敵本営への夜襲を率いた泥まみれの野戦指揮官としてだった。もっとも深い部分にあっても、自分に哀れな将校の銃殺を命じたことでしかなかった。そのいずれも、常人にとっては辛いどころの人間像ではないが、決して理解できないものではない。こなすことができれば褒められてよいものばかりだった――少なくとも軍上層部とはるかに戦場を離れた場所から戦争を語る間の抜けた者たちにとっては。

丸枝敬一郎は新城直衛に内在する呪わしいものに触れる機会を持ちながら彼の実相に気づかなかった。むろんそれは丸枝自身の注意力や観察力、そして想像力の限界によってもたらされたものだったが、それゆえかれは幸運といえた。その育ちや生まれつきの性格からして、新城を深く知りすぎれば耐えられなかっただろうことは明らかだからだった。

しかし、ただひとつだけ、この気弱で鈍い部分の大いにある兵站将校の心をひどく波立たせるものがあった。

六芒郭ではじめて目にしたあの個人副官だった。

少年のように溌剌《はつらつ》としたものを感じさせながら外見は清らかな娘そのもので、傍目からも明らかなほどの忠誠心と愛情をただ一人の男に注いでいる存在。多彩では絶対にない人間関係を誇る丸枝にとって、あまりにもまばゆい生物だった。尾籠《びろう》なところを述べてしまうならば、このところ彼の自瀆《じとく》における妄想を一手に担っているのは天霧冴香であり、そのことがかれをなによりも軍務に精励《せいれい》させていた。新城とつながりを持とうという意識も同根だった。

すなわち丸枝敬一郎にとって人生の最も壮大な目標とは、新城に自分を売り込むことで昇進の階段をのぼり、いつの日か自分にとっての天霧冴香を手に入れることなのだった。そのためには自分にできるすべてに手を染めようとかれは決意していた。

8

女がどうのと口にしてはみたものの、古賀亮はさほど遊びの得意な漢《おとこ》ではない。同期生たちと徒党を組めばそれなりに荒っぽい真似もできるしそうすることをためらいもしないが、一人で過ごすとなればまた別だった。酒も、女も、一夜のうちに飽いてしまい、結局のところは自宅で古書などひもといてみたものの気を入れることもできず、ただだらだらと過ごしてしまった。

恒陽が中天高く昇るまで眠れば、あとはもう一日半しか残されていなかった。新城は明後日あたりまでに出頭することを期待しているようだったから、すなわち明日の晩まで、できれば夕刻には近衛嚮導聯隊へ戎衣と鋭剣と短銃という出で立ちで顔を出さなければならない。古賀はあの異常人というべき同期生の性格を良く知っていた。

残された時を惜しむべきかれが盾町の〈皇国〉遍学院などに足を向けてしまった理由は──本人にもよくわからない。要するに現実からなるべく遠く、自分にもっとも親しいものがある場所を選んだというだけのことかもしれなかった。

外見に差のありすぎる建物が子供のおもいつきのように並べられた遍学院は閑散としていた。皇都は凱旋式典の準備に入っており、休みをとっている者も多いはずだが、おそらくは明日のためにあえて動かずにいるのかもしれない。もっとも、古賀にとってはその方が有り難かった。だれとも会いたくも話したくもない気分なのだった。

受付で名簿に記帳して正面棟入口からぶらぶらと入り、かれにとってはどうということのない展示物を冷やかしながら進んだ。次に向かうべきはいうまでもなく史学棟──といきたいところだが、後の楽しみ（仮に自分が史学棟主幹であればどんな展示物を置き、どれを取り除くか考えようと思っていた）として、まず密理棟へ足を踏み入れた。

そこに並べられている様々な自然や技術の産物を目にするのは楽しかった。古賀にとっての密理といえば特志幼年学校と軍で学んだものばかりであったから、ここ数年の間に限っても〈皇国〉のその分野が確実な進歩と発展を遂げていることに驚きを覚えた。

たとえば油洲で湧く液石についての新たな展示があった。液石そのものについては別に珍しくもない。ねっとりとした黒色の液体で、火をつけるとじりじり燃える。軍などでは照明燃料や焼夷材《しょういざい》として用いているが、煤《すす》が多いため、一般では好まれない。

しかし枠で仕切られた展示台の上には古賀がおもいもしなかった技術の証が並べられていた。液石から得られたとはとても信じられない透き通った液体がいくつも並べられ、それぞれの特性が記されていたのだった。どうやら、熱水機関を用いて作り出した熱水気を用いて液石を煮立たせ、その中に含まれる様々な成分を別々に回収するらしいが、詳しい事はよくわからなかった。新たな燃料によって、御国の産業はますます発展することになるでしょう、という素人向けの案内を素直に受け入れるしかなかった。いやもちろん、年齢相応の常識から、産業に用いることができるようになるまでどれほどの金と時間が必要になるだろう、とはおもった。

通信についてはもう少し興味を抱けた。〈皇国〉全土に拡がっている導術網の利点と限界について説明している立体模型などは部屋の隅で暇そうにしていた管理人が訝しげな表情を浮かべるほどしげしげと眺めた。

いまのところ遠達性と即時性において導術に勝る通信手段など存在しない。捜索にも大いに役立つとあってはなおさらであった。

ただし、古賀はその限界についてひどく気になるところがあった。導術は術者個人の生まれ持った術力や体力に左右されすぎるという印象を現役の将校であった頃から抱いていたからだった。

つまるところ導術とは小太りの人間に備わっているそこそこの瞬発力のようなものにすぎない。実戦では便利すぎるために酷使されることになり、ことに野戦部隊の導術戦能力は急激に低下してしまう。かつてかれはこう学んだ――交戦開始から三日で半減、五日で野戦導術捜索能力が失われ、一〇日で基幹命令系統の維持にも困難を感ずるようになる。参加した演習もそれが嘘ではないと教えてくれた。〈皇国〉陸軍の野戦要項では前線の部隊に七日に一度の割合で少なくとも一日の休養を与えるべきだと定めているが、それが主に導術兵科の継戦限界から決められたこと、とかく人という要素に無茶をさせがちな軍がその点だけはかなりの努力を傾けて守らせようとしていることも忘れていない。

導術の欠陥について考えているのは自分一人だけではないこともちろんわかっていた。野戦で部隊を率いたことのある指揮官たちはだれもがそれを強く感じているはずだった。なにしろかれらは部隊の戦闘力が導術兵の消耗につれて音を立てて低下してゆく様を実地に体験している。導術に替わる、とまではいかずとも、導術を補強する通信・捜索手段の実用化を強く求める声があり、軍もまたその方向に進みつつあることも気づいた。特幼会記事にそうした内容の論考がよく掲載されるからだった。既存技術との併用については実施に移されてもいる。型示逓信と導術の組み合わせなどは実際に効果もあった。後方地域では昼は型示逓信、夜は導術とわけることや緊急性の高い伝文以外は導術使用を禁ずること、型示逓信器の設置が困難な地域のみを導術で繋ぐこと等々、様々な手法が取り入れられている。商工業の発達した〈皇国〉には莫大な量の民間通信需要も存在しているから、こうした技術の開発に傾けられている努力は並々ならぬものだった。軍用通信についてそれはことさらなもので、たとえば可搬組立式《リロケータブル》の野戦型示逓信器を運用する独立野戦型示中隊の実在がそのことを証明している。

なお〈皇国〉では用いている表音文字の数が〈帝国〉の倍以上にもなるため、横木／腕木方式は採用されていない。大きな木枠に何枚もの板を取り付け、ちょうど紐で開閉できるようにされた砲門のようにそれぞれの縦・横の組み合わせで有意情報を示す方式を採用している。横木／腕木方式では送信される文字、数、その他の有意情報（たとえば送信開始・終了の信号）の数から考えて型示逓信器の示す型があまりにも複雑怪奇なものとなって読み取りが難しくなるし、それならばと〈帝国〉式表音文字を用いた場合、〈皇国〉式表音文字ひとつを表すために二つ以上の動作が（文字が）必要となって通信全体への負担が増大するからだった（型示逓信に限って〈帝国〉公用語を用いようか、という案もあったが主に心情的な理由から受け入れられなかった）。

だから——という訳でもないだろうが、密理棟の展示物の中には〈大協約〉世界における通信方法の歴史と現状について教えるものがいくつも並べられていた。いい展示だ、古賀はおもった。つまるところそれは〈帝国〉の通信能力を理解することにもつながるからだった。

そのなかにはひどく面白そうなものもあった。摩擦によって生じることが知られている申力《しんりょく》を用いるもので、導術に匹敵する遠達性と即時性を得られる可能性がある、とされていた。

しばらくのあいだ古賀は摩擦と申力の放出を起こす器械をしげしげと眺めた。説明板には明日にでも実用化できそうなことが記されていたが実際はどうだかしれたものではなく、少なくとも戦場へと赴く自分は額に銀盤を嵌《は》めた者たちに頼りつづけねばならないことがわかった。

密理棟には一刻以上もいた。それほど展示が豊富だったためもあるが、史学棟に向かえばそこで残りの時間を使い切ってしまうからでもあった。

とうとう諦めて密理棟を出ようとした時、壁にそって置かれている模型に目がとまった。気球の模型だった。

火を焚いて浮かび上がる炎気球はすでにずいぶん以前から用いられている。一時は軍が索敵兵器として活用を考えたほどだったが、翼龍の軍用獣化により、顧《かえり》みられなくなって永い。翼龍と戦闘導術兵を併用する〈皇国〉においてはなおさらだった。

だが、この国にはあちこちに自分の好みへ打ち込む暇人たちがいた。その中には、気球を用いた遊覧飛行で一山当てようと目論んでいる者もいる。三〇人ほどを乗せるものを数基建造して、年内に本格的に営業を始める予定らしかった。それほどの大きさとなると炎気球では間に合わないらしく、皇湾沿岸で噴出している軽気を用いるものであるらしい。

「惜しいよな」学校が早めに終わったのだろう、先程からあれこれ語り合いながら展示物を眺めていた学生の片割れが気球を見ていった。

「本当は、明日、空から凱旋式を観覧するはずだったんだぜ。多鹿の近くからあがって」

もう一方がたずねた。「なんでだめになったんだ」

「そりゃおまえ、陛下の頭上を飛んじゃいけないからさ」

二人は笑った。おもわず古賀も笑いだした。青年と少年の狭間にいるような年格好の学生たちは少し驚いたようだったが、見知らぬ年上の男が漂わせている知的な雰囲気と、かれが涙まで浮かべている様子に寄席芸人じみた喜びを感じた。

「いや、勝手に笑って済まなかった」涙を拭いながら古賀は詫びた。

「どちらかの先生ですか」背の低いほうの学生がたずねた。あちこち掛継《かけつぎ》されているらしい書生袴は丁寧に洗い張りされていた。紐で縛って下げている本や帳面も真新しくはないが、そのぶん活用していることを教えるように手垢《てあか》で汚れている。

「おい、貴様、失礼だろ」背の高い学生が友の肘《ひじ》をつついた。こちらも似たりよったりの育ちらしいが、いかにも身体を動かすことを好みそうだ。

「すいません、こいつ悪い奴じゃないんですけれど礼儀知らずで——」

かまわないよとこたえた古賀は自分の名と仕事を告げた。

「史学寮の先生でいらっしゃるんですか」長身の少年はあからさまに感じられるほどの敬意をあらわにした。ところが小柄な少年はますます勢いづき、挑むように質問してきた。

「ふたつき前の史学寮月報に載った嘉門ノ変の考察について疑問があります。考察では耶麻城家の政治判断について〝総括的に見て過ちがない〟とありましたが、ぼくは賛成できません。二級史料扱いされているものですが……海舞卿日記などを読むと長瀬家も大差なかった、いや、むしろ同じ程度には正しい判断を下していたとおもいます。古賀先生はその点についてどのようにお考えですか」

「そう考えてもおかしくはない。いや、むしろ君の意見に——ああ、失礼した。君たちの名前を教えて貰わないと」

短軀《たんく》の少年は牧嶋正信と名乗り、長身の少年は布袋正紀とこたえた。名前はご大層だが共に衆民の出身だった。この少年たちが生まれたころは将家風の名をつけるのがはやっていたなと古賀はおもいだした。

「本当なら史学寮へ遊びにおいでといってあげたいんだが、ちょっと無理だ。残念だよ」

古賀はいった。

「お忙しいのですか」牧嶋少年の言葉は逃げるんですか、といったように聞こえた。布袋少年がまた脇腹をつついた。

古賀はにやりとしてこたえた。

「残念ながら、御国の御召しでね。予備役の将校なんだ」

少年たちは気まずそうな表情になり、相次いで詫びた。別に軍隊が好きというわけではなく、戦争がこの皇都にも迫っていることを肌身で感じているからららしい。苦戦はだれをも愛国者とする。

かえって済まないことをした気分になった古賀はかれらにたずねた。「ところで君たち、気球については詳しいのかい」

「蜚珠《ひしゅ》」布袋少年がいった。妙に勢いづいている。「むかし軍隊で弾着観測用に研究していたときはそう呼んでいました。いかにも軍隊らしい呼び方です」

「こいつ、そういう話が好きなんです」今度は牧嶋少年が詫びる番だった。「本当なら特志幼年学校に進みたかったぐらいで」

「考えものだな、それは」古賀はこたえた。新城と出会ったころの記憶が脳裏をよぎった。おかげでえらい迷惑だ、とおもった。「面白いこともある、面白い奴にも出会える。だが、そのおかげで嫌なおもいもたっぷりとさせられるし、困ったことになりもする。娑婆の学校で勉強したほうがいいよ——ところで、その蜚珠のことだけれど、本当に凱旋式を空から見物できるようなものだったのかね？　ひとつやふたつでは商売にならんだろう。だいたい、ひとつの蜚珠にはどれぐらい乗せられるものなのかな？」

「昔の蜚珠とは形が変わっています。蜚舠《ひせん》と呼ばれていましたが、いまでは音だけ同じにして飛船と呼ばれてます。そのほうが適当かもしれません。ちょうど……炊いた飯粒のかたちになっていますから。軽気をもちいます。人が載る大籠《おおかご》——舟形、と呼ばれていますか——はかなり大きくて、たぶん五〇人かそこらは乗せられるでしょう。もう火は焚きません。熱気は癖がありますし、翼龍で引っ張るには飯粒型にして尻に小さな翼をつけたほうがいいんです。翼龍をどう操るのかがちょっと疑問ですけれど……」

布袋少年は古賀の脳が痺れそうになるほどの勢いでありとあらゆることを教えてくれた。古賀は笑いを抑えるのに苦労した。少年の熱意は良い気分転換になったし、なにより嬉しい気分にさせてくれた。この国に——再び戎衣を纏って奉仕せねばならなくなった故郷に、こういった人種が続々と生まれているだろうことに頼もしさを覚えたのだった。唐突に確信できた。こういう子供たちの住まう国には存続する価値がある。かれがもっとも強く感じたのは自分の上官になる男——新城直衛が果たしてこの気分を理解してくれるかどうかだったが、おそらく大丈夫だろうと独り決めした。自分もこの少年の年頃には似たようなものだったのだ。それに、新城直衛には酔狂人をひどく丁寧に扱うところがある。

それから小半刻ほど話して少年たちと別れた。なんとなく惜しく寂しい気分になったので展示物の傍らに置かれていた飛船についての小冊子を手にとり、密理棟を出た。

9

およそ人並みの好みではないと予《あらかじ》め知らされてはいたが、現実に我が身を曝すとその知識も役には立たなかった。

新城直衛が女の頸を締めたがる癖の持主であることはわかっていた。だから、その覚悟はしていた。しかし、かれが自分の楽しみのためだけに交わる男ではないことについてはそれほど重視していなかった。

敷布にはなにかの染みにくわえて微かに紅いものがしたたっていた。背後からまわされた新城の右手は飽きずにいきり立った部分を弄んでいる。耳につく粘った音が響いているのはすでに何度か吐精しているからだった。

「少佐、どうか」

天霧清香は頸を懸命にねじり、訴えた。官能と苦痛のせめぎあいを感じさせる、熱くかすれた声だった。紅に染まった頬には濡れた髪が張りついている。

新城はこたえるかわりに清香をきつく抱きかかえ、胸とその部分に対する手の動きをさらに複雑なものに変えた。清香の女に埋没している自分自身はあえて動かさない。こうしているうちに両性具有者の肉が狂ってゆくことをかれは知っていた。それを教えてくれたのは、むろん清香のいもうとであるかれの個人副官、天霧冴香であった。

清香はすぐに喘ぐことすら辛そうなほどに昂った。呼吸なのか声なのか判断しかねるほどに溶けた音が喉奥から響き、深く埋まった新城を吸い込むように絞りあげた。あぶらの載った豊かな尻が震え、背が反《そ》り返り、汗で滑り光っている形の良い脚が伸びた。足指はきつく折り曲げられていた。

同時に、新城の手の中にあったものがひときわ膨らみを増し、小気味よいほどの脈動を起こしながら命の印を吐き出した。これで三度目だが、新城を受け入れた冴香と同じく、まだまだ衰えの気配はない。そのことに面白さを感じている新城とは対照的に、男の到達感と女の落下感を同時に味わった清香は脇腹や腿を意思の力では抑えきれない震えに波うたせていた。いまだ一度もたぎりを吐き出すことなく彼女の内部に収まっている新城自身の存在感は疎《うと》ましさを覚えるほどに力強かった。

これまで、天霧清香が新城直衛に抱いていた印象は好意という大枠のなかにおさまるものだった。原因はむろん冴香であった。ふたりのきょうだいはこれまで皇家と駒城家——

すなわち実仁親王と新城直衛のあいだに存在する一定の合意に基づいた役割を果たしてきた。もちろんそこには打ち続いた敗北に動揺する国内情勢を様々な方面からたとえ間接的にでも把握したいという皇家側の意思と、やはり間接的にでも皇家と繋がることで政治的立場を強化しようとのぞむ駒城篤胤の意志が影響していた。ただし、皇家と駒城がそこへことさら大きな望みをかけていた訳ではない。結局のところ個人副官同士が血縁であるというだけの繋がりだったし、ことに皇家——実仁親王は、軍人としての新城を便利遣いしようという気分が強かった。

むろん新城がそれに気づかぬはずもない。だからこそかれは実仁親王に遠慮なく反対給付をもとめてきた。

天霧清香が目にした新城とはそうした時のかれであり、また冴香が時折手紙や言葉で伝える姿だった。皇族の前であろうと怖《おじ》けることも卑屈になることもなく、冷酷なようでありながら自分に関わる者への気遣いは忘れない、という男の姿であった。かてて加えて軍事的な名声というものがある。好意を抱くなという方が無理な相談だった。凱旋式の前日という時期になって新城直衛のもとへ使いせよ、と実仁親王から命じられた清香の気分はそういうものであった。

恒陽は没しかけていた。新城は第五〇一大隊とその他の兵——明日、臨時に再編される新城支隊の行進演習を早々に切り上げ、駒城下屋敷へ戻っていた。大隊駐屯地から下屋敷まではかなりの距離があるが、用務連絡のために訪れた翼龍に便乗したらしかった。

「あなたのきょうだいは僕に命じられた用件のため、外出している」下屋敷の一隅を占める〝新城家〟を訪れた清香に新城は伝えた。すでにかれは戎衣から気楽な家袴に毛織物の上着へと着替えていた。上着はどこか素人臭い編み具合だった。

清香はそれがだれの手になるものかすぐに気づいた。冴香ちゃんはお人形なら上手なのだけれど、とおもった。わたしに時間があればもう少し教えてあげられたのに。

いもうとの顔が浮かぶと、罪悪感が募った。と同時に、意外なほどの羨望《せんぼう》が膨れ上がってきたことに清香は驚いた。

あのような、とても他人様にはお見せできないものを堂々と身につけてくださる方と共に過ごすのはどのような気分なのだろう。たとえどれほど強いお人柄でも、心の弾みを抑えられないのではないかしら。ええそう。きっとそう。だからこそ冴香ちゃんはあれほど愛らしくあり続けられるに違いない。

「軍務ではございませんが、これをお届けせよと殿下から命じられております」

心に拡がる波紋を抑えながら清香は綿を仕込んだ女房羽織の内から紫布にくるまれた書状をとりだした。

受け取った新城は素早く中身をあらためた。鼻を心地よくくすぐる女の体臭が染みた書状だった。実仁親王のものだったが、封は施されていない。封のない密書を預けられるのは差出人が使者をどれほど信頼しているかの証明となる。

一読して新城は眉をひそめた。丁寧に書状を畳むと、向かい側の椅子に腰をおろしている清香をみた。

「どういう意味かな、これは――ああ、あなたは当然知っているのだろう、殿下がなにを書かれたかを」

「存じません」清香はこたえた。それから、わずかに舌先で唇を湿らせ、そっとつけくわえた。「少佐の望まれることはすべて従うように、と命じられております」

新城は呆れたような顔を浮かべた。実仁からの書状には、副官を一日預けるから好きなようにしろ、としか記されていなかった。

それにどんな意味があるのか、考えるまでもない。

殿下は皇都でなにが繰り広げられているか、気づいておられるのだ。大殿の企みも、守原の動きも、僕がなにかを考えていることも。皇家が現実の力を失って久しいが、だからこそかれらの耳は長い。

しかし、自分の個人副官を差し出すというのは――

少し迷った後で新城は気づいた。子供の頃にこの屋敷の読書室で読み散らかした本の中でそうした場面を描いたものがあった。諸将時代の中頃、当時勢威を誇っていた伊里通孝が当代一流の軍師として知られていた灰場政忠を迎え入れた際、主従の信頼の証としてもっとも幸していた側妾《そくしょう》、美津の方を好きにさせたという話だった。美津の方は両性具有者であった。

たまらないな、新城は頭を掻きたい気分でおもった。こんなところにまで歴史を持ち出すというのは——いや、考えてみれば皇家にはそれ以外なにもない。歴史と女を武器に生き残る他ないのだ。それがかれらにとってなによりも強力な武器なのだ。

断れない、それはわかった。清香を貪らなければ、実仁との関係をそこまで深めるつもりはない、という政治的宣言とみなされる。仮に新城が断ったとしてなにが起こるのかといえば、青ざめても足りないほど不安定ないまの立場から親王という手札が失われるだけ。良いことなどひとつもない。

それに、目の前で硬い表情を浮かべている相手のことも考えねばならない。

自分が断った時、清香はどうするのか。

実仁が目をつけている他の男のもとへ向かうのだろう。そう命じられているに違いない。他のだれよりも先に新城の下を訪れたのは、いうなれば実仁の気遣いにすぎない。望まぬ男に身を任せる必要があるならば、せめてほんの少しでも関わりのある者に、そういうことに違いなかった。

（そんなものを温情と呼べるか）

新城は吐き捨てるようにおもった。ここしばらくの疲れが一気に吹き出したような気分になった。

いま、一間ほど離れた椅子で青ざめ固くなっている絞らずとも蜜が滴《したた》りそうなほどに熟れた両性具有者について義憤じみたものを抱いているわけでないことはわかっていた。

正直なところ、ただ実仁親王の政治的術策というだけであれば清香がどうなろうと新城の知ったことではない。冴香を熟させたような見かけの清香はただそこにいるだけでなにかをかきたてる。獣欲を抱くなという方が難しい。が、これまで生きてきた中で女人に抱いた獣欲のすべてを果たしてきたわけではないのだから、いくらでも諦めはつけられる。

問題なのは一つだけ考え込まざるを得ない要素があることだった。

天霧清香はかれの個人副官のきょうだいであった。

冴香のあねをはねのけ、他の男に手渡すのはどうにも癪に障った。それに、冴香へどう説明すべきなのかわからなかった。

その点でいえば受け入れた場合にも問題はある。政治的には形がつくとしても――やはり、冴香へどう説明したものか。

つまり実仁親王は罠をかけてきたのだった。皇家の生き残りという大目的に必要な補強材料として新城を求め、その新城を搦《から》め捕るために個人副官の繋がりを活用しようとしている。かれと冴香の繋がりについては、むろん清香を通じて充分に確かめているに違いない。

新城は呆れ返るおもいだった。力を失ったはずの皇家がなぜいまだこの国の中心にあるのか、その理由にようやく気づいていた。

すべては最初から考えられていたに違いなかった。冴香はそのために与えられたのだった。むろん、冴香自身はなにも教えられることのないまま、道具にされたに違いない。

新城直衛はそれにうまうまと引っかかった。

いや、そこまで間が抜けていた訳ではないかもしれない。

新城は冴香を与えられた意味に気づいてはいたし、それを忘れたこともなかった。

ただ、一方的に解釈しすぎてもいた。

将官たちに両性具有者を与えるという国の方針が、一種の叛乱予防策であるという側面はいまさらだれかに教えられるまでもない。それが常に機能するわけではないということも。かれがすべてを失った東洲乱、守原が企みつつある今回の騒ぎを見るだけでそれはわかる。

新城が呆れたのは実仁が個人副官の繋がりという手札をいまの時期に切ってきたことだった。そこには、かれが駒城の一員であるという事実が深く関わっているに違いなかった。

いうまでもなく駒城は皇家に近い。現状においては特にそうなっている。

が、いつまでもそうであるとは限らない。また、皇都を舞台とした争いで必ず勝てると決まったわけでもない。

だからこそ実仁は新城へと手札を切った。かれが駒城の一員であると同時によそ者であるという現実を踏まえて。駒城が皇家の味方であればそれを勝たせ、敵にまわるならば——いや、いまの段階であっても、駒城と皇家に相容《あいい》れぬところがあれば、どちらを選ぶべきか、決めろ。

政治。まさに政治だった。いかに親しかろうと皇家にとって周囲のすべては生存の道具に過ぎない。実仁は、新城の立場を見据えた上で手札を示したに違いなかった。なぜならば、生き残るという一点において新城と皇家は一致団結しているようなものであるから。

新城は低く唸った。おもいも寄らぬほど凶暴なものがこみあげていた。

政治的には理解できる。むしろ皇家としては当然だ。ぼくの価値をそのように判断していることも含めて。その点については気にもならない。政治と悪行は異なる文字を用いた同義語なのだから。

かれを憤らせているのは未だ諸将時代の感覚で力の繋がりをつくりあげようとする実仁の発想だった。

表口から——たとえば位階や階級だけでは安心できないから肉を差し出す。そのような緩んだやり口こそがこの国を敗亡の瀬戸際に追い詰めた一因であると、権力階層の中枢にいる人物が理解していないことに視界が紅く染まるほどのむかつきを覚えていた。人はそれに気づかぬ限り、果てしもなく卑しくなれるのだとおもっていた。

そしてなにより、清香を自由にしてよいというお墨付きを得た途端に身体の奥底で春機発動させてしまった自分自身に腹が立った。体内に溢れるほどに詰め込まれている卑しさを自覚したのだった。

「いかが……いたしましょうか」清香がたずねた。微かに声が震えていた。まるで乙女のようだと新城はおもった。が、かれが訊ねたのはひどく具体的な事柄だった。

「ぼくが受けたとして、そのあとは」

「少佐が望まれるだけお側にいて、皇宮に戻るように、と」

新城はほっとしたような顔を浮かべたが、なおも訊ねた。今度は個人的な問題だった。

「君のきょうだいにはどう説明する」

清香の相貌にちらりと不思議なものがのぞいた。男には決して理解できない女の――いや、女よりもさらに複雑な生物の――自分自身にすら説明がつかないだろう気分のあらわれだった。

天霧清香は男のためらいを感じ取った女に特有の感情――優越感を隠そうともせずにこたえた。

「それは、少佐がお考えになることです」

「僕の噂は耳にしているだろうか」

「どのような噂ですか」

清香はまっすぐに見返してきた。挑むようなその視線に心地よさを覚えた新城はあっさりと教えた。

「女の頸を絞めるのが好きなのだ。たまらないほどに」

「わたくしはただの女ではありません」

「冴香からもいわれたことがある、その言葉は」

清香は一瞬だけ唇を噛んだあと、小さな声でいった。

「わたくしは冴香のきょうだいです」

「承った。有り難く戴く」

「あの」

「なんだろう」

「せめて、暗くしていただけないでしょうか」

「瞼を閉じたまま景勝地にでかける趣味でもあるのか、君には」

清香は目を丸くした。すぐにそこは霞がかかったように潤んだ。彼女は押し出すようにいった。「舐めて形を確かめてくだされば……よろしいのでは」

新城は立ち上り、窓掛で外界の光を遮ると彼女へ向き直った。清香は身をすくませた。いろかれは委細かまわずに彼女の腕をつかみ、引きずり込むように寝室へ連れていった。いろいろなことがわかりはじめていた。冴香の留守中に清香がたずねてきたのは偶然であるはずがなかった。山道に迷った美姫を襲う山賊のように荒々しく衣服をむしりとりながら清香の反応、その硬さが持つ意味についても気づいた。

新城はたずねた。「どういうことだ」

涙を浮かべた清香はしばらく口を閉じていたが、やがて押し出すように告げた。

「殿下はわたくしを女としてお使いになりません」

「僕とは趣味が違うわけか」

「……少佐のようなお好みの方は滅多におられません」

新城は目を丸くした。それから大きな声で楽しげに笑いだした。笑いながら清香のあちこちをくすぐりはじめた。清香は身をよじってのがれようとしたが、敏感な肉体は即座に反応をおこした。新城が他の行為に手を染めたのは小半刻もあとのことだった。

「殿下は案じておられます」事が済んだあとで紅くにじんだように色づいた頸をさすりながら清香はいった。

「僕にできることはしている。できないことについては諦めてもらうしかない」肌に柔らかさをもたせる最低限の脂肪だけを内に含んだ清香の腹に頭を載せていた新城はこたえた。

「そういう意味では」腹に感じる重さの意味を考えながら清香はいった。「お味方を増やすように努められてはいかがか、という意味です。直衛さまは——」

おもわず名前で呼んでしまったことに気づいた清香はそう口にした自分自身に驚き、黙り込んだ。

「構わない、どう呼んでもらっても。冴香も余人のない場所ではそう呼んでくれる」

「あ、え――はい、直衛さま」清香は交わりの最中よりも羞《は》じらいをあらわにしていた。

「その、衆民を活かす手を考えられてはどうか、と。直衛さまが衆民どもからかち得た声望はだれもが羨《うらや》むほどのものです」

「衆民か」新城は道端の石を蹴るような調子でいった。「僕も衆民だ」

「ですが」

「育預か。駒城への恩義はあるが、だからといって僕自身のなにが変わったわけではない」

「ならば、なおのこと」

「いや、だめだな」新城は身を起こした。「衆民を味方につける。確かにいい手だ。しかし面倒が増えすぎる」

新城は寝台の脇に置かれていた金盥《かなだらい》に熱炉へかけられていた金壺の湯を注いだ。窓を開けて雪を一摑みして湯気のなかに放り込む。手拭いをぬるくなった湯のなかに放り込み、ゆるく絞った。

なにをするつもりかと訝しげに見つめていた清香の傍らに戻った新城は手拭いで彼女の

身体を拭いはじめた。清香は怯えたように身をすくませた。先刻までの行為とはあまりにも落差がありすぎた。

「あ、あの」

「衆民にいい顔をしていれば、確かにいろいろと楽になるだろう」汗と体液で彩られた清香の肌を秘宝を磨くような手つきで拭きながら新城はいった。「が、それだけのことだ。かれらの欲望は限りがない。なにか一つを与えると次の一つを望む。なによりも問題なのは叶えられて当然だと信じるようになることだ。僕は親鳥ではない。ただ大口を開けて愚にもつかない文句を垂れているような連中の面倒を見られるほど度量は大きくない。いや、正直なところ狭量な男なのだ」

「衆民が、お嫌いなのですか」

「好き嫌いの問題ではない」新城は清香の股を開かせて拭い始めた。手つきはさらに慎重さを増していた。「物事に不満を述べ立てるのがかれらの楽しみなのだ。無論、ほかに虚《むな》しいことばかり多い毎日をやり過ごす方法を知らないからだ。自分自身が納得のゆく毎日を送れない理由は自身の愚かさに原因があるのではなく他のだれかが邪魔しているからに違いない。そう考えてなにもかもをごまかしてしまう。僕がいい顔をしてみせる。最初のうちはいいだろう。だが、いずれかれらの欲望は僕の示した媚態《びたい》では足りなくなる。そしていつしかかれらは語り始める。自分にいわせるなら――新城直衛は愚者に違いない。つまり、僕は消費されてしまう。そして新たなだれかが僕が示したものとはまた違った媚態でかれらを味方につける。衆民どもはまた同じことを繰り返す。自分自身を変えない限りこの連鎖は終わらない。いや、衆民に限った話ではない。だれもが同じだ。皇家だろうが、将家だろうが」

清香は男の横顔を凝視した。語っていることの冷酷さ——絶望感すら感じ取れるほどの明快さに驚き、同時に、このうえないほど優しげに秘所を清めてゆく手つきに揺らぐようななにかを覚えていた。要するに新城は個人は信じても集団は信じないと言葉と態度で明らかにしていた。

清香はいった。「殿方とは政がお好きな方だとばかりおもっていました」

「誤解するな、僕にしたところで嫌いなわけではない。我は望む一天万乗の座、か？　飽きるまでは面白いだろう。ただ、同時にこうも考えている——政に関わるぐらいならばあいまい宿の帳場でもあずかった方がよほど男らしい。そういう場所であれば、少なくともだれもが率直だからな」

下った時代の話になるが、新城直衛の生きた時期に将家と衆民のあいだに見られたさまざまな出来事をその二つの社会集団の対立として解釈することのはやった時期があった。皇紀六八〇年前後のことだった。要は、腐り果てた将家体制に不満を抱いた衆民たちが、という見方であった。

むろんそれは単なる幻想に過ぎない。新城が実際に生きてあったこの時、将家と衆民が面と向かって対立したことなどなかった。

まず、両者は社会集団などというものを明快に認識できるほど一枚岩ではなかった。将家にも衆民にも徹底抗戦を望む者は多かったし、その逆を望む者も少なくはなかった。

なによりも、戦争の遂行に、将家が必要であると信じる者が衆民の大部分を占めていた。かれらは、将家がその本来の役割、職業的高級戦士へ立ち戻ることを強く要求した。一国の命運をかけた戦争に衆愚の意志が容喙《ようかい》すべき余地などないことを、直感的に悟っていたのだった。けして、将家体制を根底から突き崩すことなど望んではいなかった。

衆民たちが仮に将家への怒りを覚えていたとするならば、それは、将家が将家らしくない振る舞いを示す場合にだったただろう。

新城という男に衆民から期待された点についてもこの点から説明がつけられる。要するに衆民たちは、自分たちと似たような生まれのかれに、自分たちの望む将家を演じて貰いたがったのだった。

もちろん新城はいま清香を相手に語ったように衆民たちの手前勝手な期待を背負うつもりなど毛頭ない。五将家の雄である駒城、そして軍で時を過ごしたかれは、集団の本質は人の幸福と対立すると決めつけていた。ただ人が寄り集まった結果として生じるのは、自意識と欲望の際限のない肥大だけであると考えている。群衆とは本来獣性に満ちたものであり、個々人がその制御の方法を学ばない限り、必然的にそれを周囲へまき散らすことになると信じているのだった。

これを智者にありがちな衆民への侮蔑とみることもできる。軍人特有の社会不信と捕えることも可能だろう。実際そういう面もあった。

しかし、それだけ、とはいい切れない。豊かになってゆく衆民が、高度な教育を受け、これまで将家出身者に独占されていた場所へ進出することを否定してはいないからだった。事実上、軍隊で育ったかれは、良好な兵站のもとで行動した場合、常に大軍が有利になるという原則を否定するほど愚かではなかった。と同時に、大軍であれば必ず勝てると信じるほどおめでたくもなかった。大軍に兵法はいらない、という俗論は愚劣なおもいこみにすぎない。大軍であるからこそ、その力の使い方には慎重な判断が要求されると知っていたからだった。過去の戦史がかれにそれを教えていた。

だからといって、独裁を肯定しているわけでもない。独裁の現実は専制的無秩序に他ならず、つまるところだれも幸せにしないからだった。

新城は王になりたいなどと望むほど愚かではなかった。すべてを支配する者はすべてに支配されることを理解していた。が——この国で徐々に好む者が増しつつあるおもいつき、衆民の権利を徹底的に拡大した民本思想の徒というわけでもなかった。

たしかに民本はひとつの理想ではある。それを否定するほどかれは頑迷《がんめい》固陋《ころう》ではなかった。

しかし、欲望を制御する（けして抑制するのではない）方法を考えださねば、いずれは自壊することになる。欲望が総和されるのではなく総乗され、あらゆる場所に向けて吹き出すことになる。新城はそうも理解していた。だれもが自由に生きられる世の中、という言葉を耳にするたび、身体が溶けるほど暑い日に雪原をおもいおこすような気分になった。

好きになれないのも当然だった。内に目をそむけたくなるものを抱えたこの男は欲望を懸命に制御して生きることでようやく人に交われたからだった。民本思想が嫌いなわけではないが、それがつくりあげるだろう社会を好めるかどうか自信がなかった。だれもが自分のおもうままに行動し、語ることのできる社会でおまえも同じようにしろとともとめられたなら――社会不適応者として石を投げられるに違いないからだった。娑婆は軍隊ほど甘い場所ではない。やはりかれは小心な凶人だった。

「それにだ、所詮僕は軍人で、御国は戦禍に見舞われている」清香をうつむかせ、みつめているだけで劣情がたぎるほど深く切れ込んだ尻の谷間まで拭った新城はいった。「耳心地よいことを口にしたところですぐに龍の尻尾ではたかれる。結局は無数の壮丁《そうてい》を召集せねばならないのだし、無数の者どもに死を命じなければならない。そのような男が媚態を示すなど、あまりにも卑しすぎる。少なくとも僕には我慢がならない」

ようやく身を起こすことを許された清香がいった。

「でも、それは立場がもとめるだけで……何もかもが変わってゆけば、立場も……」

清香は両手で胸と股間を隠していた。今更なにを、とはおもわないらしい。きょうだいだな、新城はおもった。実際そういう面もあった。が、それだけが理由ではなかった。清香はあれほどあさましい交わりで自分を玩弄《がんろう》した男の手で後始末を受けているうちに、またもや兆《きざ》してしまったのだった。

新城は金盥に向き直って天霧冴香のあねから視線を外した。他者を意味もなく恥じ入らせる趣味は持っていなかった。むしろその姿に愛らしさを感じていた。

手拭を絞り直したかれはいった。

「立場を変えることを批判しているのではない。それは所詮生存の技法にすぎない。姿勢を変えることを軽蔑しているのだ」

清香に見えていたのは、男の背中だけだった。どんな言葉をかけてよいのかわからなかった。こんな時、冴香ちゃんはどうしているのかしら、とおもった。

なにも訊ねる必要はなかった。新城は彼女の沈黙の意味を正確に捉えていた。

「好みではない、なにもかも」

かれの口調は普段と同じだった。感情を殺しきっていながら狂気にほど近いなにかに満ち、冷徹と呼びうるほど醒めたようでありながら火口から溢れだした溶岩にもにた始末におえなさがあった。

「見ず知らずの連中から何かを背負わされることも、見知った連中から珍獣かなにかのように扱われることもすべて。好みではない。まったく好みではない」

「そんなにも」清香が驚いたように見つめた。

「ああ、率直にいわせてもらえば」新城はうなずき、吐き捨てた。

「震えがくるほどに僕の好みではない」

新城は突然振り返り、清香の肩を摑んだ。彼女はかれの瞳にあるものに気づき、背を震わせた。恐怖からではなかった。圧倒的な力——純粋な暴力の力強さに魅了されたのだった。

「皇家、将家、衆民。それがどうしたというのだ」

新城はいった。

「問題は戦争だ。戦争なのだ。いまはそれだけだ。帰ったら殿下にお伝えしてくれ。新城直衛は戦争以外のなにものにも興味はない、と。理由？　平和は退屈だからだ。戦争を好むのにはそれで充分だろう。わかったか」

「……はい」清香はうなずいた。身体の中からなにかが抜け落ちてゆくような感覚を覚えていた。

新城の唇が歪んだ。笑っているのだった。その表情のままかれは訊ねた。

「味方を増やせ、君はそういったな」

「どちらでもいい。いまふとおもったのだ」新城は彼女の顔を子供のような表情でのぞきこんだ。

「それは殿下の……」

「天霧清香、君自身はだれの味方なのだ」

美貌から表情が消えた。ややあって、彼女はかすれた声でいった。

「わたしは……ええ、わたしは……」

「口にする必要はない。他人が口出しできる問題ではないのだ」新城は身も蓋《ふた》もないほどの鮮やかさで言葉を翻《ひるがえ》した。「だが、ひとつだけわかっている。君のいもうと、冴香は僕の味方だ――ところで、君は冴香の敵なのか」

清香は心臓を摑《つか》まれたような顔になった。そうなのね、とおもう。そうなのね、そういうことなのね、冴香ちゃん。ええきっと、きっとそう。この御方の情とはひとを狂わせる毒のようなものだわ。

天霧清香はきょうだいを支配している男の胸に自分から顔を寄せていった。

艶やかな生物を抱きしめてやりながら新城はおもった。

あれも戦争、これも戦争。所詮は命の奪い合い。ならばなぜ戸惑う必要がある。僕は僕のもっとも得意な方法でそれを楽しめばいいのだ。この世はわからぬことだらけだが、人殺しの技だけはだれから教わる必要もない、絶対に。それだけは確実だ。くそっ、生きるということはなんと素晴らしいのだろう。

10

怠け者が唐突に働きだせばかれを知る者は戸惑う。今晩の飯は僕がつくる、新城直衛が唐突にそう宣言した時、周囲の者たちが味わった驚きはそれよりも大きかった。新城はその食事の席にユーリア、冴香、そして蓮乃を招いた。断ったのは蓮乃だけだった。立場がどうのという理由ではなく、彼女の夕餉《ゆうげ》についてはすでに準備が進められていたからだった。かわりに麗子が顔をだすことになった。千早も同席しているので御機嫌であった。

「いったいどこで覚えられたのですか」冴香は身体を新城にぴったりと押しつけながらかれの手元をのぞきこんだ。

「子供の頃、駒城の船に乗るのが好きだった。そこで水夫たちが囲んでいるものが旨そうでね。食べさせて貰った。作り方も教えてくれた。しごく気の良い男たちだった。もしかしたならば、親切な大人に出会ったのはあれがはじめてだったかもしれない」

新城は魚の身を親指で押し、そのみっしりとした弾みを確かめた。身の締まった冬物の頬白鯛。頭にわずかな白さがあるほかは透き通った薄紅に染まり、宝玉のようにきらきらと輝いている。かれは包丁を立ててあて、手早く鱗《うろこ》をとってしまった。

「料理がお得意だとは、存じませんでした」冴香はどこか恨《うら》むような声でいった。

「何が得意というわけではないが」新城は身の締まった冬物の頬白鯛の内臓を綺麗にとり、包丁の刃を入れて、勢いよく三枚におろした。頭を兜《かぶと》割りにし、骨と一緒に煮立たせてある湯へ放り込む。

湯に塩と刻んだ背洲葱《ねぎ》をざっといれ、鍋の蓋をしめた。

「半尺ほどで火からあげろ」新城は命じた。自分は身をやや薄目におろしはじめる。けして手早いとはいえないが、それなりに手慣れた動きだった。頬白鯛の桜色がかった身がきらきらと光る刺身ができあがった。

新城は粗挽《あらび》きにした茶胡麻《ちゃごま》とともに刺身の半分ほどを大鉢の中へざっとあけた。溜醤《たまり》を小鉢に三杯ほどかけ、かきまぜる。刻んだ香草を少量、散らしてやる。

「できた。飯は」

「はい、お櫃《ひつ》に」

意外といえば意外な主人の手管に驚き続けている冴香はあわてて応じた。新城は飯櫃をあけ、米粒を口に入れた。

「うん、もうすこし冷たい飯のほうが合うんだが、まぁ、仕方がない。運ぶよ。そちらは頼む」

新城は大鉢を顎で示すと、自分で飯櫃と汁鍋を持った。冴香が止める間もなく、食堂へ運んでしまう。やはり驚いているユーリアの前に、椀や箸《はし》を並べてしまった。ユーリアの隣では、麗子がおとなしく腰掛けている。

「初姫様、お行儀がよろしいですね」

新城はほんの一瞬、だれもが和《なご》んでしまうような微笑を凶相いっぱいに浮かべ、麗子を褒めた。ユーリアと一緒で緊張している麗子が甘えた顔を浮かべる。思わずユーリアまで微笑んでしまったほどだった。

新城はユーリアの表情に気づくと頬を微かに痙攣させ、端から見てもあきらかなほどの努力を傾けて普段の顔つきにもどった。

まず汁椀へ白くなった鯛兜と一緒に汁を注ぐ。兜のはいった汁はユーリアと麗子の前に置いた。

「見かけは悪いですが」新城はユーリアへいった。

「牛の頭に比べれば、どうということもないわ」ユーリアは応じた。〈帝国〉の盛大な宴席では牛の全身をそれとわかるように調理したものが付き物であり、頭部は常に主賓《しゅひん》へ饗《きょう》される。

冴香が大鉢を運んできた。

「さあ、いただきましょう。まず、汁から」

新城は皆にいった。麗子がいただきますと小さな声でいい、汁に口をつける。冴香とユーリアも口をつけた。潮の香り、鯛骨と残った身から出た味がからみあった、見かけよりひどく贅沢な味わいに舌が驚く。

ユーリアが溜息をもらし、冴香は小さな声でおいしいといった。麗子の反応は椀を抱え込んでんくんくと汁を飲んでいる様子だけで充分だった。

新城は自分も汁を飲んだ。かれの好みからすると塩が利きすぎているが、それはユーリアに合わせたものだった。〈帝国〉人は全般に濃い味が好みであった。

と、かれの脇になにかがぬっとあらわれ、情けなくにゃあと啼いた。

千早は卓の上に並べられたものを物欲しそうに眺め、続いて新城を情けない顔でみた。

新城は失笑してしまう。

「そうか、おまえを忘れていた」

かれは千早の頭を撫でると、炊事場に戻り、残してあった刺身を皿にのせた。塩をたっぷりふってやる。剣牙虎はその図体からして、人より多く塩分を必要とする（野生の猫は岩塩を喰らうほどの塩をもとめる）。

食卓脇で行儀良く待っていた千早の前に刺身を置いてやった。かれの子猫は主人をじっとみあげた。

新城はうなずいた。

「いいよ、千早」

剣牙虎は嬉しげに喉の奥で啼き、ひどく贅沢なおやつに飛びついた。

食卓では麗子とユーリアの会話が弾んでいる。

「こうしてお箸で食べるとおいしいの」

「おお、駒城の姫はおちいさいのに物知りだな」

麗子が兜肉の取り方をユーリアに教えていた。帝族としての素養故か、箸の使い方はすぐに覚えたユーリアも掘るようにして食べる兜肉の扱いには困っていたらしい。素直に麗子の教えに従っている。

新城も汁椀に残っていた骨をとり、身を食べた。困ったような表情を浮かべている冴香にいってやる。

「なにをしている、食べ残すのは惜しいぞ」

冴香は恥ずかしそうにうなずき、新城と同じように、手で骨をもって食べ始めた。骨の周囲に残った、ほんのわずかな身だが、じつにさっぱりした味で、思わず溜息が漏れてしまう。

骨を片づけると新城は全員の飯椀に飯を少な目に盛った。大鉢を示す。

「身を適当に飯の上へ載せてください」

新城は例を示すように、飯の上に溜醤と胡麻であえた刺身を三切れほどのせた。皆、それをまねる。かれは汁鍋から汁をすくい、それを飯にかけた。

飯から潮の香りと香草、胡麻の香りが入り混じったものがたちのぼる。潮の香りは弱く、ほんのちょっとした味付け程度だった。

「あとは、わかりますね？　行儀悪くたべるだけです」

新城はそれだけいうと、贅沢な汁飯を盛大にかき込みはじめた。

信じられない光景ね。自分も汁飯を食べながら冴香はおもった。ついこの間までは不倶戴天の敵であったはずの美姫、〈皇国〉有数の将家、その初姫。そしてわたし。もちろん剣牙虎も。その三人と一匹が、戦場で魔王のようにふるまう孤独な軍人の拵えた料理とも呼べないようなものに舌鼓《したつづみ》を打ちながら、ひとつの卓を囲んでいる。

どうしてかしら？　直衛様はなぜ、突然にこのようなことを。気むずかしくはあっても、気まぐれではないひとなのに。

「冴香、もういいのか」

両性具有者のおもいを遮るように新城がたずねた。自分は二杯目にとりかかっている。

「あ、いただきます」

冴香はあわてて箸を動かした。理由はわからなかったが、ひとくち食べるたびに、歓《よろこ》びと悲しみの混淆《こんこう》した感情が胸中でせめぎあい、この美しい生物を不安にさせた。

11

　一三月三日朝。皇都はこの冬始まって以来の賑《にぎ》わいであった。あるいは、この都がこれほど人の姿で埋まっているなど空前のことだったかもしれない。道端にはこの機会を逃すまじと無数の屋台が軒をつらね、道行く人々に安手の襟巻から白身魚の揚物にいたるありとあらゆるものを売りつけようとしている。酒も堂々と売られており、まだまだ一日は長いというのに一杯機嫌で顔を紅くしている者の姿もちらほらと見受けられる。

　近衛総監部首席参謀の大賀大佐はその人ごみから少し離れた場所を西本条沿いに歩いていた。式典に参加するわけでもなく、また観閲席に座るわけでもないので黒に銀縁の近衛第一種軍装姿だが、ときたま行き違う者たちを驚かせるのは普段とかわらない。離れた場所から見た時、実に堂々たるものだという印象を与えるかれが近づくにつれ、子供のような体格の小男だとわかるからだった。

　かれの視線は路上に向けられていた。そこには、無数の将兵が列をつくり、休メの姿勢で待機している。全員が真新しい軍装を身につけており、銃はもちろんすべての装具が陽光を反射するほど磨き上げられている。なかでも銃の先に着剣された銃剣のきらめきはどぎつさすら覚えるほどだった。

式典参加部隊は指揮官の階級順に整列していた。大部分は聯隊であるから、まず大佐たちの先任順位に従って並んでいることになる。このため、大賀が目指す部隊へたどり着くにはしばらく時間がかかった。かれが探していた男は大佐ではなかった。

整列している兵どもの様子は部隊により様々だった。すでに担《にな》え銃《つつ》の姿勢で気を付けの姿勢をとっているものもあれば、それより楽な姿勢で待っているものもあった。大賀はその様子を目の端でちらちらと確認しながら戦力評価の参考にした。

こういった場合、兵どもをどう扱うか、またかれらがどう振る舞っているかで指揮官の性格、能力、部隊としての練度などが即座に見て取れる。たとえばすでに担え銃の姿勢をとらせている指揮官は神経質だろう。頭のいい人間かもしれないが柔軟性はない。万端怠りないのは褒められるべきだが、その必要のない時に担え銃の姿勢をとらせて疲労と緊張を強いるのはいただけない。

かといってその後にいる聯隊のように道端に座り込むことや喫煙まで許しているのもよろしくない。緊急事態に対処できない状態に部隊を置くのは指揮官として無責任だ。

だから、今日のために一日限りということで再編された新城支隊が見えてきた時、どう受け取ったものか大賀は迷った。

本来の所属は別々の、寄せ集めの兵士たち――かれらは一応列は組んでいたものの、立ち上がってはいなかった。列を組んだまま路面へ腰を降ろしていた。石畳の上には尻が冷えることを防ぐ網円座《あみえんざ》がある。呆れたことには、列の左右にいくつもの金缶がおかれ、炭まで熾《お》こされていた。もちろんそのような姿勢では銃など持てない。兵どもの銃は三丁ごとに三角錐のように組まれた叉銃《さじゅう》の状態で立てられている。

（いかに新城といえど、これは）

おもわず頭に血を昇らせかけた大賀だったが、隊列の周囲を見直してはっと気づいた。要所要所に、兵が立てられていた。もちろん銃を手にしている。担え銃の状態ではなく、すぐに発砲できるように両手で低い位置に持っていた。周囲に向ける視線は厳しいものだった。

（哨兵を立てているのか）

大賀は笑いが込み上げてくるのを覚えた。

新城は支隊に戦場の小休止と同じ態勢をとらせているのだった。疲労は最低限に、しかし奇襲を浴びるほど気を抜くことはなく――行動開始の時を待つ。

大賀の姿を目に留めた哨兵が身体ごと向き直ってきた。銃口が持ち上がった。哨兵は大声でたずねてきた。

「誰何《すいか》！」

「近衛総監部、大賀大佐だ」大賀はちらりと微笑んで応じた。しかしそれはうわべだけのことであり、背中には冷たい汗が吹き出していた。かれはおもった。新城め、いったいなにに怯えているのだ。

「はっ、失礼しました」兵は捧《ささ》げ銃《つつ》の姿勢をとった。

「御苦労、新城少佐はおるか」

「御案内――」

「場所を教えろ。それでいい」

兵は隊列の一隅を示した。

待機している部隊の中に、かれの教え子が率いていた剣虎兵大隊と、教え子自身の姿を見つけた。呆れたことに、新城直衛は兵と同様、徒歩であった。

「馬はどうした、新城」つかつかと歩み寄った大賀は驚いてたずねた。「猫を怖がらない馬のあてがつかないのならば、俺の馬を貸してやるぞ。通りひとつ向こうに預けてある」

「馬は嫌いなので、教官」新城はとぼけた声で応じた。二人を見上げた兵どもが一斉ににやりとする。気分が伝わったのだろうか、行儀よく尻を落としていた猫どもが一斉に喉を鳴らした。

「徒《かち》で行進するつもりか」大賀は呆れかえり、ふと、新城が乗馬の不得手な学生だったことをおもいだした。

溜息をつくように大賀はいった。

「かわらんな、貴公は」

「表向きはさきほど教官の仰ったとおり、馬のあてがつかなかったことにしてあります」

新城はかつての呼び方で大賀にこたえた。

「隊司令殿」女としかおもえない愛らしい生物が駆け寄り、新城へ報告した。「尖兵隊長参られました」

「塩野君か。呼んでくれ」

「尖兵隊長、街路斥候《せっこう》より戻りました」

新城と似た年格好の男が新城支隊における配置を口にした。上に着ているのは私物の外套だが、その下には近衛の軍装を身につけている。

「絶好の狙撃点すべてを確認、あやしげな者はおりませんでした。要所要所には兵を残してあります」

「御苦労」新城はさっと頷き、即座にたずねた。「観閲席の周囲はどうだった」

「皇室魔導院の要員が張りついています。こちらが口出しするまでもありませんでした。もちろん、確認はしてあります」

「わかった。塩野君、隊列に復帰してよろしい」

「はッ」

塩野と呼ばれた男は嬉しげに応ずると外套を脱ぎ、道端に何台も止めてある馬車のひとつに歩いていった。傍らに立っていた兵が駆け寄って外套を受け取り、かわりに将校用の大外套と軍帽を差し出した。

「なにを考えているのだ、新城」大賀は抑えた声でたずねた。

「個人副官、もう一度兵を確認しておけ——あちらで話しませんか」両性具有者に命じたあとで新城は兵どもから離れた街角を指さした。二人がそこまであると、待っていたように兵が湯気を立てている黒茶の碗を差し出した。

「だれからだ」受け取った新城はたずねた。

「丸枝中尉殿の御命令であります。中尉殿は隊司令殿の御許可があり次第、全員に黒茶を配給したい、と申されておりました」

「許可する。あまり時間がないぞ、急げ」

「はッ」

「これでは野営とかわらんな」濃く苦い黒茶を一口すすった大賀がいった。

「そのつもりです。そうする必要がありました」新城はあっさりとこたえた。「殿下からうかがっておられるもの、とばかりおもっていましたが」

「まさか貴様、これから動くつもりではあるまいな」はぐらかすように大賀はたずねた。

「動きません、いまのところは」新城は明快きわまりなかった。

「いまのところは」大賀は溜息を吐いた。「護洲が動くとばかり決まったわけではあるまい。駒洲公は明日朝なにかを企んでおられるという噂もある」

「駒城の大殿がすべてを片づけてくだされば安心して戦争ができます」新城は空になった碗の底を見つめていた。

「殿下がえらく気にかけておられるのだ、貴様のことを。新城少佐からなにか報せはないかと」

「いまのところ――」

「また、それか」大賀は兵を手招きし、飲み干した碗を手渡した。「ことを起こすのであればむしろ今夜から明日の払暁にかけてがいいのではないか」

「ただ行動のみを考えるなら確かにそうです」新城はうなずいた。「しかし僕は行動のためにのみ動くわけには参りません――生き残りたい、とも願っているので。たとえ卑怯未練と罵られようと」

「人はだれでも卑怯未練なものだ。ことに戦時の軍人ともなれば呆れるほどに」大賀は鼻で笑った。「ともかく、すぐに動けば皇家と近衛のこれ以上はない後楯が得られる。生き残るためにそれほど役立つものはない」

「確かに。しかし、今日の段階で僕が先に動けば、たとえすべてに成功したとしてもろくなことにはなりません。陛下の御臨席を仰いだ式典の席上、兵を私して動くわけですから。皇家と近衛の後楯とかいうものも長続きはしないはずです。いずれはだれかが考えるようになるからです。あいつは一度悪事に手を染めた。二度しないという保証がどこにある」

大賀は苦笑いを浮かべた。

「もっとはやく片づけるべきだったな。一カ月、いや、一〇日前なら貴様と、あと何人かの兵だけで護洲を排除できた」

新城はさっと唇を歪めたがなにもいわなかった。

「ともかく、俺が口にできるのはここまでだ」

大賀は背を伸ばし、疲れたような顔を浮かべた。

「嫌な役目だったよ」

「お察しします」新城は風邪の見舞いを述べているような声でうなずいた。

「総監部の衛兵は増員できん」大賀は唐突にいった。「場所が場所だ。なにをするにもいろいろと手順が必要になる。だから」

いわずともわかるだろう、という顔をかれは浮かべた。


「自分が知っておくべきことがあるでしょうか」

大賀が去るや否や駆け寄ってきた冴香がたずねた。美貌に微かな不安の影がある。

「大勢に変化はない」新城はこたえた。「親王殿下が子供のように悲鳴をあげているというだけだ。ここまでくるといささか鬱陶《うっとう》しい」

「守原が恐ろしいということですか」

「そして、僕もな」新城はうなずいた。「よほどしっかりと手綱をつけておきたいらしい。無駄なことをする。軍人には正式な命令を与えさえしておけばいいというのに」

「貴顕とは、そうしたものです」冴香はいった。その声に含まれている冷たさが実仁親王だけに向けられているわけではないことに新城は気づいた。

「かれらはあるものをすべて道具として用います。本当にどんなものでも。そうして生き残ってきた。その他に生き残る術《すべ》を知らないのです。かれらの情はあてになりません」

「僕についてもいいたいわけだ」新城は冴香を見据えた。冴香の漆黒の瞳がまっすぐにみつめ返していた。

「あねの書き置きが部屋にありました」

「そのとおりのことがあった。僕も決して嫌々だったわけではない」新城は認めた。

「自分は個人副官です。あなたがどこでなにをなさろうがなにもいえません」冴香はいった。ほっそりした眉の端が痙攣していた。

新城は初めて気づいた。

なにかに耐えている両性具有者ほど美しいものはない。

いや、両性具有者というわけではないか。冴香が、この娘が美しいのだ。彼女があのきょうだいのようになるにはあとどれほどの時間が必要だろうか。あのように熟して欲しくもあり、永遠にいまのままでいて欲しくもある。身勝手なはなしだ。この天下に変わらぬものなどないというのに。それにしても、懸命に心の内を見せぬように努めつつ怨《えん》じる冴香は常にも増して愛らしい。畜生め、こんな時に僕はどうして人じみた考えを弄んでいる。増上慢とはこのことだ。踏みだしたからには歩きださねばならないというのに。

「なんですか」

考えていたことが表情にでてしまったのだろう。冴香はますます柳眉《りゅうび》を逆立てた。美貌は寒けすら覚えさせるものになっている。さすがにまずいかなと新城はおもった（いまさらどうにもならないことだが）。生来の小心さが頭をもたげた。

「詫びてどうなるものでもないのだろうな」

「詫びていただく必要などありはしません。わたくしは直衛さまのものなのですから。どのように扱われても甘んじて受け入れることがわたくしの務めです」

「これからは任務としてしか僕に付き合わないというのか」

「それで、なにが変わるわけではありません」

新城は往生した。女の我儘《わがまま》に付き合うのは嫌いではなかったが、いまの冴香は我儘を口にしているわけではない。始末におえなかった。むろん、戦場であればいついかなる時も自在に回転する脳は協力を拒否している。

諦めたかれはおもったままのことを口にした。

「嫌だ。それでは困る。ただ頭がいいだけならば他に掃《は》いて捨てるほど心当たりがあるし、肉人形が相手では性欲が湧かない」

「……ならば、なぜ」

両性具有者特有の冷静さもついに限界を迎えたのだろう、冴香の瞳は潤み、唇はふるふると震えていた。

先程彼女自身が口にしたとおり、本来ならば新城がだれと交わろうが口を挟む権利などない。個人副官として永久配属された両性具有者とはそうした立場だし、それが種族の生き残りを助けてもきた。

冴香もこれまではなるべくそういったことを考えないようにしてきた。新城のもう一人の情人であるユーリアについてはまだ納得もできた。相手の立場が立場だし、よくよく考えてみるならばユーリアが新城と出会ったのは、自分より先でもある。新城とユーリアはいうなれば色恋を突き抜けたところから交わりをはじめている。面白くはないが、理解できないわけではない。

しかし、自分のきょうだいが相手だとなると――まったく気分が違った。新城の裏切り、清香の裏切りというよりも、自分が蚊帳《かや》の外におかれたことについて猛烈に感情を揺さぶられた。

「君の立場は変わらない。君のきょうだいは相変わらず実仁殿下の個人副官だし、あれはまあ、彼女にとっては任務だった」

冴香は意地悪くいった。表情が柔らかくなっていた。

「任務。その割にあねはずいぶん喜んでおりましたが。そのようなことを書き残しています」

「任務でだれかと寝るなど、娼婦よりもまだ虚しい。そういう気分にならないように努力しただけのことだ」

そういいつつもかれは冴香の変化に気づいていた。安堵の色が見えている。さきほど口にしたことが影響しているようだった。自分はなんと口にしたのだったか——ようやく理解できた。

冴香は清香を同じ立場の競争相手として認識したのだった。そして彼女は新城にちょっとした年上好みの趣味があることを蓮乃という存在によって気づかされている。だからこそ、こうまで感情を昂らせていたのだった。冴香本人も、清香へ大いに憧れるところがあるからに違いなかった。

なんともどうにも、女とはえらく違うものだなと新城はおもった。いや、本当はただの女のようにこそ振る舞いたいのを我慢しているのか。ともかく、そういうことであるならば告げてやるべき言葉はある。

「僕は彼女にたずねた」

新城の言葉に冴香は無言のままだった。

「君はだれの味方か、と」

「あの人はなんと答えましたか」

「迷っていた。僕はそれでいいといった。そしてもうひとつ確かめた。天霧清香は天霧冴香の味方であるのかどうか、と」

「……」

「泣いていたよ。それだけだった。もっとも、理由を尋ねはしなかった。不作法に過ぎるとおもえたのだ」

剣牙虎たちが一斉に尻をあげ、隊列の前方を見つめた。それがなにを意味するか知っている剣虎兵や古参の下士官たちが続いて立ち上がり、網円座を集めて荷馬車へ戻すように怒鳴った。

「ともかく、そういうことだ」隊列の頭から尻までをさっと確かめた新城は背筋を延ばし、表情をつくった。冴香と話しているあいだに自分がずいぶん腑抜けた顔になっていたことに気づいていた。それと同時に、冴香が相手だとどうしてこうなってしまうのかを考えないようにしていた。

「僕がいえることはこれ以上ない。嘘もついていない、とおもう。それでもなお君が赦《ゆる》しを与えてくれないのであれば——仕方がない。一人で嗤《わら》うことにする。もし赦してくれるのであれば……いつもどおりにしたまえ」

いいたいことだけを口にすると新城は振り返らずに歩き始めた。冴香はなおも唇を噛んでいたが、やがて跳ねるようにかれの後を追った。我ながらあさましく感じられるほどに心が軽くなっていた。

どうしてなのかしら、彼女はおもった。よくわからない。もしかしてわたしがそのように造られた生物だからなのか。最低。でも、いい。わからないけれどいまはそれでいい。たぶん、またなにかあるのだろうけれど、いまはいい。なぜってそれはもう――直衛様に罪悪感があると知ることができたから。罪悪感の対象がわたしだから。

そう、わたしひとりだから。

式典の開幕――行進の始まりを告げる喇叭が鳴り響いた。新城支隊から離れつつあった大賀はおもわず背後をふりかえった。

新城とその兵どもは行進の準備を完成していた。金缶は片づけられ、銃は各自の手に戻り、網円座は荷馬車に積み込まれていた。

かれの耳に、新城のうなずきを受けて猪口曹長の張り上げた号令が他の指揮官たちのそれに混じって響いた。

「総員、気ヲ付ケェ！　担《にな》エー、銃《つつ》！」

軍靴の踵が一斉に打ち合わされる恐ろしげな響きがひろがり、銃を肩に載せる硬い響きが後を追った。静寂が戻った。再び喇叭が響いた。

大賀は新城を見た。不敵——というより、この場のいかなるものにも心を動かされまいと決めているような顔を浮かべたかつての教え子は鋭剣の柄へ手をのばし、それをゆっくりと引き抜いた。金属の擦れる寒々とした音が奇妙なほど大きく聞こえた。

隊列の前方が動き始めていた。聯隊ごとに、ひとつの器械のように進み始める。石畳を踏みしめる軍靴の響きが段々と大きくなってゆく。

新城の前にいた部隊が動いた。距離が二〇間ほどあくまで待ち、かれは再び猪口へうなずいた。

猪口特務曹長は大音声を張り上げた。

「新城支隊、前ェーッ、進メッ」

そして、すべてが動きはじめた。

我らに天佑なし

Reason of defeat

ツアル海
(〈帝国〉本土)
エスクラ
ロドノス島
皇海
〈皇国〉
東海洋
アスローン半島
アルス海峡
フォルト海峡
レンストール海峡
マーラカ
フォルト島
カンラン
アルス島
オムス
ローレツ島
レンストール島
オターナ
ルーボフグラード
オルム
オルム湾
オノラ島
オノラ海峡
ストノス島
シンボ島
シンボ海峡
ゴーム島
オンデア
マロツ島
マロツ海峡
リンガラン島
リンガラン水道
サルタ島
アスローン海峡
アントレア島
インナ海
トノム湾
ターリス
オドニス島
ケルヴィック
フィルカナ
エルタ島
セルク海峡
セルク島
ナイエフ
ナイエフ湾
オドニス海峡
南溟洋
イロマンゴ島
N
1 500 1000

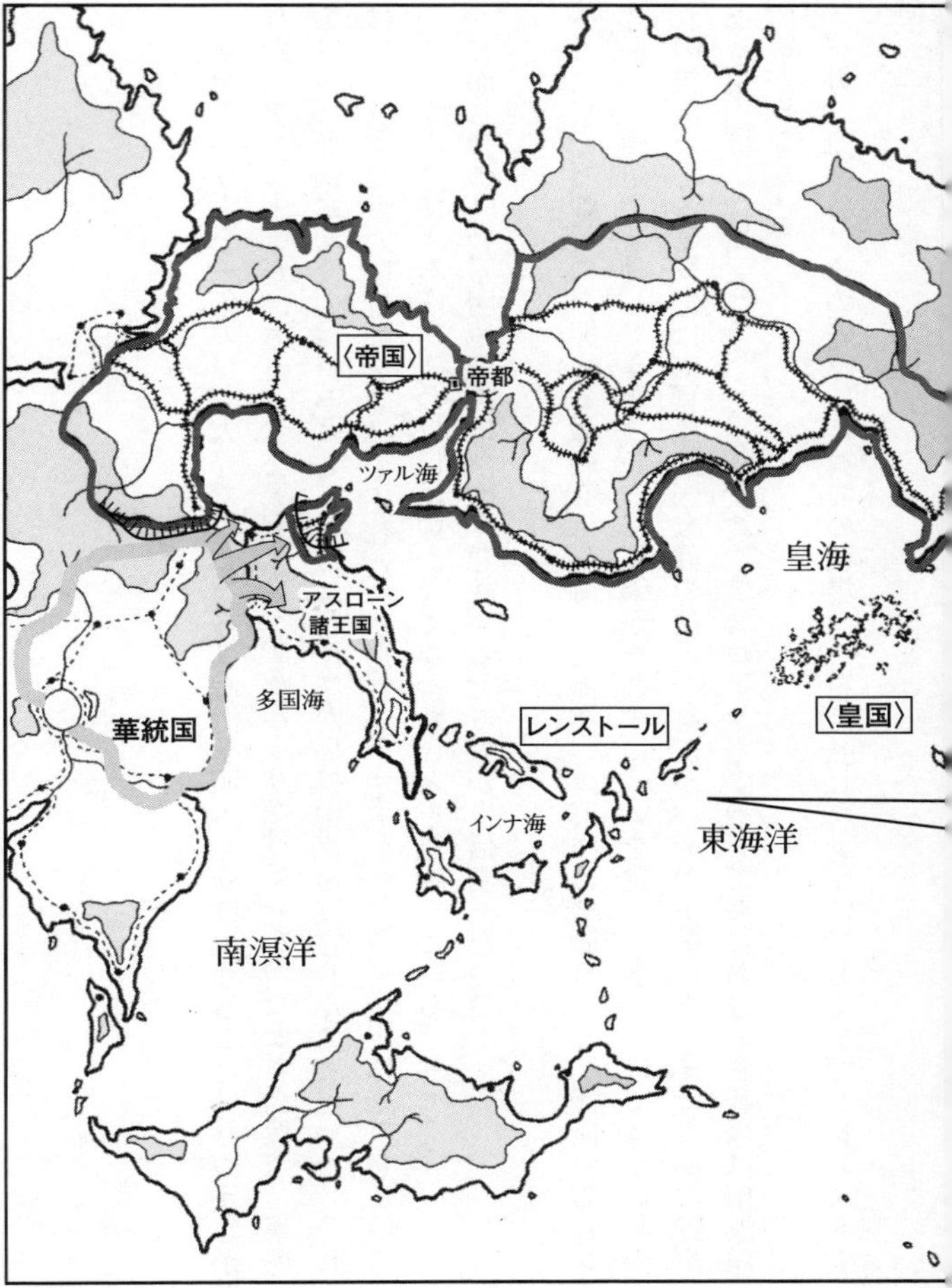
〈帝国〉
帝都
ツァル海
皇海
アスローン
諸王国
多国海
華統国
レンストール
〈皇国〉
インナ海
東海洋
南溟洋

皇紀でいう六三一年の夏、大枠でみるならば戦況を明るく受け止めることはむつかしかった。アスローンだけでなく、〈皇国〉までが敵になりかけていたのだから当然だ。事態をさらに面倒にしたのは恃《たの》みとしていた〈帝国〉が局外中立を宣言したことだった。それは、これまで大いに行動を助けてくれた、〈帝国〉がいまだレンストールに維持しているいくつかの港で黒石を得るわけにはいかなくなったことを意味している。

しかしこの時の刀明徳副将《コモドア》は事態を悲観するどころか自信満々だった。

これまで刀副将の指揮する艦艇群は皇海、東海洋、南溟洋の結節点として機能するレンストール周辺で活動してきた。むろん相手かまわずに戦いを挑んできたわけではない。かれの祖国である華統国は南冥民族国家群の最近の雄だが、その主敵はあくまでもあの野蛮な（〈皇国〉人にいわせると〝元気な〟）アスローンだ。そして海における主戦場は南溟洋北部、多国海だった。

一方、刀副将とその艦隊にとっての戦場は（右で触れたように）あくまでもレンストール周辺海域、主にその北部だ。そこをかけまわり、アスローンへさまざまな物資を運ぶ商船を拿捕《だほ》したり、防備の薄い施設を襲ったりしてきたのである。むろん戦果は上々だった。アスローンは海上交通線《SLOC》を守るため、もともと有力とはいえない艦隊の少なからぬ部分をそこへ投じなければならなくなったからである。そしてそれは、物資不足のみならず、多国海におけるアスローン水軍の戦力不足まで引き起こしたという点で大いに意味があった。おかげで華水軍は多国海の制海権をしばしば掌握できたので、海沿いに大規模な兵力や物資の輸送をおこなえたのである。むろんそれはかつて〈帝国〉が支配しようとしたアスローン北部への侵攻戦を華陸軍が順調に進められた要因ともなっていた。これは成功といっていい。刀副将は帰国後、総兵《リア・アドミラル》に任じられることは間違いなかったし、複雑怪奇な政治遊戯で大きな恨みさえ買わなければ、二年ほど我慢したあとひとつの水師《シアター・フリート》を率いる提督《ヴァイス・アドミラル》になることも夢ではない立場だったのである。

　むろんアスローンは青ざめ、打てる手をすべて打つべく奔走した。

結果として、アスローンは天下の臍《へそ》とでもいうべきレンストールをはじめとする大島群に囲まれたインナ海（華名は因海）における船舶の自由航行をほぼ停止させてしまう。加えて、長年にわたって友好関係を保っている〈皇国〉の支援を要請したのだった。誇り高い、というより鼻っ柱の強いアスローン人にとってそれは泣きついたのと同じ意味を持っていた。

〈皇国〉にとりそれは迷惑な話だった。なにしろ、未だに友好とは程遠い関係である〈帝国〉とにらみ合いを続けていたからだ。しかしアスローンが弱くなりすぎればツァル海の〈帝国〉艦隊主力がレンストールまで展開して〈皇国〉の通商路を気楽に絶てるようになりかねない。かくしてかれらは、

『公海上において海賊行為を為す国籍不明艦艇に対する積極的なる警察活動』

をおこすことを宣言し、インナ海への艦艇派遣を開始した。〈皇国〉は基本的に警察比例の原則をとっているから参戦ではない——というのはむろん口実の類だ。要するに相手が逃げるなら追うし、撃ってくるならこちらも撃つということだから、華統国が通商破壊戦を続けるなら本格参戦するぞ、という脅しである。

これにより、〈大協約〉世界は一挙に緊張の度合いを高めた。〈皇国〉の軍事力はいまやこの天下で有数のものだったからである。かつて〈帝国〉によって国土をなかば制されたこともあり、陸軍への評価は未だに低いが、ささやかに過ぎる規模でありながら通商破壊や新兵器の投入、そして弾力的な兵力運用で他と懸絶する力を有していた〈帝国〉水軍を翻弄した〈皇国〉水軍の勇名を恐れぬ者はいなかったのだ。おまけにこの時期の〈皇国〉水軍は〈帝国〉と真正面から殴り合い、かつすべての海へと伸びた海上交通線を守るために国費が投じられた存在になっていた。各国の態度に影響を与えないわけがない。

事実、これを受けて即座に、といってもいい素早さで反応したのは〈皇国〉の宿敵であ

るといっていい〈帝国〉だった。これまで華統国艦艇にレンストールのいまだ〈帝国〉統治下にある港湾で載石を──黒石の補給を認めてきたし、実際それが華水軍によるインナ海での長期にわたる通商破壊戦を可能にしていたのだが、局外中立を宣言することでそれを不可能にした。それは新たな面倒を抱えこみたくなかった〈帝国〉にとっては正しい決定といえたが、黒石を得られなければ活動を続けられない熱水器動力軍艦にとっては大問題である。要するに、刀副将が気楽に獲物を狩れた時間は終わりを迎えたのだ。

愚か者ではない刀副将は状況の変化に素早く対応した。〈皇国〉の限定的な〝参戦〟、間近に迫った〈帝国〉の局外中立宣言をレンストール最大の港、ルーポフグラードで〈帝国〉の官吏から教えられると、即座に積めるだけの黒石を積み込むのみならず、数隻の〈帝国〉回船を雇ってそれらにも黒石を積み込ませ、あらかじめ指定してあった定期会合点、レンストール南岸のオルム湾へ向かったのだ。かれらがそこに到着した七月五日はすでに〈帝国〉の宣言が発せられたあとでオルム港へ堂々と接岸することはできなかったが、華統国を友好国とみなしている〈帝国〉の植民地官僚たちはその艦艇が錨泊地で錨をいれることに文句はつけなかった。かくして刀副将は七月八日までに配下の全艦を掌握し、それらすべてに給石できたのである。かれが各艦の管帯《キャプテン》を旗艦〈駿海〉に集め、今後の方針を達したのは苛酷な給石作業が済んだ八日夕刻だった。

「われわれはこの海における任務を充分に果たした。よって明日、本国に向けて出航する」

これについては、だれからも異論——いや、質問すらなかったという。なにしろ年中暑苦しいか生ぬるいか、ともかく快適さとは縁遠い海での作戦行動はすでに四ヶ月余り続けられており、艦も乗員もいささか以上にくたびれていたからだ。それに、『戦況がこれを許さざる場合は指揮官の判断にて根拠地へ帰投せよ』というのが出撃前に与えられた命令のひとつでもある。

ただし、どうやってこの海から逃れるかについての疑問は存在していたとみていい。なにしろかれらは戦争に突入した国の軍人で、これまでほとんど損害無しで大きな戦果を掲げていたからである。ただ逃げだしたのでは外聞が悪いどころではない。おまけに、集結した刀副将麾下《きか》の兵力——世に華水軍因海艦隊の通称で知られる——はそれなりのものだったこともある。

・襲撃巡洋艦《アサルト・クルーザー》（甲巡、襲巡）

〈洋駿〉（旗艦）

〈保南〉

〈沖狩〉

〈烈征〉

＊以上はすべて〈洋駿〉級

・捜索巡洋艦《ハンティング・クルーザー》（乙巡、捜巡）

〈海景〉

〈望洋〉

〈視遠〉

＊以上はすべて〈海景〉級

いずれも過去五年以内に就役したものばかりで、脚も速い。陣形を組んだ時の編隊最高速力は毎時二〇浬以上にもなる。直接的な意味での戦闘力、すなわち砲力も頼もしい。襲撃巡洋艦はいずれも一〇五斤砲（通称近一貫砲）を主砲として一〇門装備していたし、捜索巡洋艦は射撃速度の高い一八斤砲を一〇門装備していた。

戦略的環境が変化したからといって、これだけの兵力がただ本国へと逃げ戻るのはどうか。因海艦隊の管帯たちが抱いただろうそうした疑問は、刀副将においてはより深刻な面を持っていただろう。帰国してからの自分についてを考えねばならない立場だったからである。いかに軍命へ従っているとはいえ、このまま帰れば怯懦《きょうだ》なりと非難されるだろうし、一戦を求めたあげく大きすぎる損害を被れば戦略を理解できない猪武者と罵られるだろう。

いずれもかれとかれの率いるべき未来の華水軍にとっては好ましくない。

しかし、刀副将が示した方針は本国にいる小うるさい連中すらも納得させうるものだった。

「わたしはこれで諸君を、そして祖国を充分に満足させられると判断している」

そう断言したかれの態度は、戦前から華水軍でもっとも実戦に向いた指揮官という評価を受けてきた人物にふさわしかった。

真宇衛泰辰〈皇国〉水軍代将《コモドア》、もう数日で〈大協約〉世界の水軍史に名を刻むことになるかれは、このときまだ冴えない艦艇ばかりで編成された小さな艦隊《フロッティラ》の指揮官というだけの存在だった。ちなみにかれが率いていた部隊の名は南冥方面特設戦隊という。そんな長たらしい名前は誰も口にしたがらないため南特戦と通称されるこの部隊の現状は、〈皇国〉が南溟洋で起きていた事態について抱いてきた関心の度合いを教えるものだった。

数は五隻。駆逐艦はふくまれていなかったが、まだ軍艦が黒石を燃料として動いていたこの時期においては当然だ。

駆逐艦は速力が高くても積載できる黒石の量が限られていて、大洋で行動できる時間が短い。作戦行動を継続させるためには黒石を得られる載石港を確保するか、洋上の適当な位置に給石船を配備する必要があるが、大洋へと乗りだしていくにあたってはいずれも問題があった。

〈皇国〉水軍は過去の経験から、制海権確保と通商保護及び破壊が水軍の主な任務であると承知している。この時代の技術でいえば前者は戦艦（かつての戦列艦の末裔《まつえい》）であり、後者は駆逐艦を払いのける程度の砲力と駆逐艦の砲撃を払いのける程度の防御力を与えられた軽装高速艦である巡洋艦だった。翼をひろげて飛ぶ亜龍を搭載した龍巣母艦（龍母）はいまだに哨戒／索敵／防空（対龍）兵器としては重視されていたが、兵器としての総合的な評価は低下している。攻撃力が低すぎるからだ。所詮は生物なので運べる武装に限りがあるし、軍艦は頑丈さを増す一方なうえ、対龍兵装が発達してきたため、亜龍運用は面倒のみ多いものになってしまったのである（よって、搭載する亜龍の数が少ない龍巣巡洋艦は造られなくなってしまった）。天龍ならば事情は違っていたかもしれないが、人の争いに直接かかわらない〈大協約〉という後楯を持つかれらの方針はいまもなお健在だった。

いや、仮に天龍が共に戦うようになっても、導術面以外では亜龍と大差なかっただろう。かれらもやはり生物だからだ。人の戦いにもっとも深くかかわった天龍である坂東一之丞《ばんどういちのじょう》の事例からも明らかなように、かれらはただの銃撃でも負傷してしまう。

そうしたわけで、この時期の〈皇国〉水軍は概略以下のような兵器体系をとっていた。

制海権確保の中心は戦艦。

海上交通線（海上通商路）の維持と敵交通線の破壊、すなわち通商破壊戦には巡洋艦。駆逐艦は根拠地近海で多様な任務に投入。むろんこの他に龍形水雷──龍雷や、潜伏水雷──潜雷と呼ばれる兵器も一般化している。

水軍の主任務同様、かつての〈帝国〉との戦いで明らかになった情報の重要性についは次のような形になっていた。

長距離哨戒には飛行船。

短距離哨戒／索敵には龍母。

むろん導術はいまもなお重視されている。なにしろ哨戒／索敵においても有効なうえ、通信手段《コミュニケーション・デバイス》としても機能するのだから当然だ。ただし『人』に頼る限りは不安定さから逃れ得ないものであるのも事実だったから、新たな技術に基づく手段も開発されていた。雷波通信──雷信だった。機械的な手段で発生させた雷気が天に波を飛ばすことがわかったために実用化されたものだ。これを使えば導術士はいらないが、光帯の下では得体のしれない雷波を拾いすぎて使い物にならないこともあればとんでもない場所から放たれた雷波をくっきり拾える事もあるため、導術とはまた別の意味であてにならない面を持っている（むろん当時の話。これは天象・密理研究の進歩により、やがて旧時代的な意味での導術利用にとどめを刺すものへと変わる）。また雷信を拾うには高い位置に天雷器《アンテナ》（線状のものは線型天雷器、線天器と通称される）を備える必要があるが、これは戦艦級の艦でどうにか遠達逓信手段としてものになるといった程度で、巡洋艦以下では遠隔地から直接本国とやりとりすることはできない。その点では導術の方がよほどましだったが、船につきものの動揺は導術士の、遠距離とのやりとりに必要とする集中を邪魔するらしく、またその種の集中下にある肉体は船酔いになりやすいこともあって、やはり確実な遠達逓信手段とはいいかねた。もちろん海底に雷線を敷設して雷線づたいに雷信を送る方式も考案されたが、敷設してみると大きな問題のあることが判明した。水龍どもが海中の雷線で遊ぶのだ。むろん仕舞いには引きちぎってしまう。各国で行われていた実験はそれによって大抵諦められてしまい、現在は、水龍が嫌う海中雷線をつくりだそうとするあまり心躍らない研究がいくつかの国で行われているぐらいだった。

以上、〈皇国〉水軍の戦略的発想とその下で構築された兵器・技術体系についてごちゃごちゃと触れたのは、それらが真宇衛代将と南特戦の運命に大きな影響を与えたからだ。

南特戦は港や給石船へ頻繁に頼らずとも行動できる艦、すなわち——

・襲撃巡洋艦

〈伏龍〉（旗艦）

・捜索巡洋艦
〈末宮〉

〈貝津〉

〈浪代〉

〈中海〉


が配属されていた。それなりの戦力に見える。が、実態は違った。

たとえば捜巡はすべてが艦齢二〇年ほどの老朽艦ばかり。理由は簡単で、本来は〈皇国〉・アスローン間の、平時の海洋通商路保護をおこなうため、〈皇国〉が領土として手に入れたレンストール西北近海の島、フォルト島の根拠地から活動していた哨戒戦隊だったからである。普段は軍事行動ではなく救難活動が主、軍艦としての機能は脇に置いた役割を果していた。

なお、真字衛代将が将旗を掲げた〈伏龍〉だけがより強力で石数も大きな襲巡であったけれど、〈伏龍〉は古くも弱々しくもないかわり、乗員の方に問題を抱えていた。兵部省の、数字を扱うのは得意でもその意味を自分で考えることのできない官僚が底の浅い帳《ちょう》面《づら》合わせをしたおかげで、新兵教育機関である水兵団からそのまま送りこまれた練度の低い兵が多かったのだ。同様に下士官は術科学校の初等科教育を済ませたばかりの連中だったし、士官は将校席次《ハンモック・ナンバー》の真ん中辺り、すなわち毒にも薬にもならない者が多かった。要するに国の見栄として配備されていた事実上の練習艦だったのである。

ちなみに真宇衛代将も似たようなものではあった。身体は大きくも小さくもなく、美男でも醜男《ぶおとこ》でもない。大言壮語はしなかったが沈思黙考という質でもない。この時代の水軍軍人として珍しくもないが、実戦経験もなかった。将校席次も中の下というところだ。嫌われも憎まれもしていないけれど、高い評価を受けたこともない。要するにおもしろみのないほどほどの人物として遇されていた。

だが、そんなかれは問題だらけの戦隊を率いてインナ海での〝警察活動〟を実施せよという命令を与えられた。残された記録をみる限り、かれがその点についてなにがしかのためらいを覚えていた様子はない。

しかし、任務の危険性については充分に認識していたようだ。敵として考えねばならない因海艦隊の方がどう見ても強力だったからだろう。ことに、実戦の洗礼を受けた新鋭襲巡が四隻もいることについて、絶望的な気分すら抱いたはずだ。

まともに戦えば勝てるわけがないのである。〈伏龍〉は一八〇斤砲（近二貫砲）を備えていたけれど、その砲数は二門に過ぎず、実は発射速度も高くない。おまけに砲員の技量も未熟だから、発射速度だけでなく命中率にも期待できなかっただろう。そしてもちろん捜巡は襲巡とやりあえば鎧袖一触《がいしゅういっしょく》にされる憂き目をみる。仮に因海艦隊が分散していて、単艦行動しているその襲巡と出くわしたとしても、かなりの覚悟をして戦わねばならない戦力差だった。事実、後に公開された水軍資料によれば、真宇衛代将は増援の派遣について早急に対処されたい、という意味の逓信を水軍統帥部へ送っている。

それだけを素人が目にするといかにも水軍統帥部の判断に問題があったようにおもえて、「いつも現場を苦労させて」と罵りたくなってくるが、かれらはそこまでわかりやすく愚かだったわけではない。現実には警察活動を宣言する以前に真津軍港にいた第三一急撃戦隊を出撃させている。この戦隊は新鋭の〈千早〉級戦闘巡洋艦（戦巡）四隻からなっていた（同級は非公式には『猫型』とも呼ばれた）。戦巡という艦種はすなわち軽防御高速戦艦であるから、むろん四隻程度の襲巡などものともしない。加えて、練習航海の一環としてフォルト根拠地にむけて給石船団の〝護衛〟として航海していた旧式練習戦艦〈守瀬〉も南特戦指揮下とする旨、発令していた（たとえ旧式でも戦艦が襲巡に負けることはない）。大わらわそのものだが、打てる手は打っていたのだ。むろんこれらの決定は真宇衛代将にも伝えられている。

ただしそれは真宇衛代将の気分を別の意味で暗くしたはずだ。新鋭戦巡はなにしろ本国からやってくるから、巡航速力で駆けてきてもフォルト島へ達するのは二〇日以上あとだ（距離と搭載した黒石の量からいって、それ以上は急げない）。〈守瀬〉はもっと早いだろうがやはり五日以上はかかるはずだった。もともとかかわるつもりのなかった戦いへいきなり引きずりこまれたものだから、これはかりはどうしようもなかったのである。

ただし、真字衛代将と南特戦の運命を定めたもっとも重要なものは、目に見える戦力上のあれこれではない、ともいえた。

かれは警察活動を達せられると同時に戦隊へ出撃準備を命じていた。なぜならば、かれの受けた命令は、

『至急出撃準備を完成し行動を開始せよ。海賊的にふるまう艦船すべてを警察活動の対象とすべし』

という内容だったからだ。〈皇国〉水軍将校ならばこれをどう解釈するか。

『ただちに出撃、敵艦を捜索撃滅せよ』

――以外にはありえない。真字衛代将の判断もまさにそうだったとおもわれる。なぜなら、かれがフォルト根拠地隊を経由して本国へ最後に送った逓信は次のとおりだったからだ。

『既命に従い南特戦はただちに行動を開始す』

これをどう受け取るべきかは、人によって違いがある。

たとえば軍を嫌う者は、軍人的な硬直した思考のあらわれだとして非難してきた。一方、いくらかでも水軍を知る者はこれぞまさに水軍将校である、と賞賛を惜しまない。実は同じ貨幣の裏表なのだが、ともかくそう分かれてしまう。はっきりしているのは「ほどほ

ど」の指揮官に率いられた問題山積の戦隊が、優勢なことが明らかな敵を求め七月六日にフォルト島の根拠地カンラン港を出撃した、という事実だけだ。

光栄ある逃亡を目指す刀副将の示した作戦目的《エイム・オブ・オペレーション》は素人目にも明らかなほど大胆かつ効果的なものだった。彼は艦隊を北西に進め、インナ海北部のアスローン東岸部を襲おうとしていたのだ。そこにある港、オムスが作戦目標《オブジェクティヴ・オブ・オペレーション》だった。夜間、高速で突入し、潜雷の敷設水域を避けながら在泊艦船や港湾施設へ艦砲射撃を加えたのち闇へと消える。回船の航行禁止措置によりオムスは逃げこんだ回船で埋まっているはずだから戦果は期待できるはず、そういう計画だった（かれにはオムスにアスローンの有力艦が在泊していないことがわかっていた）。見事な計画といっていい。たしかに大胆ではあるが、不可能ではないどころか、情報分析に基づいた堅実さすら備えていた。おまけに多数の回船を一挙に屠《ほふ》ることが可能だ。成功裏に展開した通商破壊戦の締めくくりとしてこれ以上のものはない。

むろん〈皇国〉水軍についても検討はされていた。仮に南特戦があらわれても余裕をもって払いのけられる、と判断していたのだった。そしてそれは艦船数やその能力という視点からはまったくの事実であった。

かくてオルム湾を出撃した因海艦隊は指揮官の計画どおり、毎時一四浬の速力で北西へとひたはしった。陣形は捜巡三隻の横列を龍巡四隻の単縦陣、その前方へと配した巡航警戒陣形だ。

一方、出撃した南特戦は真字衛代将の指示した全艦横列の哨戒陣形をとって南下していた。むろんこれは因海艦隊の現在位置について情報が少なすぎたからだ。なお、このとき南特戦側が亜龍、飛行船、導術といった捜索手段を用いなかったことは非難するにあたらない。

かれらはそれを使う事ができなかったからである。

〈皇国〉の亜龍はいわゆる北方種だ。インナ海のような暑い地域ではすぐに疲れ果ててしまう。さらにこの時期はまだどう対処すべきか療術的な結論が出ていなかった龍種の罹《かか》る風土病にも弱かった。

飛行船は本土周辺の哨戒網構築にまず充《あ》てられており、フォルト島には配備されていなかった。

導術士は乗り組んでいたが、かれらはすぐに疲労してしまうから、敵情がわからなすぎる状態での濫用はできない。

つまり南特戦は各艦ごと約三〇浬の幅を持つ横列（捜索列）をとって敵をもとめざるをえなかったのだ。おそらくこの段階で将兵は自分たちの避けがたい運命を悟っていたに違いない。しかしかれらが臆していたという証拠はどこにも残されていない。むろん人であるからには、心中さまざまなおもいがあっただろう。しかし南特戦各艦は別段問題なく進みつづけた。すなわちかれらは避けがたいものを従容として受け入れていた、ということになる。事態を理解できていないものも無数にいただろうが、全体としてはある決意のもとにあった、と見做《みな》しても嘘にはならないだろうとおもわれる。

水平線上に幾条もの煤煙が立ちのぼっているのが発見されたのは七月九日第一八刻（この頃すでに水軍は二六刻の刻時表記を採用していた）過ぎだった。それを右舷艦首側に発見したのは最右翼を進んでいた捜巡〈末宮〉。報告は導術ではなく旗旒《きりゅう》信号で逓伝《トランスミッション》され、すぐに捜索列の中央を進む旗艦〈伏龍〉まで伝えられた。真宇衛代将は戦隊の針路をそちらに向け、煤煙の変位を推し量ると、艦首を右に、つまり西北西へと向けた。敵の方が優速である可能性が高いので、早めに針路を変え、予想針路上で頭を抑えようとしたのだ。同時に真宇衛代将は、

『導術使用自由』

の命令も出している。この効果は大きかった。第一八刻半過ぎには煤煙の主が因海艦隊であることが特定され、襲巡数隻を含む六隻、という情報まで得られたからである。おかげで各艦のもっとも術力の高い導術士は疲労により交替、ということになったが、ここまでわかればもう導術は不要といっていい（すでに目視による艦影と梅屋水軍年鑑との照ら

し合わせも行われ、艦級や武装も確認されていた）。真宇衛代将は即座に、

『集まれ』

という信号を掲げ、旗艦先頭の単縦陣を形成させた。単縦陣の完成はすでに暮色の濃い
——というより夜の一歩手前の第一九刻過ぎ。戦闘開始に向いた時間とはとてもいえなかった。しかし、かれらは敵を見つけてしまったのである。

なお、このあとに真宇衛代将が下した命令については、当時も、そののちも、そしていまも批判するものがある。夜を待つべきだった、というのだ。むろん導術夜襲をおこなうべきだった、という意味での批判だ。

確かに導術で捉えた目標へ夜襲を加えるのは有効である。この時期、〈皇国〉以外の水軍における夜襲対策は探海灯《サーチライト》照射下での反撃ぐらいしかないからだ。

しかし真宇衛代将が指揮していたのは新鋭の大艦ではなく練度が低いか古いかの巡洋艦群だったことを忘れてはならない。導術夜襲に必要な術力・練度ともに高い導術士など南特戦にはいなかったのだ。できないことを企むわけにはいかない。

ならば、と語られる定番の非難もある。勝てるはずがないのになぜ戦いを挑んだのか、というものだ。

『水軍将校』という意味での理由は先述したから、ここではより実利的な理由を考察しておく。

南特戦は〝海賊行為〟を終わらせなければならない。それが作戦目的である。そのためにはどうすべきか。

相手に損傷を与えること、それ以外にない。

なぜならばそれらは根拠地を遠く離れて行動しているからだ。損傷した場合、通商破壊戦の継続はおろか、航行すら難しくなる可能性もある。それだけでも任務を果たしたといえるのだから、たとえ相手を沈められなくても、戦いを挑む意味はある——真宇衛代将はそう判断したとしかおもえない。その根拠として、単縦陣の完成後にかれが発した命令がある。

『我らに天佑なし。敵戦力は絶対的優位にありと認む。されど戦隊は只今より断然これを攻撃す。我に続け』

むろん、〈伏龍〉の後檣には運動旗が掲げられた。南特戦各艦は熱水気の圧をいっぱいにあげて白波を蹴立てた。

因海艦隊側でもこの頃には南特戦を発見していた。予想していたとおりの、勝てる相手だと判断した刀副将は陣形整頓を発令し、増速して南特戦へと迫った。頭を抑えられないように左舷へいくらか変針したから、同航の態勢になる。火蓋が切られたのは距離が一五浬ほどになった第一九刻三尺、アスローン南端部の東に浮かぶサルタ島の東方二〇浬海上だった。

実はこの点でも真字衛代将は批判されることがある。なぜならかれが将旗を掲げた〈伏龍〉の近二貫砲は二五浬程度の射程を有していたからだ。当たる当たらないは別として、先手をとって敵を混乱させるべきだった——その種の指摘は正しいが、間違ってもいる。この段階で〈皇国〉はまだ参戦しておらず、警察活動として行動していたからだ。つまり警察比例に従わねばならないので、相手が打つまでは発砲できなかった。これでは敵より遠くから打てる砲があっても発砲はできない。真字衛代将が無理をして導術と雷信で同時に、そして平文で発信したとおもわれる内容から、かれがそれをよく理解していたことがわかる。

『南特戦は警察活動中、海賊行為のため行動中とおもわれる華統国艦艇より害意明白、かつ猛烈なる発砲を受く。我、これより応戦す』

かれはあえて敵に先手をとらせたのである。かくして『サルタ沖海戦』と名付けられることになる戦闘が始まった。

陣形そのものは南特戦の方が整っていたようだ。これは諸々問題があったとはいえ、〈皇国〉水軍の将兵教育の方が優れていたためとみていいだろう。

一方、因海艦隊側は陣形の整頓に失敗している。

三隻の捜巡は刀副将の命令があり次第、最大戦速へと加速しつつ〈海景〉を先頭とした単縦陣を形成することになっていた。これはもちろん港湾襲撃を考えたものだ。針路上に潜雷があるなら捜巡へ先に当たれば、ということを意味する。この時のように外洋で敵艦隊と遭遇した場合はともかく単縦陣を組んだあとで突撃、あるいは回避の機会を待つ。刀副将はその点厳密に統制するつもりはなく、捜巡群の最先任将校（先任艦長）である〈海景〉の恒廉体管帯《キャプテン》の判断に任せるつもりだったらしい。が、現実には捜巡〈望洋〉が先に出すぎたため先頭を〈海景〉と争うような形になり、ついには捜巡三隻は団子のようになった。無様といっていい。

しかし、砲撃は違った。

襲巡〈洋駿〉級は近一貫砲を艦首と艦尾の単装防護全周砲塔に、そして両舷に各四門を天蓋附防循式単装砲座として備えていた。艦首・艦尾砲塔は艦の軸線上にあり、そして左右舷側の砲（側砲）は各舷ごとに軸線に対する平行がとられている。

片舷に向けられる数だけみれば六門になるが、前後砲塔と舷側では射撃に用いるさまざまな要素がことなってくるから、いきなりの斉射は無駄弾をばらまくだけになる。よって砲撃は艦首・艦尾砲塔の二門、次に片舷の側砲四門という交互の射撃とされていた。まず艦の軸線に並べて備えられた艦首・艦尾砲塔が発砲し、その弾着について見定め、敵艦について発砲前の観測と計算によってさだめた方位・距離という数値がどれほど正しかったかを確認する。で、必要ならば修正を加えて再び発砲。弾着がこれでいいとなれば、その数値へさらに側砲用の修正をおこなってから側砲四門が発砲するわけだ。

華水軍はそうした射撃の水準が高かった。理由は〈帝国〉水軍からの技術導入、あるいは〈皇国〉の研究機関から盗み出した研究からではないかと当時はいわれていたが、いずれも真実からは遠かった。

砲弾を命中させるには、目標の弾着時における未来位置を掴む必要がある。むろん導術でも時空は越えられないから、計算でそれを求める必要があった。

順番としてはまず方位（未来方位）が必要になる。現在の方位は見えているから、弾着時、そこからどれほど方位（角度）が変わっているかを知らなければならない。その計算は実に面倒だ。なにしろ彼我共に動いている。しかしその計算結果を素早く出さないと方位は合わない。

この時期の各国水軍では砲術長などが図面にあれこれ書き込みつつ計算をしてそれを求めていた。〈皇国〉水軍でもそうだ。砲の発射速度、艦の速力などはあがる一方だったからそんなやり方では追いつかないという意見も多く、〈皇国〉では計算が可能な機械も開発されつつあったが、サルタ沖で火蓋がきられた時点ではまだ配備されていない。

なお、距離についてもさまざまな計算が必要となるのは同じだった。やはり弾着時の距離を予想しなければならない。そのためにはこうであろう、と判断される距離の変化率を出し、それを測距器《レンジファインダー》（まだ大規模な測距儀はなかった）などから導きだした現在の距離とあわせて計算する必要があった。

一方の華水軍もこうした計算が手作業なのは同様だった。

しかし、その手作業にあたる『人』が違った。

かれらは国内から暗算の天才を集めて訓練し、計算の専門員として各艦へ配属していたのだ。ちなみに落ち着いて暗算ができるようにと、戦闘中は分厚い鋼鉄や詰め物などで周囲と遮断された計数室に入れられる。かれらはそこで観測員の伝えてきた数値を数式にあてはめて暗算した。結果は有線雷信器によって艦橋の射撃指揮所に送られる。これは欠点といってよいかもしれない。雷信器で伝えられる情報とは結局のところ『音』になっているからだ。雷信器、伝声管、伝令——手段はともかく、この時期、『音』を用いるかぎり、砲戦中は敵味方の砲声やら爆発やらでそれはうまく聴き取れないものとなっていた。破壊を目的とした音響はそれだけ大きくせわしなく生ずるようになっていたからだ。

ちなみに〈皇国〉水軍では一種の有線雷信装置である数量伝達器《トランスミッター》をこの種のやりとり、たとえば砲術長から各砲への指示に使用してこの問題に対処していた。むろん『音』は使わない。射撃指揮所で数字盤へ数値を打ち込むともう一方では表示盤の歯車によって実際に数字が記された数字器が回転し、入力された数値を示す、というからくりだ。
ともかく計算も伝達も面倒なことこのうえなかったのである。で、計算は華水軍が、伝達は〈皇国〉水軍が勝っていたのだった。

華水軍の手法について話を戻すならば――かれらの龍巡以上の艦には最低二人は暗算の天才が乗り組んでいたとされる。一人は方位変化量、もう一人は距離の変化率などの担当だったようだ。因海艦隊の砲術技量が南特戦より高かった背景にはこうした仕組みがあった。

なお、〈皇国〉とアスローンが華水軍のこのやり口に長く気づかなかった理由は、それがかれらの考える軍事的常識からあまりにもかけはなれたものであり、同時に華水軍がさまざまな防諜対策をとっていたからだった。

たとえば――天才たちが押し込められた計数室は戦闘開始と同時に閉じられ、外側から鍵がかけられてしまう。そしてそれは中からはけして開けられない。そして、もし艦の沈没が必至となった場合も機密保持のため、開けられることはない。そのまま艦と運命を共にすることになる。降伏する場合もありえるが、そのときは担当将校が特別な弁を開放して計数室内へ高圧海水を充満させることになっていた。充満すると、室内床部に設けられた艦底下の海中へ通ずる直径一間ほどの排水管につながる大蓋が水圧で外れ、海水とともに室内のものすべてが海へと排出されるからくりだったらしい。なお、後の研究によればこのとき〈洋駿〉に乗り組んでいた二人の天才は家名未詳の美明と花蘭という名の美少女たちで、普段は歌で乗員たちを慰労しており、彼女たちの歌に力づけられたからこそ因海艦隊、ことに〈洋駿〉の士気は高かったという話もあるが、真偽のほどはさだかではない。おそらくは空想の類いであろう。

空想についてはともかく、〈皇国〉人にはとても真似できない方法で砲戦上の優位を得ていた因海艦隊はこの時も見事な射撃ぶりを（ことにその緒戦で）示した。

最初に発砲したのはむろん旗艦〈洋駿〉だった。

おそるべきことに、彼らの初弾は〈伏龍〉の艦尾半浬ほどの位置へ落下して水面で炸裂し、水柱とともに弾片をまき散らした（この時期の艦載砲は通常弾——榴弾が多用されていた）。

真字衛代将は青ざめたかもしれない。そのような位置へ敵弾が落ちるということは、敵が距離を正しく摑んでいることを意味するからだ。あとは方位を手直ししてしまえばいい。だからだろう、〈洋駿〉は側砲ではなく艦首・艦尾砲塔へ新たに装塡した弾をまた放った。

二発の砲弾は〈伏龍〉の前後海面に着弾して新たな水柱をあげた。外れたわけではない。暗算の天才たちが観測結果を受けて新たにはじき出した方位と距離が正しいかどうか、あえて目標を挟むように射撃して確かめたのだ。前後に落ちたということは正しさが証明されたといっていい。

刀副将もそう判断したらしい。なぜなら、第二射を放ってから数点のちに、側砲四門が一斉に発砲したからだ。射弾は見事に〈伏龍〉を囲みこむように着弾し、水柱と弾片で艦を包みこんだ。〈洋駿〉は〈伏龍〉を捕捉したのである。後は方位と距離の変化する度合いが変わらないかどうか気をつけつつ、ひたすら発砲を続けるだけだった。むろん、雷信で〈洋駿〉のつかんだ数値を受け取った後続する〈保南〉、〈沖狩〉、〈烈征〉も自艦に乗り組んだ天才たちによる修正値を加えて発砲を開始した。

水柱の壁、弾片と爆風の嵐の中を進むような状態になった〈伏龍〉艦内がどうであったのか、詳しく知る術はない。おそらく無防御部分は切り刻まれ、艦内では戦死者や負傷者が続出しただろうが、これも海戦の常識から導いた想像というだけである。

はっきりわかっているのは、いつ被弾するかしれない状態で忙しく舵を切った〈伏龍〉が因海艦隊へさらに近づこうとしたことだけだ。主砲である近二貫砲は発砲しなかった。むろん真実はわからないが、この点については有力に感じられる推測がある。

変針したのはむろん敵の狙いから逃れるためだったろう。方位と距離についての計算を難しくしてしまえば被弾率は低くなるから当然といえる。つまり敵から離れるように変針してもいいことになる。

しかし〈伏龍〉は近づいた。その主砲は因海艦隊側よりも遠距離で効果を期待できるのだから、これは奇妙だ。

しかしこの点が〈伏龍〉の状態を想像させる材料となってくれる。

敵に先手をとらせたのは警察活動の制限にあわせた意図的なものである。しかし、打たれたあとも発砲しなかった理由は説明してくれない。そして〈伏龍〉は、遠目には無傷のようにすら見えていた。

しかし実際には硝煙の溶けこんでいる汚れた海水のみならず、無数の弾片まで浴び艦が傷だらけになっていたのは間違いがない。そして激しい揺動や飛びこんできた弾片が影響を与えるのは人だけではない。

後に水軍艦政本部がおこなった研究では、〈伏龍〉の艦内属具の配置――ことに雷線の配置などに問題があったのではないか、という結論がだされている。雷線《ケーブル》は覆管《パイプ》の中をはしっていたが、覆管が薄すぎ、ちょっとした弾片でも雷線ごと引きちぎられてしまうことが実験で確かめられたのだ。おそらくそういったことが起きて、数量伝達器が機能しなくなったのではないか。数量伝達器は数値だけでなく装塡や発射の命令も伝えるから、近二貫砲の砲員たちは届くはずのない命令を待って虚しく時を過ごしていたのかもしれない。でなければ、強力な主砲を一度も放たないまま優勢な敵へひたすら近づこうとした〈伏龍〉の行動、その説明がつかない。航跡図を描いてみると、その行動は明らかに副砲、そして龍雷による戦闘を意図したものと見なせるからだった。真字衛代将はそれに素早く気づき、敵艦隊へ近づくよう命じたのかもしれない。副砲や龍雷なら近づいてしまえば独自に照準をつけて戦うことができるからだ。

しかし、距離が縮まるということは、主砲、この場合は敵のそれの命中率も上昇するということを意味する。

砲の仰角は水平へと近づき、距離が計算を必要とするほど変化する前に弾が届くから暗算の天才たちも不要になる。見えたまま打てばあたるようになっていく。

事実、最初の被弾は砲戦が開始されて一尺ほど、彼我の距離が八浬ほどの距離で発生した。

〈伏龍〉の後甲板に閃光が生じた。それが消えると、艦尾主砲塔が半壊し、そこから炎が噴きだすのがわかった。弾庫誘爆による爆沈必至——誰もがそうおもったが、炎はすぐに消えてしまう。弾庫への応急注水が成功したのだろう。大被害のもとでも、冴えない将校、経験の浅い下士官、そして子供のような水兵たちが任務を果たしつづけていた証といっていい。

だからだろう、〈伏龍〉は被弾後も怯《ひる》まなかった。艦尾主砲塔を砕かれ、あちこちを穴だらけにされつつも、煙突から濛々《もうもう》と煤煙を吐きだしながら突進を続けたのである。〈伏龍〉が発砲を開始したのは距離が六浬近くになってからだ。発砲炎をきらめかせたのはむろん主砲ではなく片舷ごと八門が備えられた副砲、五〇斤単装砲だった。いかに五〇斤の豆鉄砲とはいえ六浬で射撃開始とは我慢しすぎだとおもえるが、致し方ない理由が存在した。もはや海上はほとんど夜だったのだ。敵艦の発砲炎、星々と光帯のきらめき。敵艦へ狙いをつける材料としてはその程度のものだったらしい。少なくとも〈伏龍〉については探海灯も導術士も使える状態になかったとおもわれる。被弾などで両者とも失われていたのだろう。

苦闘の中で放たれた五〇斤砲弾のうち一発はいきなり目標を捉えた。〈駿海〉の右舷艦尾に命中し、艦体《ハル》の無防御部分であるそこの薄い鋼鈑を易々と穿貫《パーフォレート》したのだ。榴弾であるから炸裂は穿貫とほぼ同時に発生した。

〈駿海〉の艦尾舷側にあいた小さな孔から黒煙が噴きだす。榴弾だから奥深い部分まで穿入《ペネトレート》はしていないが、命中部分の舷側鋼鈑は裂け、艦内にも破壊が及んでいた。

旗艦の発砲開始は射撃開始の合図でもあるから、〈伏龍〉に続く捜巡四隻も発砲を開始した。いまや艦影の見分けすらつかず、闇の濃さが煤煙と硝煙によってどんどんと増している海上で、戦いはますます激しいものとなっていった。

南特戦にとっての救いは捜巡群の探海灯が生きていたことだ。

本来、夜戦時の探海灯照射はもっとも大きく強い艦が担うことの多い、旗艦の任務だ。これは当然の話で、闇夜で灯りをともせば集中射撃の的にされるから頑丈な艦でなければそれに耐えられない。しかし使用可能な探海灯が残っていなかったらしい〈伏龍〉は役割を果たせない。

だからだろう、捜巡群で最先任艦長だった松屋吉野助少佐の指揮していた〈末宮〉が探海灯を使用した。真字衛代将から命令があった様子はないから、おそらく独断で旗艦の任務を肩代わりしたのだろう。

それは意味のある行為だった。なぜなら、〈伏龍〉の副砲群、そして捜索巡の主砲群（これも五〇斤単装砲だった）は〈末宮〉の照射を頼りとして、敵艦への狙いを定めたからだ。おまけに数量伝達器が復旧したのか砲長が独断で砲側照準による射撃を決めたのか、〈伏龍〉の艦首主砲塔も旋回し、火蓋を切った。このとき彼我の距離は三浬ほどになっていた。近二貫砲にとっては仰角など無用の距離だ。五〇斤砲もよほど当たりやすくなっている。

結果、華水軍側にも命中弾が続出した。後続する〈末宮〉の探海灯がもっともはっきり捉えていたからだろう、ついに発砲した〈伏龍〉の近二貫砲は因海艦隊旗艦〈駿海〉ではなく二番艦〈保南〉を指向しており、いまや至近というべき距離ゆえか初弾から命中した。位置は艦橋基部だ。

目が眩《くら》むような閃光とともに〈保南〉の艦橋基部が引き裂かれた。この被弾により〈保南〉の装甲で守られた司令塔までが半壊し、大檣《メーン・マスト》も傾《かし》いでしまった。むろん司令塔は管帯以下全滅で、頭脳を失った〈保南〉はすぐに隊列から脱落する。

南特戦捜巡群の射撃もそれぞれ相対している艦へと次々に命中していく。五〇斤砲だからたいした被害ではないが、因海艦隊三番艦〈沖狩〉では火災が発生し、南特戦側はそれを目印にしてさらに射撃を加えて同艦の被害を拡大させた。

ただし、このとき双方で戦っていたのは指揮官や砲員ばかりでないことを忘れてはならない。

どの艦でも、何人もの伝令が弾片によって仲間を次々に失いつつ残骸へと変わっていく艦内をかけまわっていただろう。汽罐《かま》室《しつ》では一〇〇人を軽く越える罐員たちが体内の水分を急速に汗へ変えながら黒石を炎の燃えさかる罐へと投げこんでいたはずだ。距離が近づくにつれて多発するようになった被弾の負傷者を運び、救護する療兵や艦医たちの忙しさは戦闘の恐怖を忘れるほどだったかもしれない。

ただし、ことに南特戦側において、そうした活躍が続いた時間はそう長いものではなかった。こちらの弾が当たるということは、あちらの弾も当たるからだ。

第一九刻半過ぎ、おそらく〈沖狩〉の放った近一貫砲弾の一発と思われるものが〈伏龍〉中央部にほぼ水平で飛び込み、何本も備えられていた煙突のうち二本と周囲の構造物を吹き飛ばした。被害は艦内にもむろんおよび、〈伏龍〉の中央からは大きな炎と盛大な黒煙が立ちのぼる。速力もみるみるうちに低下していく。

因海艦隊は小癪な敵に容赦しなかった。刀副将は陣形に残った〈洋駿〉、〈沖狩〉、〈烈征〉の射撃を〈伏龍〉に集中する。〈伏龍〉はたちまち艦の各所に命中弾を浴び、もはや無事な煙突は一本もなく、数カ所から大火炎をあげる状態となった。数門の副砲、それに艦首主砲はまだ発砲を続けていたが、その終わりが迫っていることは明白である。

しかしこの時〈伏龍〉は信じ難いほどに勇敢な行動をとった。艦首をのろのろと左舷へと振り、因海艦隊へさらに近づこうとしたのだ。これを、真宇衛代将がまだ指揮をとっていた証とみるか、それとも舵機故障のあげくと受け取るべきか、容易に結論は出せない。しかしそれが〈伏龍〉最期の時において意味を持ったことだけは間違いがなかった。

変針後、〈伏龍〉は舷側水線下の発射管から四発の龍雷を放ったからだ。

そう確言できるのは、因海艦隊側に龍雷以外とは考えられない損害がこのしばらくあとで発生したからである。

龍雷はそもそも命中率の高いものではない。この時期であればさらにひどいもので、至近で放たなければまず当たらなかった。一〇〇発放って一発当たれば万々歳、当てるだけなら昔日の噴龍弾でも打った方がよほどまし、と評されていた代物だ。なのに様々な艦艇にそれが装備されたのは、命中時の効果が大きいからである。艦船とは火と水で沈むものだが、ことに艦体の水中部分を破壊された時の影響はとてつもない。破壊によって開けられた穴から水圧のかかった海水が大量に流れこむからだ。むろん隔壁扉などを閉鎖し、注排水で浸水のつりあいをとって艦を動かし続けることはできるが、その作業が常に功を奏するとは限らない。

〈伏龍〉の放った四発の龍雷は夜の海面に気泡を曳きながら水中を進んだ（これについては目撃の報告がある）。回頭する途中で発射したからだろう。その航跡は因海艦隊龍巡の最後尾を進む〈烈征〉の針路と交錯する。命中したのは一発だった。

〈烈征〉の鋭く尖った形状の艦首、その右舷側に水柱がたった。強烈な衝撃で艦体が持ちあげられ、続いて大量に流れこんだ海水によって艦首がみるみるうちに頭を下げていく。迅速な応急作業がおこなわれたため沈没は避けられたが、〈烈征〉は戦闘力を一時的に喪失したのである。

そしてこの直後——南特戦旗艦〈伏龍〉はついに力尽き果てた。すでに全艦が火災に包まれ、艦橋も形を崩していた。真字衛代将以下の南特戦司令部もすでに全滅していたとおもわれる。〈伏龍〉が横転沈没したのは第一九刻八尺ごろ。生存者は皆無だった。

後続する捜巡四隻の被害も大きかった。すでに〈末宮〉は一門をのぞき備砲を破壊されている。〈貝津〉は艦橋への直撃弾で艦長以下全滅、艦尾の、あまりにもささやかな後部艦橋から先任将校が指揮をとっていた。〈浪代〉は近一貫砲弾二発を浴びたため沈没寸前、なんとか戦闘力を維持していたのは〈中海〉だけ。驚くべきことに戦意は保たれていたが、惨憺たる有様であり、精神や努力では解決できない限界がすぐに訪れることとなった。

『我、代わって指揮を執る』

との雷信を発していた〈末宮〉が艦尾に近一貫砲の直撃弾を受けたのは二〇刻ごろ。もはやこれまでとおもい定めたらしい松屋少佐はただちにあらたな雷信を発し、

『各艦艦長の判断により直ちに戦場を離脱、再起を図るべし』

と生き残った艦に命じた。むろん同じ命令を伝える信号旗もあげる。弱々しい導術信も発した。

命令は〈浪代〉にとっては無意味だった。すでに艦体の半ばを海面下へ没していたからだ。

屑鉄のようになっていた〈貝津〉が生き残れたのは、松屋少佐が様々な方法で命令を達してくれたおかげだった。すでに雷信は不可能、信号旗など見えるはずもない状態だったが、くたびれきっていた導術士がどうにか導術信を受け取れたのだ。〈貝津〉は左舷へ回頭し、この時可能だった最大速力、毎時一五浬で戦場離脱を開始した。

〈中海〉は幸運だった。雷信を受け取ると即座に回頭し、ひどいありさまの〈貝津〉を掩護するため接近しつつ敵を射界におさめた砲すべての射撃を続けながら戦場を離れだした。

そして〈末宮〉は——

刀副将は怒り狂っていた。絶対的優勢下にあるとおもわれた戦いで、おもわぬ損害を受けてしまったからだ。なにより、命令どおり動けずに団子になったあげく、いまはどこをうろついているのかわからない配下の捜巡群に腹を立てている。三隻の捜巡が敵をかき乱していれば、あの哀れな連中にここまでしてやられる事はなかったはずなのだ。

とはいえここでかれは単なる戦争屋ではないことを指揮官としての態度で示した。〈末宮〉以外の艦が離れていき、〈末宮〉もまた大損害を受けていると知って、射撃を一時的に停止させたのだった。〈末宮〉が降伏するかもしれない、と考えたとみてまちがいない。華統国軍人で後世の評価が高い者はあまり多くないが、この瞬間のかれは戦史で讃えられるに足るいくさびととしての高貴さを示したといえるだろう。

だが、〈末宮〉艦長松屋少佐もまたひとつの高貴さを知る人物であった。因海艦隊の射撃が停止したことを知ったかれは、〈末宮〉を全速で〈駿海〉に向け突進させたのだ。その途中、辛うじて残されていた〈末宮〉の大檣に、夜目にも鮮やかな真新しい〈皇国〉水軍旗が掲げられたという。むろんたった一門残された備砲も夜の海上に連続して発砲炎をきらめかせていた。

因海艦隊は即座に射撃を再開する。〈末宮〉はたちまち無数の敵弾を浴び、艦首から艦尾までを打ち砕かれて燃え上がりつつ海中へと没した。〈皇国〉と華統国の初めての衝突、『サルタ沖海戦』は終わったのだ。

海戦は、戦術面からみるかぎり華統国の圧勝といっていい。事実、華統国総裁府はそのように宣言した。〈皇国〉においても、水軍のあまりの不甲斐なさを指弾するものが多数でた。

しかし、作戦面以上の視点で考えると事情はまったく異なっている。

なぜなら、因海艦隊は、

〈駿海〉　艦尾舷側被弾により速度低下。
〈保南〉　管帯および航海長、砲術長等二七名戦死、艦橋および司令塔損壊。
〈沖狩〉　五〇斤砲弾多数被弾のため副砲員の三割が戦死。
〈烈征〉　龍雷により浸水一〇〇〇石以上。戦闘可能なるも速力低下。

という損害をうけていたからだ。これではとてもアスローン沿岸で最後のひと暴れ、というわけにはいかない。刀副将の栄光を完璧にする計画は潰えたのである。それどころか、このままではアスローン水軍の小艦隊が警戒している可能性の高いアスローン海峡から南溟洋に向かうこともできない。速力が落ちてしまったからだ。速力の落ちた艦隊は砲力が高くても優速の敵にとって標的でしかない、それがただしかったかどうかはともかく、かれはそう判断した。

因海艦隊はこの海からの脱出をひとまず諦めるよりなかった。どこか、誰からも邪魔されない場所で応急修理を行って艦隊の、せめて速力だけでも回復させねばならない。

艦隊を集結させたかれは針路を南にとり、オドニス島のトノム湾を目指した。その島には名ばかりの国が存在し、そこもまた局外中立を宣言していたが、いまはそんなものを気にしている場合ではない。応急修理だけでなく、ことに脚の短い捜巡には給石も必要であるからだ。トノム湾岸の港街ターリスで強引に黒石を得て、アスローン海峡の突破を図るか、あるいはオドニス海峡に面したナイエフ湾で応急修理をして黒石を得たのち南溟洋への脱出を行うか、決断しなければならなかった。

すなわち、南特戦の戦場での敗北は、これまで成功を重ねてきた因海艦隊から自由を奪い――それどころか、窮地に立たせることにつながったのである。

ならば、『我らに天佑なし』とまで発したのち、戦場では勝てるはずのない、しかし戦争という枠においては大いに意味のあった死戦へと赴いたほどほどの人物とその部下将兵を誰が非難できるだろうか。

なお、南特戦の敗北を知った〈皇国〉は二日後の七月九日、『海洋における敵性艦船に対する無制限の積極的行動』を若き皇主弥仁帝の御名において天下に宣言した。華統国への最後通牒通告はもうしばらくあと、宣戦布告はさらにその後となったが、〈皇国〉にとってそれは政治的な手順を踏んだというに過ぎない。かれらは、自分たちがすでに新しい戦争へ突入しており、緒戦の敗北をさらに意味のあるものとするため、より多くの血を流さねばならないと気づいていた。

『皇国の守護者8』二〇〇四年三月　中央公論新社C★NOVELS刊
「我らに天佑なし」書き下ろし

中公文庫

皇国《こうこく》の守護者《しゅごしゃ》8
——楽園《らくえん》の凶器《きょうき》

2015年2月25日　初版発行

著　者　佐藤《さとう》大輔《だいすけ》

発行者　大橋 善光

発行所　中央公論新社
〒104-8320　東京都中央区京橋2-8-7
電話　販売 03-3563-1431　編集 03-3563-2039
URL http://www.chuko.co.jp/

ＤＴＰ　ハンズ・ミケ
印　刷　三晃印刷
製　本　小泉製本

Published by CHUOKORON-SHINSHA, INC.
Printed in Japan　ISBN978-4-12-206076-0 C1193

各書目の下段の数字はＩＳＢＮコードです。978－4－12が省略してあります。

中公文庫既刊より

さ-60-1
皇国の守護者1　反逆の戦場　佐藤大輔
氷雪舞う皇国北端に帝国軍怒濤の侵攻が。潰走する皇国軍の殿軍を担う兵站将校・新城中尉の戦いは⁉　真の「救国の英雄」の意義を問う大河戦記、堂々開幕！
205791-3

さ-60-2
皇国の守護者2　勝利なき名誉　佐藤大輔
皇国北領に陥落の時が迫る。残された将兵が海路撤退するまであと二日。帝国軍の侵攻を食い止めるべく、新城大尉率いる剣虎兵大隊が決死の後衛戦闘に臨む！
205828-6

さ-60-3
皇国の守護者3　灰になっても　佐藤大輔
帝国軍上陸部隊の猛攻に後退する皇国軍。弱兵の近衛鉄虎兵大隊を率いる新城少佐は、波打ち際の最前線に血路を拓くが⁉　書き下ろし短篇「職業倫理」を収録。
205870-5

さ-60-4
皇国の守護者4　壙穴《はかあな》の城塞　佐藤大輔
皇都への街道を扼する未完の要塞〈六芒郭〉に拠った新城支隊九千名は、大地を覆う〈帝国〉東方鎮定軍の猛攻に曝されるが。書き下ろし短篇「新城支隊」収録。
205905-4

さ-60-5
皇国の守護者5　英雄たるの代価　佐藤大輔
敵国の美姫を伴い皇都に凱旋した新城を待ち受ける大衆の歓呼と蠢く陰謀……束の間の平穏を帝国軍の冬季攻勢が打ち破る！　書き下ろし短篇「島嶼防衛」収録。
205957-3

さ-60-6
皇国の守護者6　逆賊死すべし　佐藤大輔
帝国軍の反攻に崩壊寸前の虎城戦線。雪の要害に迫る帝国猟兵を迎え撃つ近衛少佐新城の決断とは⁉　書き下ろし短篇「お祖母ちゃんは歴史家じゃない」を収録。
205991-7

さ-60-7
皇国の守護者7　愛国者どもの宴　佐藤大輔
国を滅ぼすのは逆賊か、それとも愛国者なのか？　凱旋式の背後で、五将家の両雄そして皇室をも巻き込む暗闘が。書き下ろし短篇「新城直衛最初の戦闘」収録。
206036-4

お-67-1
神はサイコロを振らない　大石英司
忽然と消息を絶った旅客機が今、還ってきた。だが六十八名の乗員乗客にとって時計の針は十年前を指したまま……。歳月を超えて実現した愛と奇跡の物語。
204623-8

お-67-4
魚釣島奪還作戦　大石英司
日中台の係争地、尖閣諸島・魚釣島が過激な武装集団に占拠された。慮外の非常事態を受け、自衛隊の特殊部隊「サイレント・コア」が島の奪還に繰り出した！
205179-9

お-67-7
尖閣喪失　大石英司
ついに中国が実力行使に出た時、内閣は、外務省は、自衛隊は……。「尖閣諸島」をめぐる水面下での熾烈な駆け引きと軍事作戦の行方を、迫真の筆致で描く。
205800-2

さ-45-8
昭南島に蘭ありや（上）　佐々木譲
日本占領下の昭南島で密かに進む東条英機暗殺計画。帝国の臣民か中華の民か。誇るべき出自をもてなかった青年が己の矜持をかけ銃を手に戦ったものは？
205094-5

さ-45-9
昭南島に蘭ありや（下）　佐々木譲
戦争という歴史の歯車が軋みをあげる中、己の存在に悩む光前は遂に自分が何者なのかを示すことを決断する。そして東条英機暗殺計画が密やかに進行し始めた。
205095-2

ほ-17-1
ジウI　警視庁特殊犯捜査係　誉田哲也
都内で人質籠城事件が発生、警視庁の捜査一課特殊犯捜査係〈SIT〉も出動するが、それは巨大な事件の序章に過ぎなかった！　警察小説に新たなる二人のヒロイン誕生!!
205082-2

ほ-17-2
ジウII　警視庁特殊急襲部隊　誉田哲也
誘拐事件は解決したかに見えたが、依然として黒幕・ジウの正体は掴めない。捜査本部で事件を追う美咲。一方、特進をはたした基子の前には謎の男が！　シリーズ第二弾。
205106-5

ほ-17-3
ジウIII　新世界秩序　誉田哲也
〈新世界秩序〉を唱えるミヤジと象徴の如く佇むジウ。彼らの狙いは何なのか？　ジウを追う美咲と東は、想像を絶する基子の姿を目撃し……⁉　シリーズ完結篇。
205118-8